AF223076

Serge Hanowski ist Mitte dreißig und Werbetexter in einer Berliner Agentur. Sein größter Wunsch ist es, endlich seine Freundin Kati zu heiraten. Was er nicht weiß: Kati hat ein Verhältnis mit seinem Arbeitskollegen David. Doch sie entscheidet sich für ihn und eine gemeinsame Auszeit auf Malta. Die beiden kommen bei den halbseidenen Angestellten eines Online-Poker-Servers unter, was ihr Leben nicht einfacher macht. Und auch auf der Insel wird Serge von Eifersucht getrieben. Er hackt sich in Katis E-Mail-Zugang ein und beginnt in ihr Leben einzugreifen. Kati kann nur ahnen, wozu Serge in der Lage ist.

Tempo, Witz und die Fallstricke einer Dreiecksbeziehung machen Helmut Kraussers neuen Roman zu einer rasanten Tragikomödie um Liebe, Entsagung – und nahrungsverweigernde Kater.

Helmut Krausser, geboren 1964, lebt in Berlin. Bei DuMont erschienen neben dem Gedichtband ›Plasma‹ (2007) die Romane ›Eros‹ (2006), ›Die kleinen Gärten des Maestro Puccini‹ (2008), ›Einsamkeit und Sex und Mitleid‹ (DuMont Taschenbuch 2011) und ›Die letzten schönen Tage‹ (2011) sowie die Tagebücher ›Substanz‹ (2010) und der Kriminalroman ›Aussortiert‹ (DuMont Taschenbuch 2011). Seine Romane ›Der große Bagarozy‹ und ›Fette Welt‹ wurden fürs Kino verfilmt.

Helmut Krausser

DIE LETZTEN SCHÖNEN TAGE

Roman

DUMONT

Von Helmut Krausser sind im DuMont Buchverlag außerdem erschienen:

Eros

Plasma

Die kleinen Gärten des Maestro Puccini

Einsamkeit und Sex und Mitleid

Substanz

Aussortiert

Der Dank des Autors für Beratung in medizinischen Fragen
geht an Dr. Elisabeth Siegmann, Bielefeld

August 2012
DuMont Buchverlag, Köln
Alle Rechte vorbehalten
© 2011 DuMont Buchverlag, Köln
Umschlag: Zero, München
Umschlagabbildung: © plainpicture/Bildhuset
Gesetzt aus der Haarlemmer und der DIN
Gedruckt auf säurefreiem und chlorfrei gebleichtem Papier
Druck und Verarbeitung: CPI – Clausen & Bosse, Leck
Printed in Germany
ISBN 978-3-8321-6211-5

www.dumont-buchverlag.de

BECKY

Am neunzehnten Februar, einem Freitag, ging Becky um zehn Uhr abends zu Bett, hatte sich aber den Wecker auf halb eins gestellt. Sie schlüpfte in ihre Klamotten, ärgerte sich über das Rascheln ihres Anoraks, huschte durchs Wohnzimmer und verließ das Grundstück über die Terrasse, durch den Garten. Cyberjack wollte was losmachen, und Ryan wollte auch da sein. Becky mochte Cyberjack, er hatte einen irrsinnig reichen Vater und dementsprechend immer Knete. Cyberjack war in Behandlung gewesen, weil er schlechte Noten bekam und acht Stunden am Tag vor dem Computer hockte, World of Warcraft. Jetzt hatten sie eine Zeitschaltuhr angebracht, er durfte nur noch maximal eine Stunde pro Tag spielen, verlor alle Highscores und suchte sich einen Freund, ausgerechnet Ryan, der ein bißchen unheimlich wirkte, leptosomer Gothic-Typ, der immer fror, sogar im Sommer, und einen schwarzen Ledermantel trug, wie die Freaks von der Columbine. Damit wollte er Beachtung schinden und wirkte doch irgendwie lächerlich – und erst seit er die Freundschaft von Cyberjack gewonnen hatte, war sein Ansehen an der Schule leicht gestiegen. Cyberjack konnte man vieles nachsagen, nur Geiz nicht, er konnte mit der Kohle seines Daddys überall und jederzeit Party machen. Gut sah er nicht aus, aber es ging. Becky mochte ihn wegen seines krassen Humors, vor dem nichts sicher war. Sie lief durch den schwach beleuchteten Oriole-Park nach Osten, es war nicht besonders kalt für Ende Februar. Die Jungs warteten unten am Bahndamm Merton/Yongestreet, tranken Becks Lemon und rauchten, aber nur normale Selbstgedrehte, ohne Scheiß.

Komm heute Nacht, hatten sie gesagt, wir machen was und brauchen dich zum Schmierestehn. Becky genoß es, daß beide Jungs in sie verliebt waren oder wenigstens so taten und sich ihretwegen manchmal in die Haare kriegten, auf freundschaftliche Art, nicht grob, nicht ernst. Sie wußte um ihre Schönheit und war froh, daß sie zwei Jahre älter aussah, als sie war, ansonsten hätten sich die beiden sicher nicht mit ihr abgegeben. Gleichaltrige Jungs fand sie langweilig und unreif. Ryan drückte ihr ein Bier in die Hand und fragte, ob er ihr eine drehen solle. Becky lehnte ab. Sie hatte einmal einen Zug genommen und ihr war schlecht geworden, das genügte. Ich dreh dir ne ganz Dünne. Das entspannt. Ryan gab nicht auf, aber Becky blieb bei ihrem Nein. Was habt ihr vor? Cyberjack zeigte auf seinen Rucksack. Mein Dad sagt, ich soll ins Freie, an die frische Luft, also tu ich ihm den Gefallen, ne? Er hatte die Eigenart, an viele Sätze dieses Ne? anzuhängen, auch wenn es gar keinen Sinn ergab. Ryan war definitiv der intelligentere von den beiden (manchmal trug er ein Kafka-T-Shirt), aber auch der häßlichere. Er gehörte zu jener Sorte, die sich eher noch etwas häßlicher machen, als die Natur es für sie vorgesehen hat, mit weißer Schminke und Kajalstift, und seine Eltern schienen nichts dagegenzuhaben, daß er sich schon drei Piercings hatte stechen lassen. Cyberjack schwenkte den Rucksack mit beiden Armen über seinem Kopf, und ein paar Dosen fielen raus. Spraydosen. Alles klar, meinte Becky, was wollt ihr denn verschönern?

Wir haben gedacht, einen Waggon hier, ne? Cyberjack kicherte. Aber das ist ja nichts Besonderes, ne? Da ham wir uns gedacht, muß cooler sein, die Action. Und um ehrlich zu sein, ne? Ich bin kein Künstler, also nicht mit Bildern, ne? Klare Worte sind eher mein Fall. Biste dabei?

Wobei? fragte Becky.

Biste dabei oder nicht? Geht drum, dabei zu sein. Oder halt nicht.

Was habt ihr denn vor?

Eigentlich würd ich dich gerne mal poppen, sagte Cyberjack, das hab ich vor. Aber das willste ja momentan grad gar nicht, ne? Becky gab keine Antwort, seufzte nur angenervt, obwohl sein krasser Humor ihr nicht mißfiel und sie zu einem Zungenkuß sogar bereit gewesen wäre.

Also mach ich was anderes. Komm mit, wir rocken die Schule!

Ryan sah den Zeitpunkt gekommen, bei Becky zu punkten, er legte Cyberjack die Hand auf die Schulter, als ob er ihn bändigen wolle.

Wir sprayen was an die Mauer vorm Eingang von der Yorkland. Daß jeder morgen früh die Botschaft schwarz auf beige nachlesen kann.

Wasn für ne Botschaft?

Es schien, als habe Cyberjack noch keine Ahnung, welche Botschaft er an die Schulmauer sprayen wollte. Irgendwas Krasses. Nieder mit der Yorkland! zischte Ryan, Nonnen wollen postmortalen Gruppensex mit Jesus! Und die Flaschenhälse klirrten aneinander. Becky merkte, daß die Jungs schon betrunken waren, und Cyberjack leerte seine zweite Flasche auf ex. Und rülpste laut.

Willste mal mein' Schwanz sehen?

Bestimmt nich.

Woher willstn das wissen, wennde ihn noch nie gesehen hast?

Er drehte sich um, ging zwei Schritte und öffnete seinen Reißverschluß, pisste gegen den Zug, der auf dem Abstellgleis stand. Becky sah in eine andere Richtung, obwohl das Geräusch des Urinstrahls ihr auf gewisse Weise imponierte. Sie wünschte sich manchmal, beim Pinkeln nicht in die Hocke gehen zu müssen. Im Stehen einen solchen Schwall abzulassen, dabei zu singen, das mußte grooven. Und es war doch ein wenig kalt jetzt, Dampf kroch am Waggon empor. Ryan trat nah an sie heran und entschuldigte sich für das Verhalten seines Freundes, das er prollig nannte. Becky überlegte sich, ob Ryan vielleicht ein ganz netter Kerl war, der unter Wert gehandelt wurde. Man müßte ihn dazu bringen, sich die Farbe aus dem Gesicht zu kratzen. Dachte sie. Darunter ist er bestimmt ein ganz anderer Mensch. Cyberjack war fertig und drehte sich um. Becky?

Ja?

Sie sah, daß sein Hosenstall offen stand und etwas vor ihm her baumelte, das in enormer Geschwindigkeit anschwoll. Neulich, als Ryan sein Macbook dabeihatte, hatte Becky mit den Jungs auf youporn.com ein paar Clips angesehen, hatte einen ersten Einblick gewonnen, was Männer mit Frauen so anstellen. Cyberjacks Erektion war die erste, die ihr live vor Augen kam. Ryan schien die Sache peinlich zu werden, er nahm Becky in den Arm und küßte sie auf den Mund. Sie drückte ihn weg.

Hör mal, Kleines, hechelte Cyberjack, hörbar erregt von seinem krassen Humor, du willst doch keine doofe Nuß sein, oder? Ne?

Schieb das Teil mal wieder ein, der ist häßlich! Hörte Becky sich sagen und wunderte sich, daß Ryan sie immer noch festhielt, an ihrem Hals leckte.

Der ist nicht häßlich, Baby, was sagstn du für Zeug? Häßlich? Paß uff, ich geb dir fünfzig Steine, wenn du ihn mal küßt. Da holst du dir keine Krankheit von.

Ryan leckte ihr den Hals, aber das nahm sie wie eine Nebenwirkung wahr, sie starrte, obwohl sie es nicht wollte, auf Cyberjacks erigierten Penis, der vor ihrem Gesicht wippte und immer größer zu werden schien. Immer wippiger, falls es das Wort gab. Plötzlich stolperte sie und landete im Schnee, Ryan hatte ihr ein Bein gestellt, der alberne Idiot. Wie blöd er jetzt lachte.

JULE UND LISBETH

Wegen der Thrombosen, die man sich auf langen Flugreisen in der Holzklasse zuziehen kann, hatte Jule sowohl für Lisbeth wie für sich selbst Kompressionsstrümpfe besorgt. Lisbeth ging nach fünf Stunden auf die Toilette, um die Dinger loszuwerden. Ansonsten gab es keine besonderen Vorkommnisse an Bord. Die Frauen, beide Lehrerinnen an derselben Oberschule, beide seit letztem Juni pensioniert, machten zum ersten Mal gemeinsam Urlaub, obwohl sie sich lange schon kannten und schätzten. Zwei Wochen quer durch Florida – David hatte die Idee gehabt (Hast du keine Freundin, die dich begleitet?) –, und Lisbeth war begeistert gewesen, viel mehr als Jule selbst. Ohne Lisbeths sofortige und euphorische Zusage hätte Jule die Reise nie angetreten, sie wäre, und sei es im letzten Moment noch, zu Hause geblieben, aus zu viel Furcht vor den Unwägbarkeiten des fremden Landes. Johnson überließ sie ihrem Sohn nur mit viel Bauchschmerzen zur Pflege. Zwei lange Wochen. Jule konnte unermüdlich darüber palavern, wie negativ sich eine solche Zeitspanne auf die Psyche eines Katers auswirken müsse, dessen Welt sechzig Quadratmeter maß, der außer seinem Frauchen nie eine andere Vertrauensperson besessen hatte. Und David war doch ein Fremder. Lisbeth ging das auf die Nerven, erst hörte sie einfach nicht mehr hin, zuletzt verbot sie der Freundin das Thema sogar. Allein schon das Wort *Frauchen* klang in Lisbeths Ohren unerträglich. Sie selbst hatte sich, seit sie auf eigenen Beinen stand, nie von irgendwem abhängig gemacht, worüber sie nun heilfroh war. Obwohl das ja nie aus bewußt getroffenen Entscheidungen resultierte, eher aus einer zufälligen Abfolge früh schon gescheiterter Beziehungen. Lisbeth sah selbst jetzt noch, mit sechsundsechzig Jahren, blendend aus, war mit der Figur einer jungen Frau gesegnet, und die wenigen Falten, die sie am Morgen, wenn sie vor dem Badezimmerspiegel stand, anzuzischen pflegte, verliehen ihrem Gesicht etwas Putziges, dem auch noch so viel Zeit nichts anhaben konnte.

Jule hingegen, Witwe und zweifache Mutter, hatte zeitlebens wenig Wert auf ihre äußere Erscheinung gelegt. Sie stand zu ihrem grauen Haar, ihrer fleckigen Haut, trug bequeme Schuhe und Kleidung in gedeckten Farben. Neben der ingwerblonden, braun gebrannten Lisbeth kam sie sich oft verlebt vor, fand das aber so natürlich, daß sie etwaige Gegenmaßnahmen als albern und eitel verurteilte. Während des Fluges plagte Jule die Angst, nicht ins Land gelassen zu werden, nur weil sie vor etlichen Jahrzehnten einmal Mitglied in einem marxistischen Studentenbund gewesen war. In der Zeitung hatte sie jüngst gelesen, daß dem ehemaligen Vizevorsitzenden des SDS die Einreise in die USA verweigert wurde, dabei war die Rede von einem schon achtzig Jahre alten Menschen. Lisbeth gegenüber erwähnte sie von all dem kein Wort, was hätte es auch genutzt? Dennoch fühlte sich Jule sehr unbehaglich, und als der Beamte am Schalter sie durchwinkte, ohne ihren Paß genauer zu begutachten, fiel ihr eine Zentnerlast von den Schultern. Endlich konnte sie der Freundin erzählen, was sie so bedrückt hatte. Lisbeth, ein ganz und gar unpolitischer Mensch, schüttelte nur den Kopf und meinte, Jule hätte mal wieder übertrieben, sie fügte hinzu: gnadenlos. Was immer das Wort an dieser Stelle bedeuten mochte.

Nach der Gepäckausgabe gingen die beiden zum Parkhaus, wo ihnen der Schlüssel des Mietwagens ausgehändigt wurde, ein bordeauxroter, viertüriger Dodge Caravan. Sie hatten etwas nicht zu Großes, aber Bulliges, Kompaktes bestellt, in dem man sich sicher fühlen konnte. Jule, die eine Automatikschaltung bereits gewohnt war, übernahm das Steuer. Sie fuhren direkt zum Hotel, hielten nur kurz bei einem Kiosk an, um Getränke zu kaufen, Orangensaft für Jule, stilles Wasser für Lisbeth. Sie wollten sparsam sein und keine Minibarpreise bezahlen. Es war später Nachmittag in Miami, das Thermometer zeigte 23 Grad und der Himmel kaum ein Wölkchen. Ruhig, fast spiegelglatt und blaugrün, wie im Prospekt, lag das Meer vor der Stadt. Die Frauen blinzelten der Sonne entgegen, freuten sich am Gleißen und Glitzern der Lichter auf dem Wasser. Eben hatten sie noch gefroren, im härtesten Berliner Winter seit 1978, jetzt sahen sie einander zufrieden an, als habe sich die Reise mit jenem Anblick allein schon gelohnt.

Das Dezerland Beach Hotel fand sich etwas nördlich der City, in der 87. Straße, und entsprach in etwa dem, was man sich aufgrund der Fotos hatte erhoffen dürfen. Es gab einen Swimmingpool, ein Fitneßcenter und zwei Tennisplätze. Das Zimmer lag im sechsten Stock, was Ruhe und Insektenfreiheit verhieß. Die Betten waren sogar überaus bequem, und zwei Flaschen stilles Wasser gab es als Geschenk des Hauses. Jule bestellte einen Weckruf für acht Uhr morgens. In stiller Vorfreude auf das Frühstücksbuffet aß sie einen halben Apfel, den sie sich aufgehoben hatte, und überlegte sogar, die Tüte

Chips aus der Minibar zu öffnen, so viel Appetit verspürte sie plötzlich. Aber zu schlafen, mit dem Jetlag fertig zu werden, war wichtiger. Nacheinander gingen die Frauen ins Bad, um Zähne zu putzen. Beide waren nicht wirklich müde, nur körperlich erschöpft, verspannt. Sie suchten ihre Aufgedrehtheit voreinander zu verbergen, in der Annahme, der jeweils anderen könne zu viel Wepsigkeit auf die Nerven fallen. Sie schalteten den Fernseher ein, nicht, um etwas anzusehen, eher um das Angebot zu begutachten, und zappten quer durch die ersten achtzig Kanäle, dann löschte Lisbeth das Licht und wünschte guten Schlaf. Kurz griff sie Jule mit zwei Fingern ins Haar und drückte ihr einen Kuß auf die Stirn. Bis auf das leise, kaum wahrnehmbare Surren der Klimaanlage herrschte Stille. Nur ab und an drang ein fernes Johlen vom Strand zu ihnen herauf.

Es war das erste Mal, daß sie eine ganze Nacht im selben Bett verbrachten. Beide hatten Angst davor gehabt. Sie waren daran gewöhnt, allein zu schlafen, und während Jule grundsätzlich bei offenem Fenster schlief, hielt es Lisbeth umgekehrt, da sie beim geringsten Geräusch wach wurde. Lisbeth hatte Jule mehrmals gefragt, ob sie eventuell schnarchte, und Jule hatte ihr keine Antwort darauf geben können, sie wußte es einfach nicht. Während ihrer neun Jahre dauernden Ehe mit Richard hatte sich der nie beschwert, aber das mußte nichts heißen, denn Richard hatte, wenn er erst einmal eingeschlafen war, geschlafen wie ein Stein. Lisbeth hielt für den schlimmsten Fall teure, sehr bequeme Ohrstöpsel bereit, wie sie Leistungsschwimmerinnen benutzen. Lisbeth war nie verheiratet gewesen, noch hatte sie je ein Kind geboren. Jule blickte oft neidisch auf Lisbeths straffe Brüste und ihre immer noch vorhandene Taille. Bis ihr einfiel, daß sie keinerlei Grund besaß, neidisch zu sein, viel eher froh sein mußte, denn wer, wenn nicht zuallererst sie, durfte sich an Lisbeths gemaßregeltem Körper erfreuen? Lisbeth hingegen haderte ständig mit sich, mißtraute jedem Gramm Fett, hielt streng Diät und nahm ein paar Kohlehydrate allenfalls beim Frühstück zu sich. Glücklicherweise stellte Lisbeth an Jule weitaus weniger Anforderungen als an sich selbst. Es schien ihr völlig egal zu sein, wie viel die Freundin aß, im Gegenteil, sie freute sich über deren Appetit. Nur gewissenlosen Zuckerkonsum verurteilte sie in scharfer Form. (Zucker macht nicht nur fett, sondern alt! Verklebt das Gehirn!)

Lange lagen die beiden Frauen wach nebeneinander und versuchten, an rein gar nichts zu denken, um dem Schlaf möglichst wenig Widerstand entgegenzusetzen. Sie hörten sich gegenseitig atmen und widerstanden der Lust, jenen scheinbar so friedvollen Atem für Worte zu verwenden, obgleich sich hinter dem Atem allerhand Gedanken bereit machten. Stets war zwischen ihnen alles Wesentliche wortlos verlaufen, in gegenseitigem Einvernehmen.

Am Morgen wurden sie per Telefon geweckt und stellten fest, daß sie doch noch eingeschlafen waren, ja daß sie sogar ganz gut geschlafen hatten, ohne zwischendurch ins Bad zu müssen. Sie grinsten sich erleichtert an. Während Lisbeth ging, um ihre Haare zu waschen, was sie an jedem zweiten Tag tat, fuhr Jule, die morgens um Körperpflege nicht viel Aufhebens machte, mit dem Lift ins Restaurant, um schon einmal das Buffet zu begutachten. Sie nahm sich schwarzen Tee und einen Aprikosenplunder, ein wenig Rührei und Müsli mit Joghurt. Gern hätte sie auch eine Scheibe gebratenen Krusten-schinken zum Rührei genommen, nahm stattdessen aber auf Lisbeths Empfinden Rücksicht. Dabei war Lisbeth noch im Bad und mit ihrer Haarpracht beschäftigt, und Jule wußte genau, daß die Zeit locker ausgereicht hätte, um sich die Scheibe Schinken unbeobachtet zu gönnen. Doch genügte allein die Vorstellung, wie eine anwesende Lisbeth mit engen Augen-schlitzen auf den vor Fett glänzenden Schinken starren wür-de, um Jule die Freude daran zu verderben.

Während sie in ihrem Müsli stocherte, machte sie sich Ge-danken darüber, ob es vielleicht übertrieben war, sich so viele Gedanken zu machen. Die Freude am Krustenschinken wäre pure Freude am Krustenschinken gewesen, nicht etwa jene böse Freude, mit der man eine Freundin hintergeht und aus-trickst. Jule war schon satt, als Lisbeth endlich herunterkam und sich für Milchkaffee ohne Zucker und ein Croissant ohne Füllung entschied. Und nur um Jule glücklich zu machen, ge-nehmigte sie sich als Nachspeise, sie war ja im Urlaub, ein Stückchen Apfeltarte, zeigte ihren guten Willen, den beson-deren Umständen, solche lagen zweifellos vor, Rechnung zu tragen.

Am milchweißen Strand gab es Liegen zu mieten, für zwei Dollar die Stunde. Hätten die Frauen das Gold- statt des Sil-berpakets gebucht, wären die Liegen im Preis inbegriffen ge-wesen, so aber mußten sie zahlen, bevor sie sich der Sonne auslieferten.

Sich gegenseitig den Rücken einzucremen, war eine mehr als nur angenehme Notwendigkeit, doch achteten die Frauen streng darauf, daß kein Badegast etwas von der Erotik mitbe-kam, die sie dabei empfanden.

Ist schön hier. Verdammt schön.

Wie im Katalog, so schön.

Ich gehe schwimmen. Kommst du mit?

Nein.

Warum nicht?

Mir wäre lieber, wenn wir beide hier einfach relaxen.

Du willst nicht ins Wasser? Warum?

Jule sagte, daß im Vorjahr, laut Wikipedia, nur ein paar Hundert Kilometer nördlich, in Smyrna Beach, die meisten Hai-Attacken weltweit verzeichnet worden seien. Und Haie seien zwar elegante und bewundernswerte Tiere, aber zu leicht machen müsse man es ihnen auch nicht.

Lisbeth reagierte mit Spott. Was für ein Urlaub wäre das denn, wenn man sich aus Angst vor Haien um den Spaß brächte, im Meer zu baden? Wie um Jule zu brüskieren, lief sie zum Wasser, tauchte ihre Füße in die Gischt, schaufelte etliche Liter Atlantik auf ihre Brust, bevor sie sich der noch zahmen Brandung überließ und hinausschwamm.

Natürlich passierte nichts, denn Jule hatte die Hai-Attacken ja explizit erwähnt, und ein Unglück trifft immer nur jene, die nicht damit rechnen. Jule war dem Aberglauben verfallen, dem Tod niedere menschliche Züge zu verleihen, Boshaftigkeit zu unterstellen. Sie suchte ihn zu beschwichtigen, mit seiner Eitelkeit zu bestechen, als sei er nur an Opfern interessiert, die er mit sich überrumpeln konnte.

Am Abend, als die Freundinnen an der grellbunt beleuchteten Strandbar Cocktails orderten, entspann sich ein Dialog, der weit über das gewöhnliche Urlaubspalaver hinausging.

Wollen wir beide nicht zusammenziehen?

Fragte Lisbeth.

Ja. Das liegt nahe.

Sagte Jule.

Und an Weihnachten? Sind wir dann auch ein Paar?

Wenn wir ein Paar sind, warum nicht an Weihnachten?

Wirst dus deinen Söhnen sagen?

Nein.

Warum nicht?

Das verwirrt sie bloß.

So wichtig sind wir also nicht?

Wir sind zu bald tot, um wichtig zu sein.

Du gehst mir auf die Nerven, Jule.

Entschuldigung.

Nach drei Tagen Miami fuhren sie in den Süden des Landes. In den Everglades unternahmen sie die kaum vermeidbare Tour mit dem Luftpropellerboot. Jule hatte sich bei Google erkundigt, ob es bei diesen Exkursionen zu Unfällen kommen konnte. Und tatsächlich war im letzten Jahr ein Boot in den Sümpfen manövrierunfähig liegen geblieben, die Ausflügler hatten stundenlang wie auf dem Präsentierteller gelegen, ohne Waffen und Funknetz, und es war unfaßbares Glück gewesen, daß die Alligatoren gerade keinen Appetit gehabt hatten. Jule verlor daraufhin den Großteil ihrer Angst, denn wieder einmal hatte sie den möglichen Tod durch ihre Recherche aller Pointen und Überraschungsmomente beraubt. Die Paarungszeit der Gators begann, wie ihr der Hotelmanager erklärte, erst im April. Dann könne es schon vorkommen, daß sich ein Tier in die Zivilisation verirre. Weswegen man nie nach Einbruch der Dämmerung baden gehen solle.

Sie meinen – im Swimmingpool?

Im Swimmingpool nicht – und woanders gleich gar nicht.

Das ist ja ein wildes Land hier, meinte Jule, und der Hotelmanager, ein stiernackiger Mensch mit feistem Bauch, lachte zustimmend. Lisbeth schlug vor, die gottverdammten Biester einfach auszurotten. Eßbar seien sie ja und sogar schmackhaft. Beim abendlichen Barbecue hatte Lisbeth ein Stückchen Alligatorenfleisch probiert, mit der Begründung, daß, falls ihr etwas zustoßen würde, sie wenigstens als Erste zugebissen haben wollte. Jule hingegen versagte sich den angeblichen Genuß. Nicht etwa, weil es sie davor ekelte. Ihr Verzicht gründete auf einem imaginären und stillschweigenden Abkommen zwischen sich und dem archaischen Getier. Ich esse euch nicht, eßt ihr mich bitte auch nicht. Lisbeth hätte, fürchtete Jule, für eine solche Argumentation wenig Verständnis gezeigt, hätte dergleichen als kindlichen Schwachsinn abgetan.

Am siebten Februar fuhren sie nach Key West, in die äußerste südwestliche Ecke des Landes, wo Hemingway ein Haus besessen und etliche seiner Romane geschrieben hatte. Lisbeth hatte nie etwas von Hemingway gelesen, aus dem Glauben heraus, es handle sich dabei um Männerliteratur. Jule hatte einiges von Hemingway gelesen und auch gemocht, aber das war lange her und sie konnte sich an fast nichts mehr erinnern. Die Straße nach Key West führte über Hunderte von Brücken, die kleine und kleinste Inseln miteinander verbanden – schwebender Beton über smaragdgrünem Wasser –, eine der zauberhaftesten Strecken, fand Jule, die man sich vorstellen könne.

Irgendwas war mit dem Kater nicht in Ordnung. Das spürte sie, auch wenn sie nicht an Telepathie glaubte. Natürlich war mit dem Kater etwas nicht in Ordnung. Er war allein mit einem ihm kaum bekannten Menschen. Und mit Jule war auch etwas nicht in Ordnung. Sie war ohne Johnson unterwegs. Das war alles. Und lächerlich genug. Eigentlich.

Was hast du?

Ich muß dauernd an Johnson denken. Ob es ihm gut geht?

Frag doch einfach deinen Sohn.

Ich will ihn nicht dauernd anrufen. Außerdem würde er auf jeden Fall sagen, daß es ihm gut geht. Ich kenn ihn. Er würde mich anlügen.

Sag ihm, er soll ein Foto von Johnson machen und es dir über Handy schicken.

Ach, komm! Auf was für Ideen du kommst.

Jule meinte das gar nicht abfällig, sondern bewundernd. Auch wenn die Idee nicht umzusetzen war – David wäre zu Recht beleidigt gewesen über eine solche Demonstration fehlenden Vertrauens. Obwohl – sie dachte erneut nach –, man mußte das nur richtig verpacken.

Ich habe vergessen, ein Bild von Johnson mitzunehmen. Kannst du bitte eins mit dem Handy machen und mir schicken? Er fehlt mir so. Danke!

So lautete der Text der SMS, die sie David schließlich sandte. Erst nach zwei Tagen kam eine Antwort.

Liebe Mutter, tut mir leid, daß ich das mit dem Katzenfoto verschwitzt habe. Im Anhang also das gewünschte Porträt, wie du siehst, hat Johnson sich an mich gewöhnt, und wir vertragen uns. Dir noch eine gute Zeit, dein David

Aber etwas war schiefgelaufen, die SMS hatte überhaupt keinen Bildanhang, vielleicht war die Datei bei der Übertragung verloren gegangen, oder Jule wußte nicht, welchen Knopf man drücken mußte, um sie aufzurufen. Die um Hilfe gebetene Lisbeth konnte auch nichts entdecken. Und nun?

Dann schreib ihm eben noch mal, meinte Lisbeth, es kann schon vorkommen, daß Bilddateien verloren gehen, wenn man sie um den halben Erdball schickt.

Lieber nicht, sagte Jule, schon die Anrede spricht Bände. *Mutter* nennt er mich immer dann, wenn er sich von mir genervt fühlt, sonst würde er *Ma* schreiben.

Du interpretierst, glaube ich, zu viel hinein in die Dinge, hör mal, Julchen, auf die Gefahr hin, daß du mich nicht mehr magst, aber – laß es damit bewenden. Wenn David sagt, daß es Johnson gut geht, wird es ihm schon gut gehen, und wenn nicht, naja. Du solltest dir deinen Urlaub nicht madig machen lassen von so was.

Jule verstand, was Lisbeth sagen wollte. Daß es bei diesem Urlaub definitiv um etwas anderes ging als um eine ältliche Katze in Berlin. Sie hatte so recht. Jule beschloß, sich keine Sorgen mehr um Johnson zu machen, nicht weiter nachzufragen, das Hier und Jetzt mit Lisbeth war wichtiger, zweifellos.

Hemingways Haus, nun Museum, erweckte in beiden Frauen Neidgefühle. So zu leben, im Paradies, und dank der eigenen Kreativität Geld noch und noch zu verdienen, berühmt zu sein, ja weltberühmt, und das zu Lebzeiten, war beneidenswert genug. Seltsam, daß sich Hemingway mit 63 Jahren erschossen hatte. Und auch irgendwie beruhigend, weil Weltruhm, Kreativität und Paradies offenbar nicht alles waren im Leben. Lisbeth wollte wissen, warum genau sich Hemingway erschossen hatte, aber Jule wußte es nicht und schlug Angst vor dem Alter vor.

Dann müßten wir uns ja auch schon längst erschossen haben, sagte Lisbeth. Was für ein eitler Geck!

Wir sind eben unbedeutend, meinte Jule, wenn man so unbedeutend ist wie wir, kann man ruhig weiterleben, es stört keinen.

Ich finde mich nicht unbedeutend, antwortete Lisbeth. Ich hoffe doch sehr, daß ich dir was bedeute. Ich würde gerne noch zwanzig Jahre mit dir verbringen, wenn dir das recht ist.

Jule nahm die Freundin gerührt in die Arme. Lisbeth mochte das nicht und entzog sich der Zuneigungsgeste, wie fast immer in der Öffentlichkeit.

Am neunten Februar fuhren die Frauen auf der Küstenstraße nach Norden, nach Naples, einem blassen Badeort, der außer sauberen Stränden, Golfplätzen und überteuerten Shopping-Malls recht wenig zu bieten hatte. Die pittoresken Wasserkanäle am Rande der Straßen, na gut, die konnte man erwähnen, und ein paar Vergnügungsparks für Kinder. Das Fishing Pier ragte dreihundert Meter weit ins Meer hinaus, zweihundert hätten es genauso getan. Angeblich lebten hier sehr viele Millionäre. Und deutsche Rentner. Tatsächlich gab es etliche Luxusvillen zu bewundern, aber das kulturelle Angebot schien mau. Die Konzerte in der örtlichen Philharmonie – eine solche hatte man in Berlin auch, und ganz sicher von höherem Niveau. Vor lauter Langeweile besuchten Jule und Lisbeth tagsüber den botanischen Garten, und am Abend sahen sie sich im Cineplex einen Film an, *A Single Man,* in dem es um die Trauer eines homosexuellen mittelalten Mannes ging, dessen noch jugendlicher Partner vor Monaten verstorben war, und der nun, weil er darüber nicht hinwegkommt, seinen Selbstmord plant. Stattdessen kommt ein neuer, noch jüngerer Mann daher, der mittelalte Mann erleidet aber prompt einen Herzinfarkt und Ende Film.

Gekünstelter Unfug, meinte Jule. Sowohl sie als auch Lisbeth waren enttäuscht, weil sie beide Julianne Moore toll fanden, die – vom Filmplakat als Hauptdarstellerin angekündigt – im Film dann aber gerade mal fünf Minuten zu sehen war.

Während sie darüber redeten, bei einem Glas Wein an der Bar des Edgewater Beach Hotels, milderten sie ihr strenges Urteil etwas ab und gaben zu, daß sie einfach nicht mit einer homoerotischen Geschichte gerechnet hatten. Erst im Nachhinein identifizierten sie sich selbst mit der Rolle jenes mittelalten Mannes, stellten sich vor, wie es wäre, einen geliebten Partner zu verlieren, wenn man nicht mehr den Mut und die Kraft für einen Neuanfang besitzt. Das ist schon sehr rührend, sagte Jule, und folgerichtig. Ja, gab Lisbeth zu, aber den Herzinfarkt hat der Drehbuchautor nur erfunden, damit es kein triviales Happy End gibt. Dabei sind Happy Ends gar nicht trivial, im Gegenteil, in der Realität sieht es doch einfach meist so aus, daß der Mensch am Leben hängt und weitermacht, irgendwie. Auch wenn die neue Liebe nur noch ein flauer Abklatsch der alten ist. Eben das habe sie gestört. Der Herzinfarkt des Hauptdarstellers verhindere eine gewisse natürliche und sehr menschliche Erbärmlichkeit des Immer-Weiter-Wollens, wirke wie ein Kunstgriff aus der Oper. Ausgedacht, von oben aufgepropft und gekünstelt. Am Ende viel trivialer als ein vermeintliches Happy End. Denn, erklärte sie, in einer solchen Situation wie der, in der sich der mittelalte Mann befinde, habe der Tod nun einmal nichts Tragisches an sich, viel mehr etwas Erlösendes, das der verlorenen Liebe ein Denkmal setzt, sie gar noch verklärt und in Bernstein gießt. Das Ergebnis wolle europäischer Kunstfilm sein und sei doch zutiefst Amerika.

Jule hatte Lisbeth selten so viel am Stück reden hören und wünschte nun, öfter mit ihr ins Kino gegangen zu sein, so erhellend fand sie ihre Analyse, definitiv bereichender, als der Film gewesen war. Das zweite Glas Wein hatte sie schon etwas betrunken gemacht, und sie dachte sich nicht viel dabei, als sie Lisbeth fragte, was sie denn machen würde, gesetzt den Fall – Jule brachte den Satz nicht zu Ende, aber Lisbeth erriet den Schluß auch so.

Daß du stirbst?

Jule nickte.

Dann such ich mir ein Hochhaus, stehe da oben ganz lange, überlege mir zu springen und werde nicht springen. Weißgott, nein. Ich würde an meinem letzten Rest Leben hängen und alles tun, um dich zu vergessen.

Ernsthaft? Jule hoffte auf einen Scherz.

Tut mir leid. Ich finde das Leben einfach zu grandios, um es, aus welchem Grund auch immer, vor der Zeit zu beenden. Ich würde weiterleben wollen, wie beschissen die Begleitumstände auch immer wären. Schockiert dich das?

Ein bißchen, gab Jule zu. Obwohl sie innerlich erleichtert war, denn sie hatte stets befürchtet, als Erste zu sterben und Lisbeth damit unter eine Art Zugzwang zu setzen. Genau genommen hatte sie sogar gehofft, als Erste zu sterben, und wenn sie nun darüber nachdachte, kam es ihr eigensüchtig vor, sich so aus jeglicher Verantwortung zu stehlen.

Aber du liebst mich noch?

Selbstverständlich. Denn du bist da.

Aber wenn ich nicht mehr da bin, liebst du mich nicht mehr?

Dann ist doch nichts mehr da, was ich lieben kann.

Das klang so einfach, so selbstverständlich. Und grausam.

Jule schätzte an ihrer Freundin, daß und wie sie die Dinge klar und sachlich benannte. Dennoch hätte sie sich während des Urlaubs ein wenig Romantik gewünscht.

Bedeutet das, du würdest dir noch eine andere Liebe suchen?

Ja doch. Du nicht?

Jule schüttelte schwach den Kopf. Suchen – nein. Vielleicht auf mich zukommen lassen. Nach einer gewissen Zeit. Das ist doch nicht wie bei einem kaputten Fernseher, den man gleich durch einen neuen ersetzt.

Nein? In unserem Alter kommt nicht mehr einfach was auf einen zu. Lisbeth nahm einen tiefen Schluck Wein. Laut Statistik lebe ich noch circa fünfzehn Jahre. Ich würde nicht allein sein wollen. Du würdest nicht wollen, daß ich dich vergesse. Aber wenn du tot bist, bist du tot und spürst nicht mehr, ob sich jemand an dich erinnert. Das ist nun einmal so, und es ist gut. Tot sein heißt zufrieden sein.

Seien wir froh, daß wir einander haben, flüsterte Jule und nahm Lisbeth in den Arm. Es fiel ihr schwer zu ertragen, was sie eben gehört hatte. Eben weil es so logisch war, kaltherzig. Anders als Lisbeth hielt sie ein Leben im Jenseits in irgendeiner Form für möglich, doch schämte sie sich, diesen Standpunkt lauthals zu vertreten. Etwas für möglich zu halten, bedeutet ja noch nicht, daß es wahrscheinlich ist. Jule hielt sich einfach nur Optionen offen. Aber wenn es ein Jenseits gab, dann sicher auch für jene, die vorher nicht daran geglaubt hatten, ansonsten man einen eitlen Gott voraussetzen müßte, der Menschen aussortiert, je nachdem, ob sie diesen Gott zu Lebzeiten verehrt hatten oder nicht. Eine solch rachsüchtige, leicht zu beleidigende Gottheit hätte selbst Jule abgelehnt. Wobei die Frage blieb, ob sich rachsüchtige Gottheiten einfach so ablehnen lassen. All das dachte Jule im Stillen für sich. Hätte sie es laut geäußert, wäre vielleicht manches anders gekommen.

Lisbeth war Lehrerin für Biologie und Chemie gewesen, dementsprechend neigte sie dazu, das Leben als langen Verdauungs- und Verwesungsprozeß zu betrachten, dem man entgegentreten muß, um vor sich selbst Würde zu bewahren. Es ging nicht darum, den Kampf gegen den Tod zu gewinnen, das würde frühestens in etlichen Jahrzehnten ein Thema werden. Aber dem Leben einen gewissen Mehrwert abzuluchsen, nicht einfach lethargisch unterzugehen, schien ihr die einzige sinn- und stilvolle Haltung dem eigenen Körper gegenüber. Sofern man gerne lebt, jeden Tag als Geschenk und potenzielles Fest begreift.

Jules Fächer waren Erdkunde und Geschichte gewesen, von daher sah sie die Welt immer ein wenig von oben herab, als lange Folge gescheiterter Utopien, zerfallender Reiche und hingemordeter Individuen. Ohne daß es ihr bewußt war, ohne daß sie es ausdrücklich und bei jeder Gelegenheit propagiert hätte, trug sie den Gedanken von der Vergeblichkeit allen menschlichen Strebens wie einen Leitstern vor sich her. (Oder wie der Esel die Möhre! Hätte Lisbeth spitz dazwischengezischelt.) Daß sich so unterschiedliche Naturen wie Jule und

Lisbeth gut vertrugen, lag daran, daß sie selten Grundsatzdebatten führten, einander einfach akzeptierten, wie sie waren. Beide wußten, daß man jung – und dominant – sein muß, wenn man sich jemanden noch zurechtschnitzen will. Jule erblickte in Lisbeth sogar eine erfrischende Ergänzung zu sich selbst, eine willkommene zweite Meinung, eine inspirierende Provokation.

Lisbeth sah das umgekehrt nicht so. Ganz und gar nicht. Jule war für sie, bei aller Wertschätzung und Liebe, eine recht fade Person, die nie viel sagte, aus Angst, Widerspruch zu ernten, die kaum Ideen vortrug, noch Leidenschaft entwickelte, in keinerlei Hinsicht, die sich mit einem Leben als Schatten zufriedengab und beim Frühstück die Mettwurst auf ihrem Brötchen unter sorgfältig drapierten Gurkenscheiben zu verstecken suchte. Halt! Eine Leidenschaft besaß Jule ja doch, das war jene, ständig darüber nachzudenken, welches Gefahrenpotenzial ihr (oder ihrem anstrengenden Kater) drohte, ob von Thrombosen, Einwanderungsbehörden, Alligatoren oder Haien. Nur die konkreteste Gefahr, nämlich die Mettwurst auf ihrem Brötchen, ignorierte sie geflissentlich. Lisbeth hatte sich längst damit abgefunden, sie wußte, daß Jule sich nicht mehr ändern würde. Lisbeth neigte manchmal zu einer gewissen Zickigkeit, mit der sie im Leben schon einige Freunde verprellt hatte. Sie war aus Schaden klug geworden und zwang sich seither dazu, Kritik nicht mehr akustisch zu äußern, allenfalls mimisch und gestisch. So konnte man sich immer noch auf ein Mißverständnis, eine Fehlinterpretation herausreden für den allzu häufigen Fall, daß der Zorn sich schnell verflüchtigte, weil der Anlaß gar zu gering war.

Heute war einiges anders als sonst. Die Frauen saßen nun schon über eine Woche Tag und Nacht beisammen, länger als jemals zuvor – und die an Körperfett so arme Lisbeth hatten zwei Gläser Wein bereits betrunken gemacht.

Krieg das jetzt nicht in den falschen Hals. Aber du gehst mir grad auf den Zeiger. Tierisch.

Ich hab doch gar nichts gesagt.

Ja eben. Ich mag nicht in der Öffentlichkeit kuscheln, das weißt du. Stattdessen hängst du dich ständig an meinen Hals, wie ein Kind. Statt mal ein vernünftiges Gespräch zu führen.

Wir sind hier in einer Bar… Wollte Jule sich verteidigen, aber der Schock saß zu tief, und sie schwieg, wodurch Lisbeth noch mehr in Rage geriet.

Wenn von dir mal was Originelles kommt, dann sind es Scheiß-Thrombosestrümpfe, und wenn du mal was sagst, dann über Google-Statistiken von Hai-Attacken und Propellerbootunfällen und über die Formkrise deines kastrierten uralten Katzenviehs.

Das war nun mehr als ungerecht, denn seit Tagen hatte Jule dieses Thema bewußt ausgeklammert. Langsam begriff sie, daß Lisbeth betrunken war und etwas loswerden wollte, was sich nicht in Stunden, sondern in Jahren in ihr aufgestaut hatte.

Ich nehm mir jetzt noch ein Glas und geh an den Strand, Julchen, und ich möchte da allein sein, auf die Gefahr hin, daß mich jemand vergewaltigt oder ein Meermonster mich ins Wasser zieht. Verstanden? Und du gehst aufs Zimmer, damit dir nichts passiert, und wenn ich später zu dir stoße, möchte ich mich nicht dauernd von deinen Armen freikämpfen müssen. Und am Morgen, bitte, solltest du dir die Zähne putzen, du hast Mundgeruch. So.

Lisbeth schnappte sich das frische Glas und trat auf die Terrasse hinaus. Das war nun wirklich das Allergemeinste, einen so stehen zu lassen, ohne Chance, daß sich aus der Situation irgendetwas Positives, Versöhnliches entwickeln konnte. Es war wie in Jules Kindheit, als man in der Schule noch in die Ecke gestellt wurde, manchmal sogar mit Eselsmütze. Sie saß da, wie betäubt, und als der Barkeeper fragte, ob er ihr noch etwas bringen könne, sagte sie nein, danke (das hätte genügt – doch sie fügte hinzu:), sie müsse jetzt einen kühlen Kopf bewahren. Jule unterschrieb die Rechnung und ging in die Hotellobby, wo man an einem PC gratis im Internet surfen konnte. Es gab keinen Nachtzug nach Tampa, denn Naples, dieses elende Kaff, besaß nicht einmal einen Bahnhof. Glücklicherweise gab es einen Bus, der um halb ein Uhr vor dem Rathaus abfuhr.

Noch nie im Leben hatte Jule so schnell ihre Koffer gepackt.

Gegen zwei Uhr morgens betrat Lisbeth das Zimmer, und obwohl es, abgesehen von ein wenig Mondlicht, im Dunkel lag, sah sie sofort, daß Jule ihre Zelte abgebrochen hatte. So etwas hätte sie ihr nicht zugetraut, nein. Lisbeth schämte sich ein wenig für ihr rabiates Auftreten, war aber auch sehr froh, für den Moment um eine Aussprache herumzukommen und einfach schlafen zu dürfen. Sie hatte stundenlang am Wasser gesessen, mit den Zehen in der Gischt gespielt und nachgedacht. Ergebnislos. Manche Dinge, fand sie, sind einfach wie sie sind, man kann sie ändern oder nicht, aber deswegen ändert sich nichts mehr. Weil es schon spät ist. Hätte Lisbeth aufschreiben müssen, was in ihrem Kopf vorging, es wäre nichts dabei herausgekommen, was sie am nächsten Morgen als logisch und nachvollziehbar abgenickt hätte. Aber es gab eben eine Logik für den Tag und jene andere, tiefere, für Nächte unter leichten Drogen. Am Strand zu sitzen und Wein zu trinken, als das Meer gegen ihre nackten Füße schwappte, war das bisher Beste an diesem ganzen Urlaub gewesen. Und diese schlichte Wahrheit, befürchtete sie, würde von der Sonne morgen undiplomatisch in eine Lüge verwandelt werden.

Während der Busfahrt starrte Jule aus dem Fenster, in die Nacht hinaus. Manchmal wurden ihre Augen feucht, und ein konvulsivisches Zittern überwältigte ihren Körper. Seltsamerweise kamen ihr beharrlich Zeilen eines Gedichts von Bertolt Brecht in den Sinn, das *Radwechsel* hieß:

Ich bin nicht gern, wo ich herkomme.
Ich bin nicht gern, wo ich hingehe.
Warum betrachte ich den Radwechsel mit Ungeduld?

Jule hatte es nie gewagt, einen Kollegen, der im Fach Deutsch unterrichtete, zu fragen, was er davon hielt, aber ihr war es vorgekommen, als würde es sich hierbei um ziemlich kurzsichtige Lyrik handeln. Als gäbe es kein Übermorgen, auf das man sich freuen könne.

Das Hinterher, das Aussichtsfenster, die Oase und Ruhezone, nach den Erniedrigungen. Warum hab ich Lisbeth nie danach gefragt? Was hätte sie mir geantwortet?

Rund um den Bahnhof von Tampa gab es genügend billige Zimmerchen zu mieten, auch um fünf Uhr morgens, kein Problem. Jule wollte allein sein, für eine, am besten zwei Nächte, sie wollte ein Zeichen setzen, auch wenn sie noch nicht genau wußte, welches. Lisbeth hatte den Wagen, sie würde, wenn sie den Reiseplan einhielt, in spätestens zwei Tagen in die Stadt nachkommen, dann konnte man sich im dafür vorgesehenen Hotel treffen und versöhnen. Jule würde nicht auf einer Entschuldigung bestehen, es gab auch keine, für das, was Lisbeth getan hatte. Den gemeinsamen Urlaub, die wenigen Tage hier mit solch einer Zerreißprobe zu belasten, blieb selbst im Suff unentschuldbar. Vergebung war möglich. Man würde sich einfach in die Arme fallen und gut. Obwohl Jule den Zeitpunkt kaum erwarten konnte, war es doch wichtig, mit einer schweren Geste ein wenig Härte zu zeigen. Das würde ihr, dachte sie, bei Lisbeth neuen Respekt verschaffen. Und ihr selbst würde es helfen, all die Vorwürfe, von denen der morgendliche Mundgeruch noch der geringste war, zu verdauen. Alles, von dem sie bisher geglaubt hatte, daß es Lisbeth gefallen mußte, ihre Fürsorglichkeit und Umsicht und Zurückhaltung – war gegen sie ausgelegt worden. Wie gern hätte sie sich jetzt an Johnson geschmiegt und ihn gekrault. Der Kater hatte ihr oft geholfen, wenn auch in weniger gravierenden Situationen. Sie schickte ihrem Sohn David eine SMS, ob er ihr nicht doch noch das versprochene Bild senden könnte, es sei beim ersten Mal nicht angekommen – und siehe da: David schickte das Foto binnen zwanzig Minuten. Es zeigte ihn und Johnson Wange an Wange – und beide waren sichtlich wohlauf, schmunzelten leicht dämlich in die Kamera. In Berlin mußte es fast Mittag sein. Kurz dachte Jule daran, David anzurufen. Todmüde legte sie sich ins Bett. Die Absteige war zugig und laut, ein paar Zimmer weiter feierten betrunkene Jugendliche und kreischten, wenn jemand einen obszönen Witz erzählte.

Es gab einen winzigen Fernseher, aber keine Minibar. Jule hätte gerne noch etwas getrunken, gegen den Schmerz, aber es ging dann auch so, und sie schlief schnell ein.

Und schlief beinah zehn Stunden. Es war Nachmittag, als Jule zaghaft aufbrach, die neue Örtlichkeit zu erkunden. Tampa bot Touristen einiges. Ybor City zum Beispiel, wo man kubanisches Flair genießen und zusehen konnte, wie Zigarren von Hand gedreht wurden. Es gab Adventure Island, ziemlich teuer, und das Florida Aquarium, mit der täglichen Haifütterung. Es gab kostenlose Trolley-Busse zum Salvador-Dalí-Museum, aber Jule fand die ausgestellten Werke von der Zeit überholt und kitschig. Alles Käse. Der einzige Grund dieser Reise war gewesen, bei Lisbeth zu sein. Ich hätte nie, fand sie nun, so überstürzt flüchten dürfen, nur um einen von vornherein aussichtslosen Machtkampf anzuzetteln.

In keiner Beziehung, dachte Jule, gibt es ein ausgewogenes Kräfteverhältnis. Einer dominiert immer, und das ist ja allermeistens ganz praktisch, um ständige Debatten zu vermeiden. War sie Lisbeth nicht sogar dankbar gewesen, wenn jene ein wenig Druck ausübte? Zum Beispiel bei der Realisierung dieser Reise, die nur durch ihr Machtwort (wir machen das einfach und Punkt!) zustande gekommen war. Gut, Lisbeth hatte getrunken und war pampig geworden, häßlich bis zur Unerträglichkeit, aber hätte man sich ihrer Kritik nicht lieber stellen sollen, statt beleidigt das Weite zu suchen? Je länger Jule darüber nachdachte, um so einleuchtender fand sie Lisbeths Vorwürfe. Von Anfang an war die Reise von kleinen Nicklichkeiten überschattet gewesen, die ihr als solche gar nicht aufgefallen waren. Aber immer hatte es diese oder jene touristische Sensation gegeben, die alles Private in den Hintergrund drängte. Nur in Naples, diesem entsetzlich vergoldeten Dorf –

und Jule verfluchte den Reiseveranstalter, der sich für seine Kunden ausgerechnet dort einen viertägigen Aufenthalt ausgedacht hatte –, war der Alltag über die Beziehung hereingebrochen.

Ich habe meine Freundin verraten und verlassen, nur weil ich nicht ertragen konnte, was sie mir auf den Kopf zusagte. Aber wer, wenn nicht sie, besäße das Recht, mir etwas auf den Kopf zuzusagen, ohne Umwege zu nehmen. *Jemandem etwas auf den Kopf zuzusagen,* was für eine grandiose und erbarmungslose Formulierung der deutschen Sprache war das!

Am 12. Februar, um drei Uhr nachmittags, schrieb Jule der Freundin eine SMS.

Bin nach Tampa vorgefahren, treffen wir uns morgen im Best Western Plaza? Es tut mir leid, daß ich die Nerven verloren hab. Es ist so öde ohne dich. Deine Jule.

Den Abend über und die halbe Nacht wartete sie auf Antwort. Es kam keine. Konnte Lisbeth etwas zugestoßen sein? Vielleicht war ihr Handy gar nicht an. Ich muß lernen, dachte Jule, mir künftig nicht mehr so viele Sorgen zu machen, das ist etwas an mir, was Lisbeth abgestoßen hat. Zu Recht. Es muß furchtbar sein, einen Menschen neben sich zu haben, der immer mit dem Schlimmsten rechnet, alles schwarzmalt. Ich werde mich bessern.

Am 13. Februar, an ihrem dritten Tag in Tampa, zog Jule in jenes Vier-Sterne-Hotel um, in welchem auch Lisbeth bald einchecken mußte, wollte sie dem vorgesehenen Reiseplan entsprechen. Man begrüßte die deutsche Touristin sehr zuvorkommend, sie habe bereits Post. Der noch junge Empfangs-chef überreichte ihr die ausgedruckte Nachricht in einem Ku-vert. Freudestrahlend. Wie es in seinem Arbeitsvertrag vorge-schrieben war.

Bin nach Orlando und heimgeflogen. Leihwagen ist abgege-ben. Mach, was du willst. Du kannst mich. Lisbeth.

DIE FARBE DER ORANGE

1. Dezember

Die Leute, die nicht sofort aus der U-Bahn aussteigen, die sich erst mal nach links und rechts umsehen, in der Tür stehen bleiben und denen, die reinwollen, den Weg versperren: widerwärtig. Dabei tun sie noch lässig, umgreifen den Türflügel und schieben sich dann langsam nach draußen wie Cowboys, die sich an einer neuen Zugstation, bevor sie den Bahnsteig betreten, nach Scharfschützen umsehen müssen. Die leider nie da sind, um das Gesockse abzuknallen. Manche Menschen sind nur auf der Welt, um anderen auf den Sack zu gehen. Lebende, doch letztlich leblose Hindernisse und Schikanen. Sie stehen auf den Rolltreppen links, sind mit großen Rucksäcken in der Buchhandlung unterwegs oder mit Kinderwagen auf Floh- und Obstmärkten. Und haben wahrscheinlich nicht die geringste Ahnung davon, daß man ihnen mehrmals am Tag die Ausrottung wünscht. Eben in der Videothek stand einer vor der Kiste mit gebrauchten DVDs und beugte sich drüber. Fast zehn Minuten brauchte der, um die Kiste zu durchsuchen, und stand so massiv davor, daß ich nicht einmal von der Seite mitgucken konnte. Oder gestern beim Chinesen, wo es Zweier- und Vierertische gibt. Wie viele Paare flätzten sich da einfach fett an Vierertischen, und selbst wo es fast voll war, nur noch ein Zweiertisch frei – keines der Pärchen kam auf die Idee, an diesen Zweiertisch zu wechseln, wo sie doch sahen, wie eine Gruppe von vier Personen murrend darauf wartete, daß was frei wurde. Da wünscht man sich dann schon mal den Flammenwerfer in die Hand und laxere Gesetze. Eklig vor allem die Twen-Typen mit Fünftagebart und Schal, mit ihrer schmierigen Lache, ihren teuren, asymmetrischen Post-Oasis-Frisuren, darunter Koteletten, vielleicht sogar ein Ziegenbärtchen und inmitten von alldem nichts in der Birne. Ihre Mädchen sind oft ganz hübsch. Was mich noch mehr zur Verzweiflung treibt.

Seit gestern versinkt Berlin im Schnee. Manche mögen das idyllisch finden, spanische und italienische Touristen zum Beispiel, schnell frierende Menschen, sonnenverzärtelt, die sich gegen die Kälte mit grotesken Verkleidungen rüsten. Vor gut einer halben Stunde wartete ich auf die letzte U-Bahn, die um ein Uhr nachts vom Adenauerplatz Richtung Neukölln fährt. Ich war noch lange im Büro, hatte über mein neues Projekt nachgedacht, ohne eine Lösung zu finden. Ich stand an der Bahnsteigkante; in drei Minuten, so verhieß es mir die Leuchtschriftanzeige, würde der Zug kommen. Es warteten noch andere Personen neben mir, und ich hatte nichts zu lesen dabei, sah auf die Gleise hinunter, wo man oft Mäuse beobachten kann. Manchmal denke ich darüber nach, wie es wäre, mich einfach vor die einfahrende Bahn zu werfen. Das hat nichts zu bedeuten, ich bin als Selbstmörder ein Möchtegern und Schaffesnicht, aber mir die direkten Konsequenzen auszumalen macht Spaß. Wer auf meine Beerdigung käme, wer welche Reden halten würde, wer sich mit wem um mein bißchen Erbe stritte, falls mein Testament verloren ginge, etcetera. Dann sah ich, leuchtend kupferfarben, einen Cent zwischen den Schienen liegen. Ein frisch geprägter Cent – und binnen einer Sekunde wußte ich, daß dies mein Glückscent war. Welch blöde Idee – aber stark, sie hielt mich fest und redete auf mich ein. Schnapp dir diesen Glückscent, dann wird dein gesamtes künftiges Leben problemfrei verlaufen. Ich sah auf die Leuchtschrift. Noch zwei Minuten. Ich konnte schnell aufs Gleis springen, den Glückscent an mich nehmen und wieder auf den Bahnsteig, ohne Gefahr. Aber da waren die Leute. Was würden die Leute von mir denken? Was gingen diese Leute mich an? Etwas in mir sagte: Spring, hol dir das Glück, und alles wird gut. Aber ich zögerte, wollte mich vor den Leuten nicht rechtfertigen müssen, obwohl denen das wahrscheinlich ganz egal gewesen wäre. Sie hätten mich schräg angeglotzt, na gut, vielleicht wäre irgendein Kommentar gekommen, eher aber nicht. Dann gewann eine andere Stimme in mir die Oberhand. Das ist nur ein blödes Geldstück von geringem Wert, du spinnst, deswegen dein Leben aufs Spiel zu setzen. Und die erste Stimme: So ein Quatsch, du hast noch zwei Minuten, das ist eine kleine Ewigkeit, und du würdest die einfahrende Bahn ja hören, wenn sie wirklich früher käme, spring! Das waren keine Stimmen, wie Verrückte sie hören, natürlich nicht, es waren stumme Stimmen, zwei Fraktionen meines Innen, die stritten, und die Leuchtschrift wechselte von der Zwei auf die Eins. Jetzt wäre es schon wirklich gefährlich, die Münze an mich zu nehmen. Aber – ich konnte ja einfach warten, bis die Bahn eingefahren war, die Leute, die mich störten, eingestiegen waren und abtransportiert. Und dann – könnte ich ganz gefahrlos und unbeobachtet den Cent einstecken und mir ein Taxi nach Hause nehmen. Die andere Stimme sagte: Bist du komplett durchgeknallt? Diese U-Bahn bringt dich in einer Viertelstunde nach

Hause, willst du stattdessen sechzehn Euro für ein Taxi berappen? Aber da unten liegt ein Glückscent! Schäm dich, weil du irgendetwas auf den imaginären Kommentar von Menschen gibst, die du gar nicht kennst, du hättest sofort da hinunterspringen sollen, dann hättest du den Cent bereits. Aber das ist doch nur ein kleines Kupferstückchen, seit wann bist du abergläubisch? Steig in die Bahn, fahr nach Hause, gönn dir noch zwei Gläser Wein und gut. Der Zug kam. Ich rang mit mir. Etwas in mir rang mit etwas anderem in mir. So. Endlich gewann etwas die Überhand, das ich Vernunft nennen möchte, weil die meisten, denen ich die Geschichte erzählen könnte, es so bezeichnen würden. Aber ich werde die Geschichte keinem erzählen. Ich stieg in den Zug und schämte mich. Nicht genug, um an der nächsten Station, dem Olivaer Platz, auszusteigen, durch den Schnee zurückzulaufen und mich doch noch in den Besitz dieses Geldstücks zu bringen. Ich schämte mich ja eher, über diese Sache so lange nachgedacht zu haben. Dauernd wechselten die Pespektiven. Mal hielt ich mich für abgedreht, mal für verloren, mal siegte die Einsicht, daß ich noch nicht ganz schrullig bin, mal trauerte ich der vergebenen Möglichkeit nach, ein Glückspfand in der Hand zu halten. Nein, das kann ich niemandem erzählen. Nicht einmal Kati, die es sicher spaßig finden würde. Ich bin dabei überhaupt nicht abergläubisch. Nur: Einen Glückspfennig, jetzt einen Glückscent, auf der Straße zu finden, nach dem sich andere Menschen nicht einmal bücken würden, hat mir stets das Gefühl gegeben, eine Weile behütet zu sein. Klingt bescheuert. Es fällt mir schwer, das aufzuschreiben, ohne mich über meine Marotte lustig zu machen. Indem ich die Episode aufschreibe, ist sie nicht so vorbei, wie sie es in der Wirklichkeit ist.

PS: Als ich nach einer unruhigen Nacht zur Arbeit fuhr und

gegen neun Uhr morgens am Adenauerplatz ausstieg, sah ich nach – der Cent war nicht mehr da. Ein anderer hat ihn sich geholt. Sieh an. Er hat da gelegen, für mich, ich habe ihn gesehen, erkannt in seinem Wert – und verschmäht. Jetzt weiß ich, daß es Menschen gibt, die mutiger zupacken als ich.

*

Ich glaube nicht, daß wir zusammenpassen würden. Schon allein, daß sie die Freundin von Serge ist, spricht Bände – und nicht zu ihren Gunsten. Dennoch beginne ich Gefühle für diese Frau zu entwickeln, und meine Skrupel, sie einem Arbeitskollegen abspenstig zu machen, wären nicht sehr stark. Ich glaube, sie sehnt sich nach einer, mir fällt kein kürzeres Wort ein, Zuneigungsbekundung. Ein liebes Wort, könnte man sagen, aber das klänge zu harmlos. Eine Kampfansage. Ja. Die Ankündigung, oder, noch offizieller: die Verlautbarung, offen mit Serge in ein Konkurrenzverhältnis treten zu wollen. Genau das widerstrebt mir. Solange sie mich als Ventil benutzt, ist sie heiß, wie Frauen nur außerhalb einer Beziehung sein können. Aber hinter ihrer Lust lugt ihr Unglück hervor. Ich kann sie nicht mehr genießen, wie ich sie genossen habe, bevor sie begann, mich mit Geschichten über Serge vollzusülzen. Wie er sich dreimal pro Stunde die Hände in brühheißem Wasser wäscht. Oder auf dem Ausflug nach Potsdam kurz vor dem Ziel umdreht, um nachzusehen, ob er auch wirklich alle Kochplatten ausgeschaltet hat. Ich meine, das hat was von Verrat und ist auf Dauer wenig unterhaltsam, weil ständig dasselbe. Soll sie ihn doch verlassen. Ich habe für Serge recht wenig übrig, geb ich zu. Aber wenn sie so über ihn redet, wie sie mit mir über ihn redet, empfinde ich beinahe Sympathie für den Kerl. Einmal hab ich mich hinreißen lassen, hab gesagt: Du bemutterst ihn ja, bist seine Krankenschwester mehr als seine Freundin. Sie hat es mir zum Glück nicht übel genommen. Sexuell gesehen sind wir eine effektive Zweckgemeinschaft. Klingt kalt und funktional, kommt der Wahrheit dabei doch ziemlich nah. Oder kam der Wahrheit nah, bevor sich diese Gefühle dazwischendrängten. Die ich aber nicht zulassen werde. Basta. Die meisten Menschen setzen sich Gefühlen aus, als könne man nichts tun dagegen. Wie gegen eine Stechmücke oder einen herannahenden Schnupfen. Sie finden noch das allerblödeste Gefühl interessant und belebend und lassen es herein, wie einen Fremden, der an der Tür um Obdach bittet. Denn er bringt ja irgendetwas Neues, und sei es seine Fremdheit. Und später, wenn der Fremde die Wohnung geplündert und sich fortgestohlen hat, herrscht großes Wehklagen. Wie konnt ich nur? Was hab ich da getan? Die meisten Menschen sind überaus einladende Landeplätze für umherschwirrende Gefühle, die, genau besehen, wenig mehr als Einbildungen oder Wunschträume sind, Begehrlichkeiten. Hohle Versprechen. Männer, die mit einer Frau guten Sex haben, wollen diesen Zustand so lange wie möglich bewahren. Das ist verständlich. Und sie breiten ihre Seele wie einen Teppich aus, der betreten werden möchte, mit Füßen getreten, und seien diese noch so zierlich und schön wie die von Kati.

3. Dezember

Kati ist noch nie zu spät gekommen, nicht ein einziges Mal in mehr als drei Jahren. Jetzt sind es schon fünf Minuten, daß ich allein im Restaurant sitze. Fünf Minuten – kann passieren. Es ist ihr noch nie passiert, aber immer gibt es ein erstes Mal, ich bin deswegen noch nicht sehr besorgt.

Sie ist mit dem Rad unterwegs und könnte einen Platten haben. Aber dann würde sie anrufen und mir mitteilen, daß sie später kommt. Das Handy könnte keinen Saft haben, okay, aber Kati lädt es jeden Abend auf vorm Schlafengehen, ihr Handy hat immer Saft. Und wenn es kaputtgegangen ist? Unwahrscheinlich, denn sie hat ein relativ neues Handy. Jetzt sind es schon zehn Minuten, und langsam werde ich besorgt, es ist glatt auf den Straßen, überfrierende Nässe, ich hab ihr immer gesagt, fahr mit der U-Bahn, es ist abzusehen, wann etwas passiert. Sie hat nie auf mich gehört. Kati spart am falschen Ende und fährt lieber Fahrrad statt U-Bahn. Selbst bei diesem beschissenen Wetter. Zwölf Minuten. Ihr muß etwas passiert sein. Jedenfalls muß ich etwas unternehmen. Einfach so herumzusitzen hielte ich nicht aus. Ich ruf bei ihr an. Nach zehnmal Tuten soll ich was auf die Mailbox sprechen. Ich klappe das Handy zu, stehe auf, ohne etwas bestellt zu haben, gebe dem Kellner ein Zeichen, daß ich vielleicht zurückkomme, später, wenn sich die Sache aufgeklärt hat. Wenn Kati keinen Unfall hatte. Ich überlege, welche Strecke sie genommen haben muß, aber die Strecke ist eigentlich, wenn sie von zu Hause gekommen ist, völlig klar. Sie braucht mit dem Fahrrad nur fünf Minuten vom Hermannplatz bis zur Bergmannstraße. Der Unfall muß also, da sie sicher pünktlich aufgebrochen ist, zwischen acht Uhr und fünf nach acht passiert sein. Der Notarzt trifft in dieser Stadt binnen weiterer fünf Minuten ein. Auch bei diesem beschissenen Wetter? Auch bei diesem beschissenen Wetter. Man wird sie sofort in ein Krankenhaus transportiert haben. Nach weiteren fünf Minuten ist vom Vorgefallenen schon fast nichts mehr zu sehen, außer der Blutlache. Die wird immer erst etwas später beseitigt, durch die Spezialreinigung. Aber es liegt Schnee, alle Spuren werden die so schnell nicht verwischen können. Wenn ich jetzt renne, auf den Hermannplatz zu, werde ich irgendwo Blut sehen, dann habe ich Gewissheit. Ich kann ja nicht wahllos irgendwelche Krankenhäuser anrufen. Ich muß Gewissheit haben. Ich renne. Es ist glatt, ich kann nicht rennen, wie ich will, nur schnell gehen. Es ist jetzt 23 Minuten nach acht, und ich erreiche die Gneisenaustraße. Das ist die logische Strecke. Mir ist schlecht vor Aufregung. Ich suche nach Blut. Ihrem Blut. Ich könnte die Polizei anrufen. Sie müßte wissen, ob hier vor Kurzem ein Mensch zu Tode kam. Oder schwer verletzt wurde. Ich kontrolliere mein Handy. Es ist auf Vibrator-Alarm gestellt, und manchmal, bei zu lauten Straßengeräuschen, überhöre ich den. Das Display zeigt nichts an. Nie würde sie mich so lange im Ungewissen lassen, ohne triftigen Grund. Sie wüßte, wie sehr mich das quälen würde, und ich nehme doch an, daß sie mich noch liebt. Jetzt, um zehn nach halb neun, bin ich am Hermannplatz angelangt, außer Atem, aber es war nichts zu sehen. Vielleicht hat sie sich das Genick gebrochen, ganz ohne Blut, das ist möglich. Kati wurde durcheinandergewirbelt, zerknickt und abtransportiert, wen interessiert das groß in dieser riesengroßen Stadt? Passiert eben. Ich wußte immer, daß mir das eines Tages nicht erspart bleiben würde. Nun ist es nicht direkt mir passiert, aber einer Frau, die ich liebe. Was viel schlimmer ist, sehr viel schlimmer. Was soll ich sagen an ihrem Grab? Man wird erwarten, daß ich das Wort ergreife und diesem wunderbaren Menschen ein würdiges Epitaph widme. Ich werde dazu nicht fähig sein. Werde wimmern und flennen. Ihre Eltern werden mir immer die

Schuld an ihrem Tod geben, denn Kati wäre noch am Leben, hätte ich sie nicht zum Essen eingeladen. Ich habe Kati in den Tod gelockt. Aber das würde nach Absicht klingen. Es ist viel unerträglicher. Auf besonders tölpelhafte Weise habe ich Katis Tod verursacht, durch mein Versagen, weil ich die Situation und die damit verbundenen Risiken nicht korrekt eingeschätzt habe. Es ist Wahnsinn, bei diesem beschissenen Wetter eine fanatische Fahrradfahrerin zum Essen einzuladen. Sie war fanatisch, ja, aber das betone ich jetzt doch nur, um die Schuld von mir abzuwälzen. Plötzlich vibriert mein Handy, ich kann es nicht glauben, ihr Name steht im Display. Ruft mich die Polizei an, die nach Angehörigen des Unfallopfers sucht? Gleich wird etwas Wirklichkeit, was bis jetzt nur Möglichkeit ist. Ich gehe ran. Es ist Kati. Sie sitzt, sagt sie, seit zwanzig Minuten im Restaurant, wo ich bleibe? Ich bin schweißgebadet und stammle etwas, halte ein Taxi an, fahre in die Bergmannstraße, zahle mit einem Zehneuroschein, warte nicht auf das Wechselgeld, stürze ins Restaurant, schließe die Geliebte in meine Arme und sage dreimal, wie leid es mir tut. Und der Kellner kommt und sagt zu mir: Da sind Sie ja wieder! Dieser Vollidiot! Er bringt mich in eine peinliche Situation. Er soll sein indiskretes Maul halten. Ich bin in der Tat öfter mal hier, lalala, da bin ich also wieder. Zum Glück sagt er nichts mehr, und schnellschnell bestelle ich was. Irgendwas. Dann bin ich glücklich. Wie gerade noch einmal dem denkbar boshaftesten Schicksal entkommen. Ihr erzähle ich nichts. Kati ist eine sehr empfindsame Person. Nichts soll sie aufregen. Wenn sie wüßte, was ihr eben beinahe zugestoßen ist, bekäme sie die ganze Nacht kein Auge mehr zu. Meine Uhr, sage ich, meine Uhr ist kaputt. Ich habe sie im Taxi um dreißig Minuten zurückgedreht. Eine bessere Ausrede, warum ich zu spät komme, ist mir in dem ganzen Wirbel nicht eingefallen. Kati war auch gar nicht böse, weil sie ja selber zu spät gekommen ist. Warum eigentlich? Ich habe völlig vergessen, danach zu fragen. Es wurde dann noch ein sehr schöner, entspannter Abend. Wir sind zu ihr gegangen und haben geschmust, Wein getrunken, *Fargo* geguckt, und dann, als es gar nicht mehr abzusehen war, miteinander geschlafen. Am Morgen bin ich direkt von ihr aus zur Arbeit gefahren.

4. Dezember

Gestern war ich mit Serge verabredet und kam um eine Viertelstunde zu spät, weil David nicht von mir lassen wollte. Ich schämte mich sehr dafür und hatte mir eine Ausrede (keine Luft im Vorderreifen) zurechtgelegt, aber als ich das Restaurant betrat, war Serge noch gar nicht da. Erst nachdem ich ihn angerufen hatte, kam er endlich, um vierzig Minuten verspätet, hetzte herein, bleich und verschwitzt, er sagte, seine Uhr sei stehen geblieben, es klang nach Ausflucht, und ich war für einen Moment tief erschrocken, weil ich dachte, daß Serge mich vielleicht heimlich beobachtet und verfolgt haben und hinter die Sache mit David gekommen sein könnte. Aber das ist bestimmt Unsinn, so etwas Abenteuerliches traue ich Serge nicht zu, und wenn es doch so gewesen wäre, hätte er mich sofort zur Rede gestellt. Ich fühlte mich dennoch unwohl, ertappt, und machte Serge den Abend so schön ich konnte. Nur schlafen wollte ich nicht mit ihm, an mir klebte ja noch Davids Geruch. Obwohl Männer, heißt es, sowas nicht riechen. Ich würde den Geruch einer anderen Frau an Serge sofort riechen, bild ich mir ein. Irgendwann ging ich ins Bad und schrubbte mich schnell mit dem Waschlappen ab. Serge wollte mich, und ich fand, daß ich ihm das nicht abschlagen durfte. Noch nie im Leben hab ich an einem Abend mit zwei Männern. Serge ahnt zum Glück nichts, nein. Ich würde ihn nicht ohne Not verletzen wollen. Auf Serge kann ich mich verlassen, er ist von Herzen gut, und David, der verspricht mir nichts, nutzt mich bloß aus. Obwohl er ja nur hält, was er mir nie versprochen hat. Ich beginne, von ihm körperlich abhängig zu werden. Er macht mit mir, was er will, und fast immer will ich das dann auch. Sind Sachen darunter, die ich nie für mich in Betracht gezogen hätte. David sagt, ich sei der beste Sex seines Lebens. Ich wette, daß er das jeder Frau sagt. Und alle hören es gern. Serge nimmt zu viel Rücksicht auf mich. Ich möchte, daß er einmal mit mir aus dem Rahmen fällt. Ich hasse es, wenn er fragt, ob es mir wehtut, vor allem, wenn es mir grade wehtut. Was soll ich denn sagen? Daß es mir wehtut, weil ein anderer mich dreimal hart rangenommen hat?

Daß es mir wehtut, weil ich Mitleid empfinde mit ihm und Scham wegen meines Doppellebens?

6. Dezember

Ich arbeite in einer großen Werbeagentur und muß mir griffige Sprüche ausdenken, um die Produkte unsrer Kunden attraktiv zu vermarkten. Das ist ein guter, beneideter Job, der Kreativität verlangt. Ich bin, wenn man so sagen darf, ein Dichter mit goldenem Boden. Ungut wird der Job, wenn die Kreativität ausbleibt. Dezember ist nicht mein bester Monat

im Jahr. Wenn es draußen so kalt ist und der Weihnachts-
wahnsinn wütet, streikt mein Gehirn. Die Bewegung 24. Dezember hat es gefangen genommen und in Dunkelhaft gesperrt. Erst im Januar, wenn es das heilige neue Licht gibt, an
manchen klaren Tagen, kommen die Ideen wieder, ich kenne
das. Jedes Jahr dasselbe. Man muß diese Durststrecke geschickt überspielen, das Nötigste der Routine überlassen und,
wenn sonst nichts mehr hilft, bluffen oder eine Krankheit vortäuschen. Oder das kaum benutzte Gehirn eines Volontärs an-
zapfen, aber das ist wirklich der allerletzte Ausweg, denn mich
mit fremden Federn zu schmücken, raubt mir den Schlaf.
Mein Chef, Herr Borten, Dietrich Borten, ist ein Chef, wie
man ihn sich wünscht. Stets korrekt, verständnisvoll, um Frieden und Ausgleich bemüht, liberal in allen Ansichten, ein
Menschenfreund, ich sage das ohne jeden Anflug von Ironie
oder Sarkasmus. Er nimmt fast immer Rücksicht auf meine
kleinen Eigenheiten. Leider liegt in diesem Jahr ein gewisser
Ausnahmezustand vor, da trägt er keine Schuld daran. Es
geht um die neuen halterlosen Strümpfe von Passion. Ziel ist
es, Frauen dazu zu bewegen, halterlose Strümpfe zu tragen,
die normalerweise keine halterlosen Strümpfe tragen, erstens
weil sie das für unbequem, zweitens weil sie das für nuttig,
drittens weil sie das für ungesund halten. Unsere Werbung
muß die Eleganz der Ware betonen, aber so tun, als wäre das
Elegante auch praktisch und bekömmlich. Unsre erste Kampagne hat man rundweg abgelehnt, und nun hat der Chef
mich, seinen besten Mann, wie er sagte, abgestellt, um den
Karren wieder aus dem Dreck zu ziehen, mit einer vorzeigba-
ren Mappe, möglichst noch vor Weihnachten. Das bedeutet,
in spätestens sieben, allerspätestens zehn Tagen müßte das
Konzept innerbetrieblich vorgestellt werden. So ein Schwach-

sinn. Unfug. Gehudel. Wieso denn unbedingt noch vor Weihnachten? Borten meinte, er habe das dem Kunden versprochen. Basta. Auf seinem Gabentisch werde unser Konzept liegen. Ich weiß nicht, was es über Frauenbeine und halterlose Strümpfe Neues zu sagen gibt. Gestern habe ich Kati gefragt, ob ihr vielleicht etwas einfiele. Das tue ich sonst nie. Kati gegenüber Schwäche zeigen. Sie wird mich für einen Versager halten. Und wenn ihr tatsächlich etwas einfiele? Könnte ich das dann einfach so verwenden? Wie stünde ich da vor ihr? Zum Glück ist ihr nichts eingefallen. Sie ist nicht die Schlaueste. Obwohl ich in meinem derzeitigen Zustand nicht das Recht habe, über irgendwen so was zu sagen. *Verwöhnen Sie Ihre Beine – und jeden, der sie ansieht.* Scheiße.

Die Stadt zieht junge Talente in Massen an. Weil junge Menschen sich überschätzen, gehen sie dorthin, wo die Konkurrenz am größten ist und das Risiko zu scheitern in einem ganz unvernünftigen Verhältnis zur Erfolgsaussicht steht. Lauter kleine Idioten, aber manche schaffen es dann doch. Weil sie brillant sind. Ideen haben. Genie entwickeln. Viele von denen sind nur ein paar Jahre lang genial, aber das reicht, damit sie irgendwem den Arbeitsplatz rauben, der auch nur ein paar Jahre lang genial war. Ich bin gut. Vielleicht nicht mehr genial, wenn ich das je war, aber ich bin gut. Ganz gut. Beständig. Abgesehen vom Dezember. Ich habe Angst zu versagen. Angst, daß Borten Besuch bekommt von irgendeinem jungen Provinzschlingel, den er wahnsinnig aufregend findet. Neu und erfrischend. Vielleicht sogar, das ist sein höchstes Lob: originell. Der ihm Ideen auf den Tisch knallt wie aus einer Stalinorgel oder dem magischen Füllhorn. Ich würde Kati gerne heiraten. Aber sorglos heiraten kann nur jemand wie Dietrich Borten. Der muß nicht mehr kreativ sein, der muß nur noch beurteilen, was andere schaffen. Der ist aus dem Gröbsten raus, und wenn er mal was falsch beurteilt, gibt es keinen Schiedsrichter, der ihm Gelb oder Rot zeigt. Mich beunruhigt mein Wunsch, so zu werden wie Borten. Kann das das Ziel im Leben sein? Und wenn ich arbeitslos werde? Wenn man erst mal raus ist aus der Szene, ist man raus, und Kati in so ein Raus reinzuziehen, dazu liebe ich sie zu sehr. Sie singt im Opernchor an der Bismarckstraße. Auch nicht gerade ein Job mit enormen Aufstiegschancen. Wir beide sind Verlierer auf Abruf. Aber das gilt für alle menschlichen Existenzen, die nicht mindestens Borten heißen. Borten ist 56 Jahre alt. Er wird mit einer mathematischen Wahrscheinlichkeit von knapp siebzig Prozent früher sterben als ich. Und was er dann war, ist egal. Er wird weg sein. Kati und ich sind dann noch ein bißchen da. Ist das Zeit genug, um Kinder in die Welt zu setzen? Was mich an vielen Menschen so stört: Sie nutzen ihr kleines Zeitfenster, reproduzieren sich und hoffen auf das Beste. Und das Unverschämte ist: In vielen Fällen geht das gut. Als wär da weiter nichts dabei. Die Menschheit hat es sich immer zu einfach gemacht. Das kommt, weil sie Verluste leicht verschmerzen kann. Sie kann mit Schwund gut umgehen. Sonst gäb es auch nicht all die Kriege. Als Individuum kann man sich Schwund nicht leisten, man hat nur das eine Leben und gibt darauf acht. Was blödsinnig ist. Unsre kleine Kerze brennt im All neben riesigen Sternen, wir beschützen sie vor jedem Wind, der sie ausblasen könnte – und ihr doch frische Luft zufächern würde, gäb es Luft im Vakuum und würde eine Kerze darin brennen. Damit sie, wenn auch kurz, noch heller brennt. Immer, wenn ich trinke, werde ich heroisch. Am Morgen bin ich wieder feige.

7. Dezember

Ich habe David heute gesagt, daß ich künftig auf ihn verzichten möchte.

Er hat nur gelacht und gesagt, den kennt er schon, den bring ich jedes Mal, wenn ich meine Tage kriege. Dieser arrogante Frosch. Er macht es mir einfach. Serge war gestern Nacht betrunken und hat wirres Zeug geredet über Sterne und Kerzen. Der Tenor war, daß er nie den Mut gehabt hat, so zu leben, wie einer lebt, der Talent hat und den Willen, etwas aus sich zu machen. Talent sprach er sich zu, aber am Willen habe es ihm immer gemangelt, und mutig seien vor allem die Idioten, die sich selbst überschätzen. Ich mußte mir das geduldig anhören und ihn trösten. Kommt in letzter Zeit immer öfter vor. Ich liebe ihn deshalb nicht weniger. Im Januar kommt das wieder in Ordnung.

10. Dezember

Kati hat sich letzthin so rührend um mich gekümmert, so was ist reinen Engeln vorbehalten. Oder entstammt einem schlechten Gewissen. Sie hat mir zweimal gesagt, daß sie mich liebt – an nur einem Abend. Diese Überbetonung muß einen doch mißtrauisch machen. Es bedeutet vielleicht, sie liebt mich, auch wenn sie einen anderen fickt. Kati ist nicht der Typus eines reinen Engels, die sind auf Erden selten gestreut. Sie ist gutherzig, das schon, also nicht übertrieben böse. Im Übrigen kann ich nachvollziehen, wenn sie die Lust an wem verliert, der nicht einmal ein Highlight der Evolution – Frauenbeine –

angemessen besingen und bewerben kann. Sie schläft meist nur mit mir, wenn ich drauf dränge oder darum bitte. Dann aber tut sie es immer. So was macht man doch nur, wenn man was zu vertuschen hat. Als wir neulich zusammen waren, merkte ich, daß es ihr wehtat, und ich fragte: Tut es dir weh? Und sie: Ach wo. Sie stritt es einfach ab, und so salopp. Fast frech. Wenn ich Kati fragen würde, warum sie nie aus eigenem Antrieb mit mir schläft, würde sie wahrscheinlich sagen, daß sie das zu aufdringlich fände, ich könnte mich genötigt fühlen und unter Druck gesetzt. Sie würde so tun, als würde sie meine Frage nur als Frage verstehen, gar nicht als Vorwurf. Ich muß das Positive sehen: Kati liebt mich. Oder bildet es sich wenigstens ein. Aber wie kann man jemanden wie mich lieben, wenn man nicht nebenbei gut gefickt wird? Als junge, gut aussehende Frau mit Bedürfnissen ist es ganz normal, heutzutage, daß man für sein leibliches Wohl sorgt. Sie ist ja keine Landpflanze. Kann ich mich damit zufrieden geben, daß sie mich nur liebt? In meinem Kopf schwappt vieles hin und her, ein Mordsdurcheinander, und ich weiß nicht mehr, welche Schlüsse zu ziehen sind. Ich will nicht in der Gosse landen ohne Kati. Und ich will Kati nicht da reinziehen, in meine Gosse. Ich muß mich von ihr trennen, weil ich sie liebe. Alles in der Zivilisation basiert auf Vertrauen. Vertrauen zu den Zeichen.

Ich vertraue dem Schild, das sagt, der Supermarkt öffnet um acht. Um sieben Uhr morgens gibt es da nichts zu holen, und man steht sich eine Stunde lang die Beine in den Bauch, vertraut man diesem Zeichen nicht. Ich vertraue der grünen Ampel, daß ich heil über die Straße komme.

Aber wenn das Vertrauen schwindet?

Was, wenn die Ampelmännchen lügen?

Was bedeutet: Ich liebe dich – ? Das kann sehr viel bedeuten.

Wenn die grünen Ampelmännchen die roten Ampelmännchen überwältigen, allen Straßen der Kreuzung freie Fahrt vorgaukeln. Einfach, um mal wieder einen großen Crash zu sehen.

Ich liebe dich, sagt Kati. Sie sagt es mal so, mal so. Mal mit Inbrunst, mal geflüstert. Immer kann es was bedeuten oder nichts. Ich glaube, daß es da ein rotes Ampelmännchen gibt, das seine Arme ausbreitet vor ihr. Ich wills ihr nicht beweisen. Noch hält die Unschuldsvermutung. Aber wenn ihr Handy vibriert, beschleicht mich eine Angst. Ich will sie nicht verlieren, dabei, wenn es so wär, dann hätt ich sie ja schon verloren. Will ich sie dann wieder? *It is twenty years ago today, Sgt. Peppers Band began to play.*

Sie ist so oft wie ein Supermarkt um sieben Uhr morgens, der erst in einer Stunde aufhat. Falls es nicht Sonntag ist, dann macht sie gar nicht auf. Und niemand weiß, ob heute Sonntag ist. Ich vertraue dem Staat, daß er denjenigen mit Strafe verfolgt, der mir Böses will. Ich stehe unter dem Schutz des Gesetzes. Alle anderen vertrauen ihm auch, die allgemeine Angst vor Strafe bewahrt das Gleichgewicht des Schreckens. Die Gesellschaft ist ein eiseskalter Krieg.

15. Dezember

Serge redete heute davon, daß wir einfach nicht zusammenpassen würden. Er sagte mir auf den Kopf zu, daß ich niemals einen Orgasmus mit ihm gehabt hätte. Das stimmt, aber warum ist das so wichtig? Mir ist das weniger wichtig als ihm. Er tut wie ein Altruist, aber ich glaube, er bezieht aus dem Orgasmus der Frau die Bestätigung seiner selbst. Das ist nicht altruistisch, das ist eitel. Er bot mir an, unter uns einen Schlußstrich zu ziehen. Ich sagte, daß das für mich nicht infrage komme, denn mir läge viel an ihm. Diese Formulierung war absichtlich gewählt, um nicht pathetisch zu klammern und ihn mit einer Liebeserklärung schief dastehen zu lassen. Wenn jemand weg will, soll man ihn freigeben, bevor es häßlich wird. Man kann niemanden festbinden. Serge sah mich durchdringend an und meinte, daß es für eine Beziehung nicht genüge, wenn einem am anderen nur noch ›viel liege‹. Da wurde ich etwas zornig, denn er drehte mir ja die Worte im Mund herum und gab ihnen einen anderen Sinn. Ich sagte, daß er offensichtlich auf Krawall gebürstet sei und daß ich seine rhetorischen Spielchen nicht mitmache. Wenn er sich von mir trennen will, sagte ich ihm, soll er mir den Grund nennen, damit ich damit umgehen kann. Und er fragte mich, ob ich einen anderen hätte. Ich sagte Nein, und es wunderte mich selbst, wie gut und kaltblütig ich in diesem Moment, ohne auch nur eine Zehntelsekunde zu zögern, lügen konnte. Vielleicht, weil es genau genommen keine Lüge war, denn ich habe mit David ja Schluß gemacht. Serge sah mir tief in die Augen, dann schüttelte er wie wild den Kopf, begann zu weinen und bat mich um Verzeihung. Die Jahreszeit mache ihn verrückt, es gehe mit ihm bergab, er würde Dinge sagen, die er nicht so meine, und nichts wünsche er so sehr, wie nicht allein zu sein in seinem Elend. Er nahm mich in die Arme, bohrte seine Stirn zwischen meine Brüste und bat darum, ihn nicht ernst zu nehmen, wenn er so daherredet. Ich dürfe ihn, sagte er flüsternd, jederzeit verlassen, wenn ich es nicht mehr mit ihm aushalten könne, er sei dankbar für meine Liebe, auf mein Mitleid würde er aber lieber verzichten. Es ist schwer zu beschreiben, was dieser hemmungslos flennende Mensch in mir ausgelöst hat. Es war, als müsse ich mich in einem Augenblick zwischen Abscheu und bedingungsloser Empathie entscheiden. Wie eine Mutter, die ihr Kind zum ersten Mal in der Hand hält und sieht, daß es schwer behindert ist. In einer Sekunde entscheidet sie sich, so stelle ich es mir vor, ob sie es für immer lieben oder weggeben soll, für ein bequemeres Leben. Und es fällt mir schwer, das niederzuschreiben, aber: In meinem Innersten vertagte ich die Entscheidung. Mir war das zu viel. Ich habe Serge geküßt, überall, um irgendwas zu tun. Und zugleich verabscheute ich ihn dafür, daß er sich so vor mir gehen ließ.

Warum kannst du nicht einfach wieder so sein, wie du warst, habe ich ihn stumm angeschrien. Endlich beruhigte er sich, bekam eine Erektion, und es war, als würde er diese Erektion selbst als grotesk empfinden in der Situation, in der wir uns befanden. Ich hab ihm einen runtergeholt, während er teilnahmslos zur Decke sah, danach wirkte er von allen Sorgen befreit und schlief an meiner Brust ein, wie ein sattes Kind.

Weiß Gott, wie Männer ticken. Es wird mir für immer ein Rätsel bleiben.

Gottseidank.

It is twenty years ago today, Sgt. Peppers Band began to play – dieser Ohrwurm macht mich fertig. Er gefährdet mich physisch. Heute habe ich Karotten- und Ingwerstücke in den Mixer getan, um sie für eine Karotten-Ingwer-Suppe zu zerstückeln. Ich habe mich geärgert, weil der Mixer nicht funktionierte. Er pürierte weder die Karotten noch den Ingwer, ließ viel zu große Stücke übrig. Die Messer drehten sich wie vorgesehen, es war ihnen kein direkter Vorwurf zu machen. Und doch – da wurde kein Brei draus. Es war, als würden die Messer immer eine Lücke finden, um pflichtgemäß zu wirbeln – und doch nichts zerstückeln zu müssen. Eine große Verarsche. Das wurde einfach nicht heiß. Und ich prüfte die Temperatur – steckte meinen linken Zeigefinger hinein. Mann, tat das weh! Der halbe Fingernagel ab. Mit allem daran hängenden Fleisch. So viel Blut. Es spritzte aus mir heraus, eine rote Ejakulation. Beinahe hätt ich den Notarzt holen müssen. Ich konnte die Blutung dann stillen, mit einem Handtuch. Kam mir so blöd vor. Ich kann das nicht erklären. An rotierenden Klingen die Temperatur zu prüfen – erschien mir normal, selbst als es schon passiert war. Jetzt fehlt mir eine Fingerkuppe. Als Kati und ich in Venedig waren, in unserem ersten Jahr, da standen wir mal am Wasser und sahen hinein, und ich hatte so große Lust, Kati spontan einen Schubs zu geben, damit sie in den Kanal fällt. Ich wußte jedoch, ich darf das nicht tun. Aber vielleicht hätte sie mich genau dafür geliebt, wäre sie wieder trocken geworden. Ich hab ihr das Szenario geschildert, sie meinte, hätt ichs getan, wäre sie abgereist und nie wiedergekommen. Aber Frauen lügen, wenn es um elementare Dinge geht. Nicht, daß sie bewußt lügen, nein, man kann sich nur eben nie sicher sein, was sie wollen. Sie hassen nur die Langeweile. Obwohl sie ja von ihrer Natur her auf nichts so scharf sind wie Geborgenheit, Versorgtheit, Ödnis auf hohem Niveau.

*

Kati hat mal wieder mit mir Schluß gemacht. Ich habe das anfangs nicht ernst genommen, aber nun sind es schon neun Tage, da sie nichts von sich hören läßt. Rekord. Ich vermisse sie, wenn ich ehrlich bin, mehr als ich es für möglich gehalten hätte. Natürlich darf man da nicht aktiv werden, man muß nur warten, einfach warten, das ist das ganze Geheimnis. Da kommt noch was. Oder es kommt nichts, dann war es das. So einfach.

Aber ich vermisse sie. Sie hat von Anfang an darauf bestanden, daß das zwischen uns nur was Flüchtiges sei und was Körperliches. Das war mir sehr recht gewesen. Ganz hervorragend fand ich das. Sie ist ein guter Fick, ansonsten ein bißchen fade. Dachte ich. Aber es gibt langweiligere Frauen. Was sie an Serge findet, mag ihr Geheimnis bleiben. Der tickt nicht richtig, das hab ich immer geahnt. Heute Nachmittag beim Meeting, als er das Konzept für die Passion-Kampagne präsentieren sollte, dessen fotografische Umsetzung dann wohl an mir hängen bleiben wird, hat er viel Worte gemacht, über Sterne und Kerzen palavert und über den Mut, die erregende Schönheit einer perfekten Frauenbeinsilhouette sowohl schön als auch erregend in Szene zu setzen, ohne die Würde der Thematik bloßzustellen durch simple Erotik. (Hä?) Ihm schwebe eine Galaxie vor, deren Umriss genau einem von Picasso gemalten Frauenbein entspräche. (Das ist gar nicht Pi-

55

casso, er meint Cocteau, glaube ich.) Nur daß die Sterne jener Galaxie aus kleinen Kerzen bestehen sollten, wie die Teelichte, die man am Altar einer Madonna aufstellt, als Votivkerzen für die kleinen und feinen Wünsche des Alltags. Er habe, sagte er, kein Bildmaterial, weil man das erst digital entwickeln müsse. Aber den Text, daß Sterne nur große Kerzen seien im All, und, sinngemäß, daß Frauenbeine von Passion-Strümpfen aufgewertet würden wie Kerzen zu Sternen, also das Heimelig-Kuschlige zeichensetzend triumphiere vor dem Hintergrund eines unendlich expandierenden Kosmos. So ungefähr. Niemand hat das verstanden, und jeder im Raum, einschließlich meiner selbst, fragte sich, ob er nicht richtig aufgepaßt hatte oder einfach erschüttert sein mußte. Borten hält immer noch viel von Serge, aber selbst er glaubte sich von ihm verarscht. Wie meinen Sie das denn genau, hat er ihn hilflos gefragt, wohl, weil er noch mit der Möglichkeit spielte, ein geniales, aber zu tiefgründiges Konzept nicht verstanden zu haben.

Borten zeigte sich dankbar, als ich aufstand und das alles einen Haufen unausgegorener Metaphysik nannte, um drei Ecken zu viel gedacht. Ja, genau, stimmte er mir zu, sehr erleichtert, so gehe es ihm auch. Plötzlich flippte Serge aus, er könne rund um Weihnachten, einem völlig verlogenen Fest dummer Christen, die tiefere Wahrheit eines Frauenbeins eben nur mündlich und andeutungsweise besingen, die Kampagne, seine Kampagne, basiere auf radikaler Optik, er zeigte mit beiden Zeigefingern auf mich, als fehle seinem Genie nur ein kongeniales Pendant der Veranschaulichung. Ich weiß nicht, ob er noch ganz klar im Kopf war, ob er im großen Stil bluffte oder alberne Spielchen spielte, aus purer Verzweiflung. Drogen trau ich ihm nicht zu.

Fast tat er mir leid. Dennoch stand ich auf und erklärte, mit solch diffusen Vorgaben bislang leider recht wenig anfangen zu können. (Eigentlich waren sie soo diffus gar nicht, aber sein Gehabe ging mir auf den Sack, und er fickt Kati. Und schlecht.)

Serge sah mich an und hob beide Hände, ein bißchen wie diese potthäßliche Statue in Rio. Am linken Zeigefinger trug er ein dickes Pflaster. Und plötzlich pinkelte sich Serge in die Hose, seine hellblaue Jeans verfärbte sich dunkel, und rund um seine Füße entstand eine Pfütze. Uns allen stand der Schreck ins Gesicht geschrieben, Fremdscham auch.

Borten beendete das Meeting, vertagte es vielmehr, er bat alle, das Zimmer zu verlassen. Und Serge begann zu schreien. Nur Töne, keine Worte, er kreischte, in enormer Lautstärke, vor sich hin. Man kümmerte sich nicht um ihn, schloß ihn im Zimmer ein und rief einen Notarzt.

Einerseits verständlich, man mußte wirklich Angst vor ihm bekommen.

Andererseits – wir wären fünf gewesen, was hätte er uns schon tun können? Entgegen meinem Vorsatz habe ich Kati eine SMS geschrieben, daß wir uns doch noch mal unterhalten sollten, es sei grad eben mit ihrem Liebsten etwas äußerst Seltsames geschehen. Etwas Alarmierendes. Sie wollte natürlich sofort alles wissen. Und ich hörte ihre Stimme so gern.

*

It is twenty years ago today, Sgt. Peppers Band began to play. FUCK! Plötzlich, fünf Minuten vor dem Treffen mit den Dränglern und Zänkern und Stänkern, war mir alles klar. Das Konzept für Passion muß gigantisch und verwirrend werden.

Unfaßbar für Menschen nur mittlerer Gangart. Galaktisch. Es muß jedem, der es ansieht, Tränen in die Augen treiben ob der eigenen Vergänglich-/Unzulänglichkeit. Das Frauenbein an sich – der Altar des allzumenschlichen Begehrens, eine Chiffre ewig gültiger Lüsternheit, eine Stufe auf der Jakobsleiter –, *hinan* mit Goethes Worten, hier ists getan, hier wirds Ereignis.

Eroberung des Alls. Verehrung des Lichts. Das war so klar. So logisch. Ergreifend. Und ich begann zu reden vor den Zänkern und Stänkern und Eseln. Hatte sie schon in der Tasche. Bis einer, der Dümmstbockigste von allen, David Kleinmann, aufstand und Zweifel säte zwischen all die schönen Entwürfe. Um sich auf meine Kosten zu profilieren. Er sehe nichts, er sei blind. Ach, hab ich gesagt und nochmal ach, und ich wollte sagen und sagen, aber da war nichts zu sagen, nichts so schön zu sagen wie zu pissen auf alles, was er sagte, und ich pisste und lachte. Hallelujah. Man muß auch mal Stellung beziehen. Die Stille hinterher – wie ist die einzuordnen? Diese lange Stille.

25. Dezember

Das Weihnachtsfest verlief so traurig wie noch nie. Serge ist immer noch nicht ansprechbar. Er ist sehr verwirrt, und die Medikamente scheinen ihn nur zu ermatten. Dr. Borten hat mit mir gesprochen und sich großartig verhalten. So eine Krise komme vor, gehe auch wieder vorbei, bei kreativen Kräften in ständigem Stress müsse man mit derlei rechnen. Es sei sein Fehler gewesen, ihn überfordert zu haben. Wenn Serge sich nur geäußert hätte, einmal etwas gesagt, einmal mit dem

Zaunpfahl gewinkt hätte, aber leider... Er rückte dann noch nah an mich heran und forderte mich auf, für Serge da zu sein. Die Frau sei die natürlichste Heilung für den Mann. Ob er Serge eine neue Chance geben würde, fragte ich ihn, und er guckte wie ein Auto. Selbstverständlich, murmelte er, selbstverständlich. Seinen besten Angestellten wolle er doch nicht wegen einer solchen Lappalie verlieren. David ist sich wegen seiner provokanten Haltung keiner Schuld bewußt, und im Grunde kann man ihm auch nichts vorwerfen. Die Krise wäre, sagt der Arzt, sowieso ausgebrochen. Aber ich möchte mit David nicht reden. Nicht, weil ich böse auf ihn bin, sondern weil ich Sehnsucht nach ihm habe. So eine riesengroße Sehnsucht. Es klingt entsetzlich und ist entsetzlich. Weihnachten allein zu sein mit einem kranken Menschen, der mit den Augen rollt und jeden Moment so aussieht, als ob er dich anspucken möchte. Der stundenlang flüstert, gerade so leise, daß man nichts versteht. Oder was von den Beatles singt. Und wenn ich ihn küsse, wendet er sich ab von mir, nennt mich Scheißemama. Ich bin nicht sicher, wie lange ich das durchhalten kann. Die Ärzte raten, man soll im Winter den Kranken Orangen mitbringen. Nicht wegen der Vitamine, sondern wegen der Farbe. Die Farbe der Orange wecke Zuversicht.

.

28. Dezember

In der Probe heute hat Hermannstein über den Chor abgelästert, der einer mitteleuropäischen Hauptstadt nicht würdig sei. Ein guter Dirigent, aber so brutal und gemein. Ich hatte vorher dreimal die Proben für die Gala geschwänzt, unter

Ausnutzung aller möglichen Ausflüchte, deswegen mußte ich mitsingen, wenn ich den Job nicht riskieren will. Meine Stimme klingt brüchig und zerfasert, ich habe Angst, daß Hermannstein das raushört und mich vor allen Kollegen zur Schnecke macht, wie es neulich sogar einer Solistin passiert ist. Ich sang schon immer gern im Chor. Es ist das Gefühl, von der Gruppe behütet zu sein, nicht ausgestellt, exponiert, das ich so mag. Mein Ehrgeiz war nie ausgeprägt, aber er entsprach meinem Talent, ich muß mir nichts vorwerfen. Und doch kommt es mir nun so vor, als hätt ich mich in all den Jahren versteckt. Hätte mein Licht unter den Scheffel gestellt – was ist eigentlich ein Scheffel?

Heute ging es Serge viel besser, er nannte mich bei meinem Namen, bat darum, daß ich ihm das Mittagessen mache. Wie er das meine, fragte ich ihn, es bekämen doch alle Patienten dasselbe, entweder das vegetarische Gericht oder das andere. Es komme, sagte er, darauf an, daß ich es ihm bringe, er sagte: kredenze. Das machte mich glücklich. Er nannte mich Liebling und fragte, wie und wo wir ins neue Jahr gehen wollten. Das hab ich dem Arzt mitgeteilt, der runzelte die Stirn und meinte, daß es dauern könne, bis Serge die Klinik verlassen dürfe. Ich wurde pampig, doch wenn ich so drüber nachdenke, geht es mir vor allem darum, Silvester nach der Gala außerhalb der Klinik zu verbringen, mit Serge, irgendwo. Es geht mir um mich, nicht um ihn. Apropos *Scheißemama*. Ich habe es nie über mich gebracht, ihn über seine Eltern auszufragen, das Thema war tabu. Immer hat er massiv geblockt, wenn das Gespräch darauf gekommen ist. Ich liebe einen mir nur teilweise bekannten Menschen, diese Erfahrung zieht mich zu Boden. Es ist grauenhaft, vernünftig sein zu müssen. Im schlimmsten Fall werde ich für Serge sorgen, das ist klar, aber wie? Ich werde meine Eltern um Unterstützung bitten. David bot sich überraschend an, mir zu helfen, auch mit Geld, sieh an. Doch trau, schau, wem. Er stört.

29. Dezember

Ich habe Kati meine Unterstützung angeboten und mußte mir Mühe geben, daß es nicht frivol klang, also hab ich gesagt: Wenn du Unterstützung brauchst, jeder Art, egal wie ich helfen kann, auch mit Geld, komm zu mir. Sie reagierte sehr abweisend, und ihr Gesicht sagte lautlos, daß ich sie ja nur wieder ins Bett kriegen wolle – und leider stimmt das nicht ganz. Ich wünschte, dem wär so. Wie sie denn Silvester verbringen wolle, fragte ich, und sie: Nicht mit dir. Für ihre Verhältnisse klang das beinahe brutal. Nie hat mich eine Frau so verächtlich und herablassend behandelt, jedenfalls keine, die vorher so lammfromm und sanft gewesen ist. Und nie hätte ich mir das gefallen lassen. Mein Bruder, dem ich davon erzählte, meinte denn auch, daß das ja ganz neue Töne seien. Es stimmt. Damit, gescheiterte Beziehungen und Affären schnell abzuhaken, hatte ich nie ein Problem. Aber wenn mich eine Frau in den Wind schießt wegen so einem Wrack wie Serge – naja.

31. Dezember

Ich habe mitgesungen, unter Tränen, was hoffentlich niemandem auffiel, das Konzert ging um elf zu Ende, nach völlig unnötigen drei Zugaben, ich nahm ein Taxi zur Klinik und fand einen Serge vor, der lachte, mich umarmte, gar ein wenig Liebe machen wollte. Kurzerhand beschloß ich, daß wir von hier abhauen sollten. Das Personal war mit anderen Dingen beschäftigt, Serge zog sich an, packte sein Zeug, und wir bestiegen den Aufzug, niemand schritt ein. Das neue Jahr wurde eben bejubelt, und sonderbarerweise stand vor der Klinik ein Taxi, dasselbe, mit dem ich gekommen war. Ich nannte dem Fahrer meine Adresse, der Himmel füllte sich mit Feuerwerk, und Serge kicherte immerfort in sich hinein, verhielt sich aber, wenn man so sagen darf, regelkonform. Kaum auffällig, nein, er streichelte meine Schenkel, während wir zu mir fuhren, und daß er Hunger habe, sagte er. Ich hab ihm Brot und Spiegeleier gemacht, die wollte er nicht essen. Zu große Augen hätten die. Er wollte mich, und ich gab mich ihm.

Es ging schnell, und ich dachte an Bortens Worte: Die Frau sei die natürlichste Heilung für den Mann. So fanden wir ins neue Jahr. Zum ersten Mal liebte ich sein Schnarchen, es zählte einzig, daß er bei mir war und gern. Am Morgen kam mir eine Idee, wie Serges Heilung beschleunigt werden könnte. Wir könnten irgendwohin fahren, wo es nicht kalt ist, wo kein Schnee liegt und die Sonne scheint. Das schlug ich Serge vor. Medikamente hat er noch für zwei Wochen. Ich bat ihn auch, sein Tagebuch weiter zu führen, denn ich finde es sinnvoll, daß er seinen Tagesablauf reflektiert und vor sich selbst rechtfertigt. Er ist mit allem einverstanden und nennt mich seine Heldin. Ich habe Freunde in Malta, bei denen wir unterkommen könnten. Sie sind ebenso einverstanden, aber ich habe ihnen nichts über Serges Krankheit gesagt, was wohl nicht in Ordnung ist. Notfalls nehmen wir ein Hotel, ich habe noch dreitausend Euro auf dem Konto, mein Englisch ist gut, wenn gar nichts mehr geht, werde ich arbeiten, als Touristenführerin oder sowas.

Die kurzfristig gebuchten Flüge sind leider recht teuer.

Serge ist heilfroh, aus der Klinik raus zu sein, Krankenhäuser sind ihm verhaßt. Ansonsten ist ihm alles ganz peinlich, er hat Angst, wieder aus der Rolle zu fallen. Zwischendurch dann ist er wieder selbstbewußt, sogar zu Scherzen aufgelegt. Seltsamerweise kamen weder er noch ich auf die Idee, daß er ja auch finanzielle Rücklagen besitzt. So sehr überwog in meinen Augen der Eindruck, es mit einem in jeder Hinsicht auf Hilfe angewiesenen Mann zu tun zu haben. Wir sahen am Bankomaten nach. Sein Guthaben beträgt samt Dispo fast zwölftausend Euro. Wir können uns, ohne zu sparen, ein halbes Jahr Auszeit nehmen. Ich bin sicher, das ist es, was er braucht, und neue Medikamente werden dann nicht mehr nötig sein. Meinen Job an der Oper kann ich haken, aber das ist nicht wichtig, ich komme schon wieder irgendwo unter. Serge liebt es, wenn ich ihm ein Lullaby singe. Er sagt, ich hätte die weicheste, schokoladigste Stimme der Welt, und wenn er sie höre, sei es, als würde auf einem heißen Steak Kräuterbutter schmelzen. Es fließe ineinander, was ineinander gehört. Solche Vergleiche hätte er früher nie benutzt, und sie wirken merkwürdig aus seinem Mund, obwohl an ihnen vorderhand nichts auszusetzen ist.

*

Kati hat mich überrascht. Man kann auch sagen, überrumpelt. Sie hat uns Flugtickets besorgt. Nach Malta, in die Sonne. Das soll mir guttun. Sie wollte dann ernsthaft wissen, wie meine Finanzen bestellt sind. Ist das nicht ein wenig indiskret? Ich wußte auch gar nichts über meinen Kontostand. Sie drängte darauf, daß wir gleich zum Bankomaten gehen und nachsehen. Es sei doch, sagte sie, wichtig für unsere Zukunft. Na gut, sie gab keine Ruhe, wir gingen zur Bank, und ich stellte fest, daß ich einschließlich Dispo über fast zwölftausend Euro verfügen kann. Kati wirkte ganz glücklich, fast euphorisch. Das hat mich, wenn ich ehrlich bin, gestört. Soll ich den Aufenthalt auf Malta alleine bezahlen? Wozu? Wozu tut sie das alles? Daß sie ihren sicheren Job an der Oper riskiert, als wäre sowas von keinerlei Bedeutung – ich verstehe es nicht. Sie sagt andauernd, daß alles nur meiner Gesundheit dient. Mir geht es doch wieder ganz gut. Ist es wirklich so wichtig, weit wegzufahren, wo mich niemand kennt und ich niemanden kenne? Kati hat jetzt die Hosen an, und sie liebt mich. Sagt sie. Ich muß ihr vertrauen. Wem kann ich denn vertrauen, wenn nicht ihr? Aber wenn sie mich nur benutzt, um aus ihrem eigenen Leben auszubrechen? Damit ich ihr ein paar Monate in Malta finanziere? Ich will so etwas nicht denken. Und muß es denken. Sie ist romantisch und leichtfertig. Dabei resolut. Sie zwingt mich in ihre Spur, verhält sich, als sei sie meine Mutter. Da rebelliert in mir alles. Vielleicht weiß sie einfach nicht, was sie tut. Ganz sicher ist es so. Sie weiß, daß ich sie liebe. Was ihre Position in Bezug auf mich über Gebühr stärkt. Sie nutzt meine Liebe aus. Alle Frauen tun das. Es liegt in ihrer Natur. Ob es ihnen bewußt ist oder nicht. Wenn es nur um zwei, drei Wochen ginge, müßte sie sich nicht nach meinen Vermögensverhältnissen erkundigen. Oder?

3. Januar

Kati hat mir eine Mail geschrieben: *Fahre mit Serge für einige Zeit ins Ausland. Schick mir bitte keine* SMS *mehr. Gruß K.*

Serge hat sich einfach aus der Klinik geschlichen, hat mir Borten erzählt, der es vom Chefarzt weiß. Dabei hätte man sowieso keine rechtliche Handhabe gehabt, ihn gegen seinen Willen dazubehalten. Alle, die Serge kennen, sollen ihm das sagen. Er soll sich melden, damit die Medikation weitergehen kann. Ich habe Kati gebeten, ihm das auszurichten. Borten meinte zu mir, es tue ihm sehr leid, er habe ein schlechtes Gewissen, aber er müsse Serge vielleicht doch kündigen. Wenn er nicht bald komplett wiederhergestellt sei und sich zur Arbeit melde. Wirtschaftliche Zwänge, so sei das Leben, rücksichtslos und grausam. Das habe ich Kati aber nicht erzählt. Die beiden sollen sich erst mal zwei Wochen entspannen, dann sieht vielleicht alles schon wieder ganz anders aus.

7. Januar

Kati zuliebe nehme ich die Tabletten weiter, obwohl ich glaube, daß sie meine Gedanken unterdrücken. Seit wir hier sind, ist in meinem Kopf nichts los, ich trage ein fettes Vakuum zwischen den Ohren spazieren, ein schwarzes Loch, das alles, was ich sehe und empfinde, aufsaugt und in Nichts verwandelt. Es ist, als wär ich nicht vor Ort. Mein Körper geht spazieren und sieht Dinge und meldet irgendeiner Instanz in mir, daß das an sich ganz hübsch sei, genossen werden müsse. Kati mag seltsame Häuser. Und ich – was von mir übrig geblieben ist – antworte: Jaja, und lenke meinen Körper dahin, dorthin. Wirklich seltsame Häuser. Es ist sonnig, zwölf Grad plus, wir wohnen bei Katis Freunden im Gästezimmer, schlafen auf einer aufblasbaren Matratze, was unbequemer klingt, als es ist. Greta und Ralf, so heißen die beiden, keine Ahnung, woher Kati die kennt, arbeiten hier für einen Pokerserver, in der Kundenbetreuung. Ich habe nie Poker gespielt und weiß nicht, was das für ein Job ist. Die Leute leben von weißgottwas. Geht mich auch nichts an. Ich bin freundlich gewesen, vielleicht etwas schweigsam. Was soll ich denn sagen? Wir waren in einem angeblich guten Restaurant, Greta sagte, es sei auf der Insel mit das beste. Kati bat mich, die Rechnung zu übernehmen, das gehöre sich so, weil die beiden uns bei sich aufgenommen hätten. Das wird seine Richtigkeit haben. Die alten gelben Busse hier haben mir gefallen, und als ich das erwähnte, sagte Ralf, man habe eben beschlossen, sie bald abzuschaffen. Der mag mich anscheinend nicht. Wie kann man auf Malta die alten gelben Busse abschaffen, deren Miniaturausgabe jedes Kind im Souvenirshop kaufen kann? Das ist doch idiotisch. Das Essen im Tarragon, dem angeblich besten Restaurant der Insel, war teuer, aber wohl okay, ich schmecke nicht viel, das kommt von den Tabletten. Wenn wir abends allein sind, Kati und ich, sehen wir uns DVDs an, aus der großen Sammlung von Greta und Ralf, obwohl man über Satellit deutsches Fernsehen empfangen kann. Kati will nicht deutsch fernsehen, dazu sei sie nicht nach Malta gekommen. Wozu sind wir denn nach Malta gekommen? Ist sie nicht wegen mir nach Malta gekommen? Ich war beleidigt, weil ich die Tagesschau sehen wollte. Allerdings hatte ich nicht laut gesagt, daß ich die Tagesschau sehen wollte. Ich vermeide es, gegenüber Kati laut zu werden. Sie könnte es für einen Rückfall halten.

Greta und Ralf arbeiten meistens in der Nachtschicht. In ihrer Freizeit gehen sie in eins der vier Spielcasinos der Insel und zocken an den Pokertischen. Sie wollten mich überreden, sie einmal zu begleiten, aber ich verstehe doch gar nichts davon. Kati ging aber mit, als würde sie was davon verstehen. Geselligkeit, hat sie gesagt. Und mich hier allein gelassen. Keine drei Tage hier, und schon überläßt sie mich einer zugegebenermaßen umfangreichen DVD-Sammlung. Ich hab mir die Tagesschau angesehen. Deutschland leidet unter dem schlimmsten Winter seit 1978/79. In vielen Städten herrscht Mangel an Streusalz, und Fußgänger ziehen sich Knochenbrüche zu. En Masse. Siehste, würde Kati sagen, da ist es doch umso besser, daß wir hier sind, im Warmen, fünf Minuten vom Meer, und noch gebe es die alten gelben Busse ja, nächstes Jahr vielleicht schon nicht mehr. Sie dreht es immer so hin, daß alles gut ist, wie es ist. Als müsse man auf die Knie fallen vor Dankbarkeit. Jetzt, weit nach Mitternacht, sind die drei immer noch nicht zurück. Greta und Ralf werden zur Arbeit gegangen sein, also was macht Kati da draußen alleine?

Ich sehe mir eine DVD an, *Man on Wire*, über einen Typen, dessen Lebensziel es war, zwischen den Twin Towers ein Seil zu spannen, heimlich, heimlich, und darauf spazieren zu gehen. Auf was für Ideen Leute kommen. Irgendwie hat ers auch noch geschafft, bevor die Flugzeuge in die Wolkenkratzer krachten. Das ärgert mich. Obwohl die Story beeindrucken müßte, macht sie mich neidisch. Ich bin so elend, so hundeeinsam, jetzt höre ich einen Schlüssel, der sich im Schloß dreht, wie ein Messer in einem verhaßten Bauch, wie ein Flugzeug in einem Wolkenkratzer. Kati beugt sich über mich, streichelt meine Stirn, ich sage: Danke, Schatz. Nein, ich höre, wie etwas in mir das sagt. Ich selbst würde was ganz anderes sagen.

Ich hab mich so gut amüsiert, du hättest, sagt Kati, mitkommen müssen. Immer Vorwürfe. Immer mir vor Augen halten, daß ich nicht wie die anderen funktioniere. Aber dank der Medikamente weiß ich, daß ich nicht wie die anderen funktioniere, diese Tabletten demotivieren mich wirklich, ich sollte sie nicht mehr nehmen. Nur Kati zuliebe – und es macht ja Sinn, Kati soll mich liebhaben, ich habe ein wenig Zuwendung verdient vor dem Tod. Morgen stürz ich mich vom Felsen, in die spritzende Gischt. Das ist eine gute Idee. Und nur, weil es Kati gibt, denk ich endlos dran herum. Sie ist der Klotz an meinem Bein. Mein Engel. Mein Alles, was ich noch habe. Sie klebt wie Scheiße an meinem Schuh, sie wacht über mich, ich liebe sie. So viel tut mir leid. Es ist unerlaubt in meinem Kopf. Jetzt schläft sie. Mondschein fällt durchs Fenster, und ich schnüffel rum in ihrem Haar. Das natürlich eine Maske ist, eine Tarnung. Klar. Ich säh ihr gern von Ohr zu Ohr. Morgen oder übermorgen, hat sie noch gesagt, besuchen wir eine Kirche, die schönste Kirche der Welt. Das bist du doch selbst, hat was in mir gesagt – und Kati lächelte mich an, sie zeigte ihre weißen Zähne, von einem Hai kaum mehr zu unterscheiden. Gott, sie ist so schön, wie kann sich jemand an ihrer Seite unwohl fühlen? Deplatziert? Sie krampfhaft zu vergöttern, ist der falsche Weg. Ich liege wach neben ihr, die ganze Nacht. Um halb sieben Uhr morgens kommen Greta, die Blonde, und Ralf, der Dünne, von ihrer Schicht zurück, kochen Kaffee, ach wär das schön, wenn der Kaffee da wär, die beiden aber nicht, ich würde laufen und im Laufen heißen Kaffee in meine Mundhöhle füllen, wie irgendein Neandertaler.

8. Januar

Der Aufenthalt auf der Insel hat Serge vom ersten Tag an gutgetan. Er ist ganz ruhig und freundlich, sagt nicht viel, starrt in die Sonne. Verhält sich auch zu unseren Gastgebern höflich. Gerne steht er am Meer und betrachtet die Gischt.

Mitten zwischen den Altbauten gibt es Häuschen, aus riesigen unverputzten Ytong-Blöcken gebaut. Das müßte häßlich aussehen, tut es aber nicht, die Gebäude wirken wie eine Mischung aus Atombunker und Burg, strahlen Stolz und Heimeligkeit aus.

Tun sie das? fragte Serge. Ihm kam es so vor, als seien Stolz und Heimeligkeit nicht die naheliegendsten Begriffe bei derlei Gebilden. Ich kann mich nicht sattsehen an den schmalen bunten Holzbalkonen, eigentlich eher Wintergärten aus Holz, die wie Schwalbennester an die Hausmauern angeklebt wirken.

Die ganze Stadt, bis auf Werbeflächen, ebenjene Balkone und ein paar ganz neue Gebäude, strahlt bei Sonnenlicht ein beruhigend monochromes Sandsteinbraun aus, das nur an manchen Stellen ins Morbide übergeht, genau dort, wo die Architektur monströse, ja phantastische Züge annimmt, als sei sie Piranesis Carceri-Zeichnungen entliehen. Es gibt riesige Häuser, ja Paläste, in deren Mitte ein Nichts gähnt. Über diesem Nichts finden aber steinerne Brücken Zugang zu anderen Häusern und Palästen, während viele Meter über diesen Brücken ganze Stockwerke noch bewohnt scheinen (vor ihre Fenster war zu trocknende Wäsche gespannt), obwohl sie über einem Abgrund hängen und nach meinem Empfinden längst hinabgestürzt sein müßten.

Abends sehen wir DVDs, und als Serge einmal die Tagesschau gucken wollte, riet ich ihm davon ab. Wozu Bilder aus Deutschland hierherholen? Erst war er etwas mürrisch, aber dann verstand er mich. Ich habe Greta und Ralf gesagt, was mit ihm nicht stimmt, also, daß mit ihm etwas nicht stimmt, sie reagierten wundervoll, vielleicht nahmen sie es auch nur auf die leichte Schulter. Die beiden sind keine sehr ernsthaften Menschen, spielen Poker, arbeiten für einen Onlinepokerserver, im Grunde sind sie Kinder Mitte dreißig, die sich hier eine lustvolle Existenz aufgebaut, Hobby und Beruf verbunden haben. Sie vögeln ein wenig laut, meistens am Nachmittag, aber deswegen kann ich sicher nicht zu ihnen hingehen und sagen, laßt das mal. Wir waren essen im Tarragon in St. Pauls Bay, und Serge lud uns alle ein, nachdem ich ihm einen kleinen Hinweis gegeben hatte. Er tat etwas empört, zum Spaß, so in etwa, wie er das finden soll, daß ich ihn darauf extra hinweisen würde, das verstehe sich doch von selbst. Nachts schläft er unruhig, und manchmal gar nicht, dann steht er auf, geht zum Fenster, um eine zu rauchen, womit er wieder angefangen hat, weil Greta und Ralf rauchen. Bitte sehr, wenn es ihn beruhigt. Nur einmal gab es eine kleine Szene, den Anflug einer Szene, als Ralf nämlich erwähnte, daß die alten gelben Busse bald abgeschafft werden. Da bemerkte ich einen kurzen Anfall von Wut und Ekel in Serges Mimik, beinahe wie bei einem zornigen Buben. Aber er drehte sich weg und sagte nichts. Tagsüber machen wir lange Spaziergänge, so ab zehn, wenn Greta und Ralf noch schlafen. Gegen eins dann stoßen sie zu uns, sind wirklich perfekte Gastgeber, haben Freude daran, uns die schönsten Stellen der Insel zu zeigen. Gestern Abend wollten sie in eins der Casinos und luden uns ein, sie zu begleiten. Serge wollte nicht, er sagte, er verstehe davon nichts. Ich verstehe davon ja auch nichts, aber man kann sich ja mal was Neues gönnen, bevor man es ablehnt. Das hab ich ihm so gesagt, und er: Geh nur, geh nur, ich kann mich auch mal einen Abend mit mir selbst beschäftigen. Wirklich? Jaja. Na gut. Vielleicht brauchte er seine Ruhe, ich ging also mit Greta und Ralf ins Dragonara, das ist das größte Spielcasino, auf einer Landzunge in St. Julians gelegen und schwefelgelb bestrahlt in der Nacht. Die beiden setzten sich an einen Pokertisch, damit machen die ein gutes Drittel ihres Einkommens, ich wußte gar nicht, daß sie in der Szene so etwas wie Koryphäen sind. Während sie spielten, sah ich etwa eine Stunde zu, und Greta flüsterte mir dauernd was ins Ohr, versuchte mir die Regeln zu erklären, sah dann aber irgendwann ein, daß das so en passant nicht funktioniert. Ich fing an, im Casino herumzuspazieren. Das Dragonara, erzählte Greta, sei noch vor wenigen Jahren ein stilvoll morbides, leicht heruntergekommenes Casino gewesen, das in jüngster Vergangenheit kaputtrenoviert worden sei, das allen Charme, alle Patina verloren habe und dennoch – oder gerade deswegen – seither ungeahnten Zulauf erhalte. Als hätten die Architekten den Geschmack des Proll-Publikums getroffen. Alles sei nun viel zu hell, zu steril, zu geschniegelt. Wo vorher Gelb, Gold und rötliche Farben dominierten, sei es nun das Dunkelblau der Sessel, das Grau des Teppichbodens und das Plastik-Weiß der mit Videokameras gespickten, tiefergelegten Decke. Ich kann mich dieser Meinung nur anschließen. Links und rechts der Eingangstür standen zwei alberne, ja peinliche pseudoägyptische Statuen. Es wurde ein Foto von mir gemacht, und ich bekam eine *Players-Card*, der Form nach einer Kreditkarte ähnlich und zehn Jahre gültig. Jeder Gewinn muß auf der Players-Card abgespeichert werden, bevor man damit zum Cashier geht. Der Bank ist es so möglich, das Spielverhalten ihrer Kunden bis ins Detail nachzuverfolgen. Ob Serge sich hier wohlgefühlt hätte?

Den überbelichteten Spielsaal umstellen Marmorsäulen primitiver Machart, die man eher im Wellnessbereich eines stillosen Hotels erwarten würde. In den Seitensälen gibt es viele einarmige Banditen, aber ohne die charakteristischen Hebel. Eigentlich armlose Banditen, die nur noch auf Knopfdruck funktionieren. Es gibt auch zwei abgetrennte Raucher-Bereiche. Auf etlichen Bildschirmen im Gebäude liefen Fußballspiele der italienischen Seria A.

Ich schmiss ein bißchen Kleingeld in die Banditen und gewann, ohne daß ich wüßte warum, zwanzig Euro, damit ging ich an die Bar und leistete mir einen Cocktail, einen Erdbeer-Daiquiri. Die Bar war schön, besonders die wuchtige Kassettendecke, deren Intarsienmalereien der Rauch der Jahrzehnte beinahe unkenntlich gemacht hat. Hier war noch ein wenig von der viktorianischen Grandezza zu spüren, die Greta erwähnt hat.

In der Bar gab es eine schmale, ringsum verkleidete Wendeltreppe aus Mahagoni, mitten im Raum, die irgendwohin führte, man konnte nicht erkennen, wohin, vielleicht nirgendwohin. Mysteriös.

In dem Moment wünschte ich mir, ich dürfte rauchen. Ich habe mal geraucht, als Teenager, habs mir dann abgewöhnt, als ich beschloß, Sängerin zu werden. Und seltsamerweise bot mir, gerade als ich drüber nachdachte, der Mensch neben mir eine Zigarette an, als hätte er meine Gedanken lesen können. Es war ein Malteser, um die fünfzig, braun gebrannt und kräftig, in Jeans und rotem T-Shirt, er trug braune Slipper dazu, was nicht paßte, aber er grinste ständig ohne Grund. Wir gingen drei Schritte weit auf die Terrasse, rauchten (ich paffte mehr) und unterhielten uns ein wenig auf Englisch. Er wollte wissen, ob ich Touristin bin oder auf Geschäftsreise, und ich weiß nicht, was mich trieb, zu sagen, daß ich nur halbe Touristin sei, daß ich vielmehr jemanden betreuen müsse, der aus Gesundheitsgründen ein paar Wochen hier verbringt. Dann sind Sie eine Krankenschwester – So you are a nurse? Hat er gefragt. Und ich, No he is my friend and a little bit crazy. Dann er: Crazy or not, he must be a lucky guy. Das ging über die Unverbindlichkeit ein wenig hinaus, und ich war froh, daß Greta und Ralf vorbeikamen. Sie hatten drei Stunden gezockt und zusammen hundertfünfzig Euro erwirtschaftet. Immerhin. Sie aber sprachen von einem schlechten Lauf und müßten nun zur Arbeit, ob ich mich amüsiert hätte? Jaja, sagte ich. Und der Typ am Bartresen hob sein Glas und nickte mir zu, irgendwie verschwörerisch, verrucht. Ich nickte kurz zurück und ging mit Greta und Ralf, wir nahmen ein Taxi, das mich bei ihrer Wohnung absetzte. Es war grad Mitternacht, ich wollte noch nicht heim. Die beiden Cocktails, die ich getrunken, die beiden Zigaretten, die ich geraucht hatte, machten mich gefühlvoll und elastisch. Vollmond war auch. Es wehte ein kühler Wind und ich war zu leicht bekleidet, dennoch ging ich bis zum Meer und sah dem Toben der Wellen zu. Immer, wenn ich aufs Meer sehe, denke ich, wie fantastisch es ist, am Leben zu sein, jetzt, in dieser ungefährlichen Zeit, ausgerechnet als Mensch auf die Welt gekommen zu sein, in Mitteleuropa, wenn man gesund ist und noch relativ jung und ein wenig intelligent, nicht völlig mittellos. So viel Zufall muß gefeiert werden. Ich war froh, keine Zigaretten bei mir zu tragen, ich hätte mir das Rauchen sonst angewöhnt. Wir verbrennen alle im großen Feuer, die einen leuchten, die anderen stinken, sagt Serge immer, und ich fand es plötzlich so folgerichtig, so überzeugend, selbst etwas in der Hand zu haben, das verbrennt, mit jedem Atemzug ein wenig mehr, ich fand mich plötzlich betrunken und fror. Lief den halben Kilometer zu Gretas Wohnung im Dauerlauf. Drinnen wars dunkel, aber Serge schlief nicht, er saß auf der Matratze, eine Hand unterm Kinn, wie der Denker von Rodin. Ich streichelte seine Stirn, er sagte: Danke, Schatz. Das streichelte mein Herz. Ich hab mich so gut amüsiert, du hättest mitkommen müssen, flüsterte ich in sein Ohr. Er brummelt was, vergräbt den Kopf im Kissen. Morgen besuchen wir eine Kirche, die schönste Kirche der Welt. Ich hatte solche Lust zu reden, schöne Dinge vorherzusagen. Das bist du doch selbst, sagt da Serge. Die schönste Kirche der Welt. Ein Mann, der so etwas zu einem sagt, verdient die Liebe. Schnell und überaus glücklich schlief ich ein.

9. Januar

Heute waren wir in der St. Johns Cathedral und sahen uns das einzige Gemälde an, das Caravaggio je signiert hat, die *Enthauptung des heiligen Johannes*. Kati kriegte sich kaum mehr ein, so schön fand sie die Kirche mit ihren vielen Kreuzgewölben und den sehr bunten, allzu bunten, beinah Comic-haften Gräbern, Marmormosaiken, die nebeneinander den Boden pflastern. Lückenlos. Dauernd tritt man auf wen, der unbedingt posthum auf sich hinweisen wollte. Der nicht versöhnt zu gehen gedachte und still. Der Farbrausch ist, verbunden mit dem Thema Tod, ungewohnt, von daher rührt wohl die Faszination des Gebäudes. Kati fand es toll, sie tänzelte über den Leichen, ganz so, als würde sie selbst nie zu einer werden.

Vielleicht mögen es die Toten, wenn schöne Frauen auf ihnen tanzen. Wahrscheinlich ist es ihnen egal, weil ihnen das Hören und Sehen vergangen ist, ein für allemal. Kati sagte was von, wie fantastisch es sei, am Leben zu sein, jetzt, in dieser ungefährlichen Zeit, ausgerechnet als Mensch auf die Welt gekommen zu sein, in Mitteleuropa, wenn man gesund ist und noch relativ jung und ein wenig intelligent, nicht völlig mittellos. Ich nahm das als Aufforderung, mehr Lebensfreude auszustrahlen. Hatte ich keine Lust zu. Dabei hat sie im Grunde recht. Ich bin kein witziger Mensch, Bonmots fallen mir grundsätzlich erst ein, wenn ich wieder zu Hause bin, ich kann mir keine Anekdoten merken und Ideen habe ich, wenn überhaupt, dann nur am Schreibtisch, wenn es still um mich her ist oder leise Musik läuft. Eine Frau, die damit nicht klarkommt, die vor Freunden gern mit mir angeben möchte, stürzt mich in eine verzweifelte Situation. Denn ich leide darunter, ihr in diesen Momenten nicht dienlich sein zu können mit Charme und Esprit und sozialer Intelligenz. Eine Zeit lang hab ich versucht, mir schöne Aphorismen und gelungene Witze in ein kleines Büchlein zu schreiben, auch sogenanntes unnützes Wissen und Kuriosa aus aller Welt, das lernte ich dann auswendig, und wenn sich die Gelegenheit ergab, streute ich was davon in den Smalltalk. Aber das wirkte kindisch auf mich, ich möchte auch nicht, daß eine Frau mir was vortäuscht. Ich möchte geliebt werden, fühle zugleich, wie wenig ich zu bieten habe. Ich kann Kati weder zu einem Orgasmus noch zum Lachen bringen. Manchmal schaff ichs, daß sie kichert. Warum gibt sie sich so viel Mühe mit mir? Wo sie so wenig von mir bekommt. Und dann denke ich, so wenig ist es auch wieder nicht, eine schöne Zeit auf Malta, meistens bezahle ich für alles, und wenn ich betrunken bin, fallen mir krude Komplimente für sie ein, eigentlich fallen sie mir aus dem Mund, wie schlechtes Essen, das der Bauch nicht akzeptiert hat. Jemanden wie Kati hab ich nicht verdient, und sie hat niemanden wie mich verdient. Es wäre eine Geste echter Liebe, sie zu verstoßen. Damit sie was Besseres bekommt als mich. Dann wieder denk ich, naja, sie kann auf so viele stoßen, die schlimmer sind als ich. Der Notbehelfsgedanke aller Mittelmäßigen. Sie sinkt in meiner Achtung, mit jedem Tag, an dem sie länger mit mir zusammen ist. Und ich bin froh um jeden jener Tage, jede Stunde, jede Sekunde ist heilig. Wahrscheinlich will ich nur einfach nicht alleine sein. Aber das hieße, Kati herabzuwürdigen, als könne sie durch einen treuen Hund passabel ersetzt werden. Ich liebe sie und hasse mich, und manchmal hasse ich uns beide. Wird das jemals irgendwer verstehen? Übrigens hat man uns für den Eintritt in die Kirche pro Kopf sechs Euro abverlangt. Frechheit.

*

Wir waren in der St. Johns Cathedral, Greta und Ralf konnten mit dem Gebäude nicht arg viel anfangen, nannten es so lala, ganz nett, ein bißchen überladen, während mich die farbenfrohen Grabplatten beinah euphorisch stimmten. Ich fühlte mich leicht, beschwingt, war kurz davor, zu tanzen, doch Serge legte mir einen Arm auf die Schulter, wie um mich drauf hinzuweisen, wo wir sind. Er störte sich an meiner Exaltiertheit, völlig zu Recht. Ich bin kein junges Mädchen mehr. In einem Nebenraum sahen wir uns Caravaggios *Enthauptung des heiligen Johannes* an, und wie stolz war ich auf Serge, der uns beiläufig, nicht wie jemand, der protzen möchte, mit Hintergrundwissen übergoß. Er erklärte uns die revolutionäre Chiaroscuro-Technik des Malers, er wußte auswendig, wann das Gemälde entstanden war, 1607 nämlich, ich prüfte das im Katalog gleich nach, es stimmte exakt. Serge erwähnte auch einiges Wissenswerte über die (homo-)sexuellen Vorlieben des Malers und weswegen es ihn nach Malta verschlagen hatte, nämlich aufgrund einer Wirtshausrauferei, die mit einem Toten endete, Caravaggio mußte fliehen aus Rom und fand Zuflucht bei maltesischen Klosterbrüdern, für die er dieses Gemälde malte. Serge ist ein wandelndes Lexikon, und ich bemerkte, wie Greta und Ralf sich unwohl zu fühlen begannen, weil sie, die auf dieser Insel zu Hause sind, sich offensichtlich nie Gedanken über die Kathedrale gemacht haben. Neben Serge wirken Durchschnittsmenschen, ich will damit um Gottes willen nichts gegen Greta und Ralf sagen, so blaß und unbeleckt. Manchmal habe ich Schwierigkeiten damit, eine überzeugende Antwort zu finden, auf die Frage, warum jemand wie Serge sich mit jemandem wie mir zufrieden gibt. Ich kann viel von ihm lernen. Was umgekehrt könnte er von mir je lernen? Wir wollten an den Strand, leider blies uns ein heftiger Wind ins Gesicht. Ich schätze an Serge so sehr, wie schweigsam er sein kann, wo es nichts zu sagen gibt. Und wie er da stand, im Sand, im Wind, ganz, als sei er nicht von dieser Welt, liebte ich ihn ungeheuer. Greta und Ralf quatschten dauernd über Pokerblätter. So ermüdend. Das merkten sie bald selbst, begannen übers Wetter zu reden. Wie alte Leute. Ich sah den Ekel auf Serges Mund. Und litt mit ihm. Ich möchte seine Gefährtin sein in der Gefahr. Er traut mir nicht.

10. Januar

Kati funktioniert sehr einfach, wie ein Münzautomat. Man muß oben etwas einschmeißen, zum Beispiel: Ich liebe dich, ich brauche dich, du bist mir wichtig! – Schon wird sie unten feucht/freigebig. Das meine ich nicht so grob, wie es klingt, obwohl es auch auf jenem Niveau stimmt, leider. Sie bezieht, glaube ich, eine gewisse Erregung aus dem Umstand, gebraucht zu werden, nützlich zu sein. Sie leidet unter einem typischen Helfersyndrom, was die Hilfe, die sie mir bietet, in ihrem Wert – und in meiner Wertschätzung – relativiert. Immer muß ich denken, sie täte, was sie für mich tut, letztlich nur für sich selbst. Was genau hat sie denn sonst davon? Ich bin so ungerecht. Prompt empfinde ich gewaltige Reue, Kati solch egoistischer Motive zu verdächtigen. Jemand wie ich ist doppelt geschlagen. Ich weiß, was mit mir nicht stimmt, und wenn mir jemand hilft, reagiere ich paranoid, als wolle mich jemand bestehlen, wo doch, seien wir ehrlich, bei mir kaum was zu holen ist. Ich bin Müll und werde, wenn man mich einmal verbrennt, ein Sack voll grauer Asche sein. Die füllt man dann in eine Urne, und alles, was da einmal war, ist platzsparend untergebracht.

Ich kann Kati nicht lieben, solange ich krank bin. Ihr das zu sagen, wäre unhöflich. Manchmal wünsch ich sie weg, damit ich den letzten Felsen endlich betreten kann, und dann bin ich wieder so froh, daß sie mir ein Händchen hält, meiner Angst ein wenig – wenn auch sehr naive – Zuversicht beimischt. Liebe kann Belastung sein. Ich will nicht, daß Kati mich begleitet. Und wäre doch todtraurig, wenn sie geht.

Zwischen den Felsen lungern Katzen, durch Räude ausgezehrt, kaum Fleisch zwischen Haut und Knochen, sie sehen mich aus trüben Augen an. Nur vereinzelte Büschel Fell sind ihnen geblieben, sie haben eine Halbwertzeit von Tagen, nicht Wochen, sie symbolisieren alles Kranke dieser Welt, doch auch den Willen, dem Tod noch Zeit abzutrotzen, nicht freiwillig zu krepieren, die renitenten Viecher genießen mein Mitgefühl, ich bin sentimental, gönne jeglichem Leben den Wunsch nach mehr davon. Es ist großartig genug, einfach da zu sein, wo so viele andere längst tot sind.

Ein heftiger Wind biegt die Araukarien, jene ulkigen Bäume, mit denen Riesen ihre Pfeifen putzen. Von den Hinterhöfen der Kneipen her weht der Geruch von auf offenem Feuer gebratenem Fisch.

Was mich nervt, sind diese beiden netten Idioten, die dauernd über Poker reden und mit welchen Blättern sie im Casino knapp – immer ganz knapp und ungerecht – gescheitert sind. Es scheint ihnen nicht klar zu sein, daß weder Kati noch ich einen blassen Schimmer davon haben, worüber die beiden reden. Die sagen Zeug wie, sie checken nach einem Reraise und waren sucked out, under the gun, mit dem dritten König nach dem Turn gegen einen Nut-Flush-Draw und mußten wegen des Small Stacks All-In. Oder so ähnlich. Was soll das? Sie leben in einer ganz eigenen Welt, sind seit neun Jahren zusammen und glücklich miteinander. Das Wort Idioten nehme ich zurück. Sie sind sogar intelligent, lesen Bücher, aber, wie soll ichs sagen, sie existieren auf eine so schnippisch-kindliche Weise, haben einfach keine echten Probleme, das ist kaum auszuhalten. Diese Greta, eine kurvige Blondine mit enormem Vorbau, scheint von der halben maltesischen Männerwelt angeschmachtet zu werden. Sie ist witzig und freundlich. Es scheint so, als imponiere ihr mein komplettes Desinteresse an ihrem Körper. Ralf, der Schlacks mit der Retro-Horn-

brille, soll, so heißt es, hin und wieder ausrasten am Pokertisch, weshalb er in zwei der vier Inselcasinos Hausverbot hat.
Das macht ihn ganz sympathisch, aber eifersüchtig ist er wie
Othello und beäugt mich mißtrauisch, kann nicht glauben,
daß irgendjemand seiner Greta nicht sabbernd hinterherlau-
fen würde. Umgekehrt findet er, daß Kati zu mager ist, und
fordert sie regelmäßig auf, mehr Kohlehydrate zu futtern, als
wäre er ihr Arzt. Wir haben einen Ausflug nach Mdina gemacht. Viele alte schmucke Häuser standen dort und ein Folter-Museum, das das Eintrittsgeld kaum lohnte. Danach saßen wir auf den Klippen, hatten Brot und Wurst und Käse
gekauft, auch ein Glas Essiggurken und sehr scharfen Senf,
haben Picknick gemacht. Das hat mir gefallen, hat mich an Ur-
laube meiner Jugend erinnert. An die Zeit, als alle Zukunft vor
mir lag, ein Zauberreich voller Verheißungen. Als man noch
glaubte, Talent und Geduld seien ein unschlagbares Team auf
dem Weg zu Reichtum und Ruhm. Wir sahen einen überfahrenen Igel, ich nahm einen Ast und stocherte in seinen roten
Gedärmen, störte das Festmahl der Fliegen, was Ralf sonderbar fand. Kann ihm doch egal sein, was soll das? Jemand wie
Ralf hat kaum das Recht, mich sonderbar zu finden, wo er
doch recht wenig über mich weiß. Ich nahm Kati beiseite und
schlug vor, ins Hotel zu ziehen. Sie meinte, das sei Quatsch,
koste zu viel Geld, was mich denn stören würde? Und ich
wußte nichts zu antworten. Es stört mich viel, doch ich weiß
nicht was, beziehungsweise, ich weiß ganz genau, was, aber
für, sagen wir, *normale* Menschen zählt das nicht als Argument. Vielleicht liebe ich Kati wirklich so sehr, wie ich es mir
eingeredet habe. Ich bemühe mich, halte still. Erinnere mich
der urältesten Scherze. Für wen, wenn nicht sie?

12. Januar

Wir unternahmen vorgestern einen Ausflug nach Mdina, sahen uns das Folter-Museum an, das einen sehr beklemmenden Eindruck auf mich machte. Immer wieder staune ich, was Menschen Menschen antun können, sind sie nur von einer Idee beseelt, die sie ins Recht setzt, über alle Mechanismen des natürlichen Mitgefühls hinweg. Serge hat viel über Napoleon erzählt, der Malta von der Inquisition befreit hat. Angeblich. Gab es so spät noch die Inquisition? Das muß ich mal googeln. Später saßen wir auf den Klippen, sahen aufs Meer und machten uns Brote. Serge wirkte sehr gelöst und riß Witze, wie hat mich das gefreut. Beim Rückmarsch zur Busstation entdeckte er einen überfahrenen Igel, fühlte sich zu dem irgendwie hingezogen, ich kann es anders nicht sagen, er schien ganz verliebt in den platten Kadaver und voller Forschungsdrang. Ralf hielt sein Mundwerk nicht im Zaum, ließ irgendeine Bemerkung fallen, auf der Stirn von Serge entstanden Gewitter, er zog mich beiseite, wir sollten ins Hotel ziehen, schlug er vor. Ich konnte ihn umstimmen, mit einem Hinweis auf die Kosten, die uns dadurch entstünden. Die Situation ist gereizt, und ich grüble, weswegen. Abends saßen wir auf der Terrasse, tranken Wein und spielten Backgammon. Greta und Ralf wollten uns Unterricht geben, dabei ist das Spiel ganz simpel, ich hatte die Regeln binnen einer Viertelstunde kapiert und gewann auch gleich die erste Partie, gegen Ralf, der sich darüber echauffierte, mit etlichem Gestöhn, mimischem Aufwand und Sprüchen, von denen ich die meisten nicht verstand. Serge, der nur zusehen, nicht selbst spielen wollte, blaffte Ralf an, ob er nicht wie ein Gentleman verlieren könne. Ralf verteidigte sich, er habe doch bloß Spaß gemacht.

Greta rettete die Situation, sagte, das gehöre zum Spiel dazu, Backgammon sei im Endeffekt eine komplexe Variante von Mensch-ärgere-dich-nicht. Und Mensch ärgert sich halt doch. Wir tranken viel Rotwein, und ich dachte mir nichts dabei. Erst als um Mitternacht Greta und Ralf zur Arbeit aufbrachen und schon leicht labil wirkten, kam mir das seltsam vor. Können die ihren Job angeschickert ausüben?

Was müßt ihr denn da eigentlich genau machen? Fragte ich. Und sie erklärten mir das. Originalton Greta: »Die korrekte Berufsbezeichnung ist *Sysop*, Kurzform von *System Operator*, und wir sind zuständig für alle nervigen Kunden, Spackos, Kotzbrocken und gelangweilten Deppen dieser Welt.« Pokerspieler aus 150 Ländern spielen online bei ihrem Server, und die beiden sind für die Kundenbetreuung zuständig, hören sich Beschwerden an, schalten Konten frei oder eben nicht, wenn der Spieler das Limit seiner Kreditkarte überzogen hat. Meistens müssen einfach nur aufgebrachte Spieler beschwichtigt werden, weil sie nach einer schwarzen Serie (dem *Suckout*) an Betrug seitens des Servers glauben. Ich fragte, ob ein Betrug denn technisch möglich wäre, und Greta antwortete etwas ausweichend. Es gebe manchmal sogenannte *Collusion*-Fälle, heißt, Leute sitzen zusammen am virtuellen Tisch und zeigen einander ihre Blätter, verbünden sich gegen die Mitspieler. Karten zu manipulieren sei so gut wie unmöglich. Das Thema schien ihr unangenehm zu sein, ich hatte das Gefühl, sie wollte mir nicht alles sagen. Serge und ich gingen zu Bett, und ich teilte ihm meinen Eindruck mit. Er sagte, na klar, was Greta mir nicht habe sagen wollen, habe sicher damit zu tun, daß man Überweisungen per Kreditkarte rückgängig machen könne, während das überwiesene Geld längst verzockt sei, und es wäre für solche Firmen ein viel zu großer Aufwand, in jedem Fall vor Gericht zu gehen. Aha. Er moserte dann noch eine Weile herum über Menschen, die ihre Zeit auf Erden mit solchem Tand verschwenden. Es klang sehr arrogant, beinah ein wenig neidisch und gegenüber großzügigen Gastgebern unpassend. Wir hatten den ganzen Abend über guten Shiraz auf deren Kosten getrunken. Als ich ihm das sagte und hinzufügte, daß wir uns morgen revanchieren müßten, drehte er mir den Rücken zu und tat, als würde er schlafen. Ich möchte lieber nicht wissen, was in ihm vorgeht. Dachte ich. Und wüßte es jetzt doch ganz gern. Sein Schnarchen jetzt scheint aber echt. Sonst wärs eine Gemeinheit.

13. Januar

Das Licht ging an, und ich erwachte prompt. Mein erster Blick galt dem digitalen Wecker, es war kurz vor vier. In unserem Zimmer standen zwei Männer mit Skimasken, einer von beiden schwang einen Baseballschläger über unseren Köpfen. Ich nahm das für einen Traum, nicht ernst. Erst als Kati schrie und sich an mich klammerte, dachte ich um. Einer der Männer trat mir mit seinem Stiefel ins Gesicht. Das war real. Ich hatte keine Ahnung, wer die Männer waren, warum sie uns bedrohten. Und es mag sich unglaubwürdig anhören, aber daß Kati mich so fest umklammert hielt, tat gut, es gab keine Zeit, nachzudenken, irgendwie schien es möglich, daß wir zwei in der nächsten Minute sterben würden, gemeinsam – und von diesem Gedanken ging etwas sehr Tröstliches aus. Einer der Männer sagte etwas, auf Englisch, ich verstand nur zwei Wörter: LAST WARNING! Der andere Mann, der nichts sagte, kniete sich auf die Matratze, streckte seine Hand aus und kniff Kati in die Backe, dann schlug er ihr seine Faust in den Bauch. Mit voller Wucht. Das durfte er nicht tun. Ich schmiß mich auf ihn, erstaunlich, wie wenig Angst ich hatte, nur diesen einen naiven Gedanken: So was darf der nicht tun, nein. Ich spürte einen Hieb auf den Hinterkopf, doch keinen Schmerz, nur das Gefühl, außer Gefecht gesetzt zu werden, was mich mit enormer Wut erfüllte. Ohnmächtiger Wut. Ich lag herum, Blut floß mir am Hals herab, aber ich verlor mein Bewußtsein nicht. Dann kam der Schmerz, und wie. Ich weinte und schämte mich meiner Tränen. Kati legte sich über mich, bohrte ihren Kopf in meine Brust und schrie die ganze Zeit. Und plötzlich war es dunkel im Zimmer, und, als Kati nicht mehr schrie, ganz still. Ich wartete ein paar Minuten, dann schob ich Kati von mir, lief durch die ganze Wohnung, machte in allen Räumen Licht. Die Männer waren weg – und wir lebten. Im Bad sah ich mich im Spiegel an, schüttete Whisky auf die Wunde, rannte zu Kati, küßte sie, die Wimmernde, mit dem Gefühl, ihr nie mehr so nahe zu sein wie jetzt, in diesem Moment. Ich zögere, das niederzuschreiben, aber die Sekunden nach dem Überfall waren gut. Voller Ehrfurcht vor dem Leben – und Dankbarkeit. Wir haben alle Türen der Wohnung versperrt und Whisky getrunken. Der Gedanke, die Polizei zu rufen, kam uns spät. Wir verwarfen ihn als nutzlos. Gegen sieben Uhr morgens trafen Greta und Ralf ein, wir erzählten, was vorgefallen war. Sie hörten zu, und während wir über das Vorgefallene schon Witze machen konnten, sahen sie erschüttert drein. Ganz fassungslos und bleich. Es tue ihnen, sagten sie, so leid. Sie waren aber übermüdet und betrunken, ihre Leiber verlangten nach Schlaf, und nur das Entsetzen hielt sie notdürftig wach.

Wir, die wir an Schlaf nicht denken konnten, gingen zum Meer, als wollten wir uns in der Brandung reinigen. Kati zog die Schuhe aus, überließ ihre nackten Füße der Gischt. Kati hat so schöne Füße. Aber in spätestens fünfzig, sechzig Jahren wird sie tot sein, und niemand wird sich ihrer Füße erinnern. Das ist so.

*

Als wir eine Stunde später in die Wohnung zurückkehrten, waren Greta und Ralf noch wach. Hatten wohl Pillen eingeschmissen und starken Kaffee getrunken, sie entschuldigten sich für den Horror, den wir hatten durchmachen müssen. Sie würden das klarstellen, sagten sie, ohne auch nur in einem Nebensatz das Wort *Verwechslung* zu benutzen. Dann, während ich nach zwei Veronal endlich ein wenig schlafen konnte, verließen sie, statt selbst schlafen zu gehen, die Wohnung. In ihrem Zustand! Seither sind sechzehn Stunden vergangen. Ist den beiden was zugestoßen? Haben sie das Weite gesucht? Wir wissen es nicht und sind ein wenig sauer, dann besorgt, dann wieder sauer. Wenn ich auf dem Handy anrufe, geht nur die Mailbox ran. Serge möchte nicht, daß wir hierbleiben, will ins Hotel, aber nur, weil er denkt, daß ich hier keine ruhige Minute hätte. Ich dagegen empfände das als Flucht. Den Einbrechern, oder als was immer man sie bezeichnen muß, kann ich das nicht gönnen. Um Mitternacht, vor wenigen Minuten, bekam ich dann eine SMS von Greta.

Sind paar Tage unterwegs, was in Ordnung bringen. Ihr werdet nicht mehr belästigt werden, habt keine Angst. Macht es euch gemütlich. Entschuldigt uns bitte.

Serge meinte, die beiden hätten was ausgefressen und sich

vorläufig in Sicherheit gebracht, und es sei schon ein starkes Stück, uns erstens so gar nichts weiter darüber mitzuteilen, zweitens uns derart selbstgefällig in Sicherheit zu wiegen, als läge unser Wohlergehen allein in *ihrer* Macht. Woher wollten die denn so genau wissen, ob wir Angst haben müssen oder nicht? Ich hab Serge selten so wütend erlebt. Er hat es nicht explizit zur Sprache gebracht, aber dauernd schwang in seiner Suada ein Vorwurf mit, der Vorwurf an mich, was ich für Freunde hätte, mit welchem Gesindel ich mich umgeben würde. Mit Greta bin ich zur Schule gegangen, so lange kenne ich sie schon, und wenn sie auch stets exaltiert war, das Gegenteil einer grauen Maus, ich habe nie schlechte Erfahrungen mit ihr gemacht. Ihre Seele, da hat Serge schon recht, die kenne ich nicht. Wir setzten uns auf das falsche Eisbärenfell vor dem Fernseher und diskutierten die Lage. Die Wohnung erscheint uns einigermaßen sicher. Die Schläger sind gestern Nacht vermutlich über die Terrassentür eingedrungen, die wir zu schließen vergaßen. Wir schnappten uns lange Küchenmesser aus dem Messerblock in der Küche, bevor wir schlafen gingen, legten sie neben unsre Kissen, und Serge forderte mir das Versprechen ab, diese Waffen im Zweifelsfall auch zu benutzen, volles Risiko zu gehen, denn *wenn* die Typen wiederkämen, dann um uns zu *töten*, eingeschüchtert hätten sie uns ja schon. Er redete ein bißchen wie ein Kind, das einen Western nachspielt, ich glaube gar, daß er insgeheim Gefallen an der Situation findet. Einzig seine Sorge um mein Wohlergehen raubt ihm den puren Jungens-Spaß daran. Es tut ja gut, seine Liebe zu spüren. Er will, sagt er, wach bleiben, Wache schieben, mich beschützen.

Ich bin aber schon ein großes Mädchen, kann auf mich selbst aufpassen. In seiner Fürsorge liegt etwas Herabwürdigendes. Ich fühle mich viel eher verpflichtet, auf *ihn* aufzupassen, hab Angst, er könnte aus einem falschen Impuls heraus auf die Straße laufen und irgendeinen Passanten, der ihm verdächtig erscheint, pseudo-präventiv verletzen. Eben stand er im Wohnzimmer, lugte durch die Lamellen hinaus und er trug das Messer am Gürtel, wie ein Seeräuber. Da kann er sich leicht ins eigene Fleisch schneiden, abgesehen davon, wie doof und albern es aussieht. Bedingt durch die undurchschaubare Situation, in der wir uns befinden, muß ich mir eingestehn, oder dessen eingedenk sein, immer, daß Serge nicht klar im Kopf ist, daß er nicht in gängige Raster einzuordnen, geschweige denn vorherzusagen ist.

DAVID

19. Januar

– Ich habe Borten heute gesagt, wenn er Serge kündigt, gehe ich auch. Auf seinen besten Fotografen wollte er dann doch nicht verzichten. Warum ich das mache, hat Borten mich gefragt. Mich so ins Zeug zu hängen, für einen Kollegen, über den ich zuvor immer abfällig geredet habe. Was sollte ich antworten? Außer einem Schulterzucken fiel mir nichts ein. Borten hält mich jetzt für einen guten Menschen. Nur weil meine Interessen ihm nicht einsichtig sind. Aber womöglich ist das die beste Definition für einen »guten Menschen«. Ich glaube, daß nichts auf der Welt ganz selbstlos geschieht. Solange Serge in derselben Agentur arbeitet wie ich, halte ich indirekt Verbindung zu Kati. Eben hab ich ihr eine SMS geschickt, wider meinen Vorsatz. Es waren nur zwei Worte: *Alles okay?* Sie brachte es fertig, mit zwei Buchstaben zu antworten: JA. Immerhin hat sie geantwortet.

– Bist du verliebt?

– Nein, nur anhänglich. Und sentimental. Und besitzergreifend. Ich kann es nicht leiden, wenn ein Mensch einfach aus meinem Spielfeld verschwindet.

– Im Bett war sie ja gut, hast du gesagt.

– Das ist wieder alles, was dich interessiert. Ich muß jetzt zur Arbeit. Fünf nackte Frauen fotografieren, das würde dir gefallen, nicht? Hier liegt immer noch Schnee, es ist eisig, und immer mehr Berliner machen Witze über die Theorie der Erderwärmung. Dafür hasse ich diesen Winter noch mehr. Habs gut. Küss die Kids von mir. Ist Becky schon zu groß, um noch geküßt zu werden?

– Ich fürchte, bald wird sie groß genug sein, um anders ge-küßt zu werden. Das geht so verdammt schnell.

– Sie ist doch erst elf?

– Und wird bereits umschwärmt von den Jungs. Die sind heut mit elf wie wir damals mit vierzehn.

– Übrigens: Unserer Ma hab ich zwei Wochen Florida ge-bucht. Die muß mal raus aus diesem Land der Kälte und der Finsternis.

– Soll ich mich an den Kosten beteiligen?

– Laß gut sein. Ich habs ihr nur gebucht, bezahlen will sie selbst.

– Fährt sie allein?

– Nein, mit ihrer besten Freundin, ich glaube, eine Kollegin von der Schule. Mir drückt sie die Katze auf. Cheers!

David beendete den Skype-Chat mit seinem in Toronto leben-den, drei Jahre älteren Bruder, loggte sich aus und klappte den Laptop zu. Arved war ihm wichtig, obgleich sich die bei-den nicht ähnelten. Arved hatte nach Kanada geheiratet, im fremden Land eine Ladenkette für Bioeiscreme gegründet und drei wunderschöne Kinder gezeugt, Rebecca (genannt Becky), Max und Lea, elf, sechs und drei Jahre alt. David war überzeugter Junggeselle geblieben, aber in letzter Zeit, beson-ders, wenn in der Weihnachtszeit aus allen Supermarktlaut-sprechern *Driving home for Christmas* zu hören war, stellte er eine gewisse Sehnsucht an sich fest, wie viele unaufhaltsam auf die vierzig zugehende Singles. Es genügte, sich an die Geschichte zu erinnern, als man der unter Verstopfung leidenden kleinen Lea einen Einlauf verabreichte, um jene vage Sehnsucht als Spinnerei abzutun. David führte ein privilegiertes Leben als gefragter Fotograf. Er sah blendend aus, ging locker für dreißig durch, acht Jahre jünger, als er war. Seiner gepflegten Erscheinung wegen wurde er oft für schwul gehalten, Frauen faßten auffallend schnell Vertrauen zu ihm. Er ging regelmäßig ins Fitneßstudio, bräunte sich im Solarium, benutzte eine Nagelfeile und trug bevorzugt Jeans und Turnschuhe, was seinem jugendlichen Auftreten umso mehr Glaubwürdigkeit verlieh. Und sein Beruf verschaffte ihm Frauen noch und noch. Sie zogen sich vor ihm aus, posierten, priesen ihre Körper an, fühlten sich erregt vom Klackgeräusch seines Auslösers. David war gewöhnt daran, freie Auswahl zu haben und davon Gebrauch zu machen. Daß Kati mit ihm Schluß gemacht und sich für ihre Beziehung mit Serge entschieden hatte, traf ihn tiefer, als er sich eingestehen mochte. Anfangs war er damit umgegangen, wie man mit so was umgeht, als gefragter Mann, selbstzufrieden und mit Stolz. Eine ging, andere würden kommen.

Es stand ein Nightshooting an, oben im extra dafür gemieteten Restaurant des Fernsehturms am Alex. Fünf *fast* nackte (er hatte gegenüber seinem Bruder bewußt übertrieben) Mädchen diverser Haut- und Haarfarben suhlten sich auf weißen Damasttischdecken, zwischen Früchtekörben und Champagnerkühlkübeln, und alle trugen nur Strümpfe der Firma Passion.

Die Fotos entstanden für jenen Auftrag, an dem Serge gescheitert war. Technisch gesehen war es ein schwieriger Job, die Körper der Mädchen gut in Szene zu setzen, ohne die nächtliche Skyline Berlins im Hintergrund zu einer diffusen Fernlichtorgie verkommen zu lassen. Wenigstens eine Herausforderung. Vielleicht konnte man durch Überlagerung zweier Bilder tricksen. Davids neuer Assi namens Adolf war ein Spitzenbeleuchter, ein Naturtalent, das für ein Volontariatshonorar die Hälfte der Arbeit erledigte. Adolf. Konnte man in Deutschland wieder jemandem diesen Namen geben? Es gab offenbar kein Gesetz dagegen. Adolf sagte, seine Eltern seien Neonazis aus Thüringen, und er habe lange mit dem Gedanken gespielt, sich auf dem Amtsweg einen neuen Vornamen geben zu lassen. Aber er habe achtzehn Jahre lang unter diesem Namen gelitten und wolle das nicht umsonst getan haben, was könne der an sich ganz schöne Name dafür, daß er von einem einzigen Arschloch diskreditiert worden sei. Irgendwann habe es ihm sogar gefallen, Dreadlocks zu tragen, einen Anti-Nazi-Button an der Lederjacke, und Adolf zu heißen, das sei eine gewisse Form von Einzigartigkeit und stelle seine Eltern eher an den Pranger, statt ihre ursprüngliche Absicht schamhaft unter den Tisch zu kehren. David, unter dessen Vorfahren ein jüdischer Urgroßvater war, hatte Gefallen an dem jungen Mann gefunden, der praktisch ohne Gehalt ein halbes Jahr für ihn arbeiten wollte. Sie waren Freunde geworden, und David unterstützte Adolf finanziell, indem sie nach den Jobs zusammen koksten. Den zusammengerollten Hunni ließ David jeweils auf den Klodeckeln liegen. Adolf war ein guter Junge, steckte den Hunni ein und sagte nie ausdrücklich Danke, nickte nur, als könne ein falsches Wort das Ritual des Almosens entwerten.

Um drei Uhr morgens war die Session erledigt, Adi packte den Kram zusammen und fuhr ihn mit dem Lieferwagen ins

Atelier. David wollte die Nacht in einem Club ausklingen lassen. Ins Berghain konnte man nicht mehr gehen, das war inzwischen zu berühmt und voller Touristen. Nicht, daß David etwas gegen Ausländer gehabt hätte, aber man traf die meisten Leute dort nur einmal, und er haßte es, immer von Null an zu beginnen. Er hätte gerne so etwas wie eine Stammkneipe gehabt voller Freunde oder guter Bekannter. Aber immer, wenn er ein Lokal betrat, galt sein Blick dem nächsten schönen Frauenhals, es war eine Art Jagdinstinkt, der von ihm Besitz ergriff. Mit der Kamera auf der Brust fiel es David leicht, Sexkontakte zu knüpfen. Wildfremde Mädchen anzusprechen, vor allem die fitten, war er zu jeder Tages- und Nachtzeit gewöhnt. Selten ging er allein nach Hause. Im Zweifelsfall mußte er nur erwähnen, wen er schon alles fotografiert hatte, um einen glaubwürdig wichtigen Eindruck zu hinterlassen. Immer gab es Mädchen, die in ihm eine Chance erkannten, welche man nicht ungestraft vorübergehen lassen durfte. Abgesehen davon gab es auch Mädchen genug, die sich ohne karrieristische Hintergedanken in ihn verliebten. David befand sich in der seltenen Lage, für diesen Markt Überdruß zu empfinden, er wollte längst etwas anderes, auch wenn er sich dann doch noch oft, viel zu oft, für die Optik entschied, für eine schnelle Nummer ohne Zukunft, mit irgendwem, der den Hunger nach Nähe und Haut für Stunden stillen konnte.

Insgeheim beneidete David seinen Bruder längst mehr als der umgekehrt ihn. Zwar ahnte/hoffte/befürchtete David, niemals ein Familienmensch wie Arved werden zu können. Doch allein der Verdacht, irgendjemand könne auf lange Sicht mehr vom Leben haben als er selbst, verunsicherte ihn nachhaltig. Er wollte sich die Zukunft in jeder Richtung offenhalten, und gerade an diesem Abend stellte er eine lähmende Unlust an sich fest, auf Jagd zu gehen. Ob das schon das Alter sei, fragte er sich. Er spürte eine innere Sehnsucht, sich zu verlieben. Dachte an Kati. Als da was lief mit ihr, hätte er nie gedacht, sie jemals zu vermissen. Sie war ein Fick gewesen, sie war siebzehn Ficks gewesen, um genau zu sein, und er bekam diese Frau einfach nicht aus seinem Kopf, wofür es keine rationale Begründung gab, außer vielleicht, daß nie zuvor ein weibliches Wesen mit ihm Schluß gemacht hatte. Es ist also meine Eitelkeit, vermutete er zuerst, denn was genau soll es sonst sein? Tief gehende Gespräche mit Kati? Hatte es nie gegeben. War sie witzig gewesen? Auch nicht besonders. Vielleicht hatte es ihm gerade ihre Schlichtheit angetan. Kann man das heutzutage ernsthaft für jemanden ins Feld führen? Die Reinheit ihrer Seele? Wie pathetisch klingt das denn? Und doch war es etwas in der Art – wie sie beim Sex immer an Serge dachte, auf ihre ganz spezielle Weise loyal blieb. Nie hatte sie der Affäre irgendeine Chance auf mehr gegeben, sie hatte sich abgegrenzt, abgeschottet, das Erotische vom Amourösen getrennt.

David hatte es lange Zeit gefallen, wenn sich die Mädchen (alle auf ihn erotisch wirkenden Frauen nannte er Mädchen) in ihn verliebten, abhängig von ihm wurden, er genoß es sogar bis zu einem gewissen Grad, wenn sie ihm lästig fielen. Bei Kati hatte er nie das Gefühl bekommen, ihrer Herr werden zu können. Sie wußte zu exakt, was sie wollte und was nicht. Daß Kati einen nicht arg gut aussehenden psychisch Kranken ihm vorgezogen hatte, diese Niederlage nagte an David. Das Koks putschte ihn auf, er konnte und wollte die Nacht nicht mit trüben Gedanken an eine Niederlage ausklingen lassen. Er entschied sich für das *Hello Sunshine*, eine noch relativ neue Bar im jüngst hip gewordenen Stadtteil Kreuzkölln, nahe der

Kottbusser Brücke. Ein halbwegs, soweit das in dieser Gegend möglich war, exklusiver Schuppen, der gleichermaßen von Kunstschaffenden wie Zuhältern besucht wurde. Die einen blieben oben am Tresen, tranken vor sich hin oder knüpften Drogenkontakte, die anderen spielten unten, in den Privaträumen neben der Toilette, Craps um viel Geld. Oben wurde manchmal getanzt, es gab ein kleines Areal, ein Parkett aus falschem Marmor, über dem eine altmodische Stroboskopkugel kreiste. Samstags hockte ein DJ in einem winzigen Eckchen und legte Platten auf, wobei er mit den Ellenbogen an die Wand stieß, wenn seine Bewegungen zu heftig wurden. Bier schenkte man hier nicht aus, nur sehr teures irisches Wasser aus blauen Flaschen und natürlich edlere Getränke, darunter eine beträchtliche Auswahl an Single-Malt-Whiskys. Man wollte das familiäre Ambiente nicht von studentischer Laufkundschaft durchseucht wissen. Bisher hatte das geklappt, und wenn sich doch mal der Falsche hierher verirrte, gab es eine Art Türsteher, der nur eben nicht vor der Tür stand, sondern drinnen, neben dem Vorhang, wie ein dezentes Empfangskomitee, das sich schnell in ein Verabschiedungskommando verwandeln konnte. David hatte an diesem Etablissement gleich Gefallen gefunden und alles richtig gemacht bei seinem ersten Besuch. Hatte allen Stammtresenhockern einen Drink spendiert, hatte dem Barkeeper erzählt, wer er war, was er tat – man muß aktiv werden und rausrücken mit der Sprache, will man Vertrauen gewinnen. Nach Mitternacht kamen in regelmäßigem Abstand die Koksdealer, eine Klientel ganz eigener Sorte. Natürlich nicht das Gesocks von der Straße, nein, die wären hier nie eingelassen worden. Davids geübter Blick konnte sie inzwischen sofort von anderen Gästen, die nur Entspannung oder Bekanntschaft suchten, unterscheiden. Es schien eine Art Code zu existieren, laut dem nie mehr als ein Dealer im Lokal sein durfte, um einander nicht ins Gehege zu kommen. Man erkannte sie an der Art, wie sie sich verstohlen, aber doch aufmerksam umsahen und die Menschen nach potenzieller Kundschaft musterten. Hin und wieder ging einer die Treppe hinunter und blieb am Zigarettenautomaten neben der Toilette stehen, als könne er sich nicht für eine Marke entscheiden. Dann mußte man ihn ansprechen, auf eine möglichst unverfängliche, bloß nicht zu plumpe Art, die dem Dealer Rückzugsmöglichkeiten beließ. Sich einfach an die Nase zu tippen, genügte bereits, um einen Blickkontakt herzustellen, ein wissendes Grinsen beiderseits machte die Sache klar, meist ging der Dealer dann, nachdem er genickt hatte, auf die Toilette und man folgte ihm. Hier wurde kein übel gestreckter Scheiß verkauft – das hätte sich schnell rumgesprochen. David fand es großartig, wie das Lokal, spinnwebenartig, von unsichtbaren und ungeschriebenen Gesetzen durchzogen war. Ein perfektes, zielsicher entworfenes Halbwelt-Biotop, maßgeschneidert für die etwas besser gestellten Nachtfalken, die darin verkehrten. Manchmal kamen sogar B-Prominente vorbei oder schickten wenigstens Strohmänner. Es war eng, es wurde viel geraucht, es war kein Etablissement für romantische Stunden, eher ein Männerclub, in dem Frauen zu schnell betrunken wurden. Manchmal hing am Tresen eine Nutte ab, während sie auf ihren Luden wartete, der im Keller gerade die Tageseinnahme verzockte. Um einen niveauvollen One-Night-Stand zu finden, war dies keine geeignete Adresse, sah man von den zwei, drei verzweifelten, weil überreifen Trinkerinnen ab, die nur darauf warteten, sich für ein paar Cocktails abschleppen zu lassen.

Die meisten Männer, die sich darauf einließen, mußten

Geduld haben und bekamen vielleicht am frühen Morgen etwas für ihr Geld, sofern sie dann nicht selbst zu betrunken waren, und die Frauen, ausnahmslos Ausdaueralkoholikerinnen, taten dann ohnehin nur noch das Nötigste, das, was sie eben tun mußten, um sich keinen üblen Ruf als leere Versprechung einzufangen.

Was für ein erbärmliches Verhältnis von Aufwand und Ertrag, dachte David, es gibt so schöne und saubere Bordelle in Berlin, und mit den Frauen dort konnte man ja auch reden, sie küßten sogar. Ich werde alt, dachte er, wenn mir das Tierische viehisch vorkommt.

David schüttelte mehrere Hände, bestellte einen doppelten Aardbeg und eine Montechristo-Zigarre. Er hätte gern einmal am unerlaubten Glücksspiel teilgenommen, unten im Keller, traute sich aber immer noch nicht, den Barkeeper um Erlaubnis zu fragen, aus Angst vor einer erniedrigenden Absage. Gern hätte er einen Fotoband nur mit Ludengesichtern und ihren Lieblingshuren publiziert, dergleichen existierte seines Wissens nicht auf dem Markt, und dabei war er doch sicher, daß die Eitelkeit der Luden ihm ins Blatt spielen würde, wäre erst einmal Vertrauen hergestellt. David ging die Wendeltreppe zur Toilette hinab und wartete neben dem Zigarettenautomaten, bis jemand vorbeikam und ihm zwei Gramm Kokain verkaufte, die Höchstmenge, die man am Körper tragen durfte, wollte man keine Anklage wegen Drogenhandels riskieren. Daß jemand, sobald er das Lokal verließ, an fiese Zivilfahnder geriet, war vorgekommen. Razzien hatte es im *Hello Sunshine* bislang nicht gegeben, anscheinend verfügten die Betreiber über gute Kontakte. David zog, noch unten, auf dem Klodeckel, eine dicke Line, um ohne Getaumel mehr Whisky trinken zu können. Den Gedanken an eine Frau hatte er längst über Bord geworfen, das war keine Nacht, um zu vögeln, mehr um loszulassen, sich selbst zu bedenken und einzukreisen. Eine süß-melancholische Nacht, der man nichts beweisen muß, der man sich aussetzen darf. Ihm wurde eigenartig zumut. Binnen weniger Minuten wurden seine Knie weich. Sein Herz raste, und alle Muskeln schmerzten. Etwas Sonderbares geschah. Davids Kopf löste sich vom Hals. Todesangst und Resignation stritten um einen erschöpften, zitternden Körper, der doch fern war, weit weg und ganz schlaff. Schwarz. Dann grelles Licht, das in die Augen stach.

David bemerkte gar nicht, daß er auf dem Boden neben dem Pissoir Platz genommen hatte.

Er strich mit dem Handrücken über kalte Kacheln. Und freute sich über die Kühle an den Knöcheln und Fingerspitzen, ein willkommener Kontrast zur Hitze im Bauch. Darüber explodierte sein Herz, in einem schnellen Takt. Wie der Motor eines Wagens, dessen Räder durchdrehen. Die Tür, die verbotene Tür, öffnete sich, laut schimpfend trat ein Mann auf den Flur, stampfte zur Toilette, echauffierte sich über irgendwas – und nachdem er des grinsenden Davids gewahr wurde, öffnete er den Reißverschluß seiner Hose, holte seinen Schwanz heraus und pisste auf den Duftstein. David bekam ein paar Spritzer ab – und fluchte laut. Der Lude, ohnehin schon denkbar schlechter Laune, glaubte sich beleidigt, zog eine Fratze und richtete seinen Urinstrahl direkt auf Davids Gesicht, aber er hatte sich schon ausgepisst, da kam zum Glück nichts mehr, nur ein Tritt, in die Leiste. Proforma. Wie man einen Punkt hinter den Satz setzt. David wischte sich die verschwitzte Stirn, schüttelte den Kopf. Peace! murmelte er und vergab seinem Peiniger. Der sah ihn an und nickte überraschend, als habe er es sich anders überlegt und sei bereit, Davids Entschuldigung zu akzeptieren. Der Lude war die falsche Adresse für einen Konflikt. Jetzt nicht, und wenn es ein Später gab, auch nicht. Der Dealer war schuld. Dieser widerliche Mensch, den David schon nicht mehr hätte beschreiben können, hatte es gewagt und ihm Dreck verkauft. So viel zu den spinnwebenartig im Raum schwebenden, unsichtbaren und ungeschriebenen Gesetzen. David zog in Betracht zu sterben, er schob drei Finger in die Kehle und übergab sich. Ihm kam die Idee, Adolf an- und um Hilfe zu rufen, aber das Handy zu bedienen überforderte seine Motorik, als würde er versuchen, mit Hufen eine Nummer einzutippen. Endlich, nach etlichen Stunden (in Wahrheit dreißig Minuten), nachdem mehrere Gäste sich neben ihm erleichtert, aber weiter nichts unternommen hatten, kam Lukas nach unten, der Türsteher. Scheiße, David, was soll das? David wollte sich verteidigen, brachte aber nur Gebrabbel zustande. Kati. Und ein Speichelfaden hing ihm vom Mundwinkel herab. Brauchst du einen Arzt? Ich hol dir einen Arzt, aber vorher schaff ich dich an die frische Luft, ich will nicht, daß du den Club in Mitleidenschaft ziehst! David hörte die Worte von ferne, ein Wort wie Mitleidenschaft aus dem Mund des bulligen Lukas belustigte ihn beinah. Kn Rzt. Sgut. Es folgten Verhandlungen, die in der Hauptsache Lukas für ihn führte. Der Taxifahrer, der mit hundert Euro bestochen werden mußte, so teuer war Davids Gestank (und etwas Blut lief ihm übers Gesicht) – ich habe für hundert Euro gestunken, würde er dem Bruder erzählen, mach mir das mal nach, das schafft sonst nur der U-Bahn-Penner mit den offenen Beinen, vor dem alles davonläuft, was ne Nase hat –, brachte ihn gegen halb sechs Uhr morgens in seine Wohnung, ansonsten David erfroren wäre. Im Schnee vor dem *Hello Sunshine*. Das hätte was gehabt. Und die hundert Euro waren in der Tat nur ein Schmerzensgeld, eine lächerliche Aufwandsentschädigung für einen grundgütigen, turbantragenden Taxifahrer, der den letzten Gast seiner Nachtschicht bis zum Savignyplatz fuhr, ihm Tempotaschentücher für sein Nasenbluten gab, der in Davids Hose nach einem Schlüsselbund suchte und den fahrig zuckenden, partout besserwisserischen Körper zwei Stockwerke hinauf bis in dessen Bett bugsierte, bevor er sich endlich Gedanken um die Reinigung seines Benz machen konnte.

Als David erwachte, erinnerte er sich jener Geschehnisse nurmehr in groben Zügen, doch reichte das Wenige schon aus, um den Entschluß zu fassen, nie wieder in ähnlicher Weise sein Leben zu riskieren. Er aß ein wenig Toastbrot und behielt es bei sich.

Irgendwas in seinem Schädel hämmerte und meißelte, um ins Freie auszubrechen. Es schabte von innen an seinen Augen, als ob es dort den geringsten Widerstand vorfinden würde. Wenn es da durchbricht, dachte David, werde ich blind sein, und meine Augen werden wie Gallert aus den Höhlen hängen, zerstoßen, zerfetzt. Er rief Borten an und sagte den einzigen Termin für heute ab. Wonach es ihm plötzlich besser ging.

Gegen Abend kam Adolf vorbei und wollte Details für das morgige Shooting wissen. Es sollten Fotos an der East Side Gallery entstehen, für die Pelzindustrie, mit vier billigen, aber gutaussehenden ukrainischen Models, die leider kein Wort Deutsch und nur wenige Brocken Englisch sprachen. Außer diversen Pelzen sollten die Models nur dünne Kleidchen tragen, also mußten starke Heizlüfter herangeschafft werden. Außerdem war Schneefall angesagt, und feucht gewordene Pelze würden scheiße aussehen. Sprich, es waren Planen nötig, doch niemand hatte bislang beim Gerüstbauer einen Termin ausgemacht. Ein wenig Catering in Form einer heißen Gulaschsuppe konnte auch nicht schaden. Und ein Wohnwagen mit Toilette, damit die zarten Frauen nicht gezwungen waren, in den Schnee zu pinkeln. Nicht mal ein Visagist war benachrichtigt worden, wie sich nach Rückruf bei der Agentur herausstellte. Das alles mußte nun über Nacht organisiert werden, würde immense Zusatzkosten verursachen. Wer hatte da geschlafen? Adolf maßte sich einen deutlich zu mürrischen Tonfall an, nicht zuletzt, weil er strikter Pelzverächter war und unbedingt etwas über seine ethischen Prinzipien loswerden mußte. David fand das lächerlich, es war ein Job, und solange es auf der Welt Frauen gab, die bereit waren, echte Pelze zu tragen, trugen die die Schuld, niemand sonst. Für das Koordinationschaos zeichnete Borten verantwortlich, ganz klar. Doch Borten war der Chef, somit tabu für den Moment. David litt immer noch unter Kopfschmerzen, als er Adolf bat, die Situation zu retten, unter Aufbietung all seiner Kräfte. Es sei nun an ihm, Potenzial zu beweisen. Adolf reagierte eigenartig. Statt die ihm übertragene Chance als solche zu begreifen, deklarierte er die Lage als von vornherein aussichtslos, zuckte mit den Schultern, griff zum Mantel und verließ die Wohnung. David war sich bewußt, daß das entstandene Schlamassel ihm angelastet werden würde, vielleicht sogar zu Recht, denn er, als Stabschef vor Ort, hätte eine Checkliste erstellen, Bortens Versäumnisse rechtzeitig voraussehen müssen. Ihm oblag letztendlich das Set, und wenn er jetzt den schwarzen Peter seinem Assi weiterreichen wollte, kam das einer selbstgefälligen, ja erbärmlichen Flucht aus der Verantwortung gleich. Er konnte nicht umhin, Adolf für seine konsequente Haltung zu bewundern. Die leider nur nicht weiterhalf. Morgen würden vier ukrainische Models vor den letzten Resten der Berliner Mauer auf ein Honorar hoffen, magerer als sie selber, und David würde ihnen mit Händen und Füßen mitteilen müssen, daß sie weder einen Job noch Schwarzgeld bekämen, nur weil die Agentur und/oder er etwas verbockt hatten und sein ansonsten bewährter Assistent für diesmal nicht über sich hinausgewachsen war. Die Pelzfirma, die die Models vorgeschlagen und per Bus ins Land transportiert hatte, würde der Agentur mit Klage drohen, Reise- und Verpflegungskosten zurückfordern, aber man würde sich irgendwie einigen. Borten würde einen Sündenbock brauchen – und Adolf war ja erst noch ein Zicklein. Es wird an mir hängen bleiben, dachte David. Nicht, daß das alles besonders wichtig gewesen wäre. Er würde morgen zum Set kommen und jeder der vier Ukrainerinnen einen Hunni in die Hand drücken, gegen das schlechte Gewissen ihnen gegenüber. Blieb noch das schlechte Gewissen sich selbst gegenüber. Trotz seines Lebenswandels hatte er sich in der Branche einen gewissen Ruf erworben. Schlamperei und Launenhaftigkeit konnte ihm keiner nachsagen. Es hallte noch was nach von der preußischen Erziehung, die Generationen seiner Ahnen geprägt hatte. Selbst noch seine Mutter, Jule, die nach dem Unfalltod ihres Mannes den kleinen David allein erziehen mußte, die links eingestellt und während der Apo-Zeit in der marxistischen Studenterschaft aktiv gewesen war, hatte auf einer strikt autoritären Erziehung bestanden, als dem einzigen verläßlichen Mittel, aus kleinen Monstern Menschen zu machen. Und immer hatte David funktioniert. Jule hatte ihm früh eingetrichtert, daß er doppelt so gehorsam sein müsse wie andere Kinder. Um das Fehlen des Vaters auszugleichen und sie, die Mutter, zu entlasten. Er war früh schon kein Kind mehr gewesen, sondern ein kleiner Mann, den die Mutter mit viel Eigenverantwortung beschenkt hatte, belastet hatte, je nachdem, wie man das werten wollte. Davids Ausbrüche aus der Ordnung, die Frauen, die Drogen, die Exzesse – waren stets so überschaubar geblieben, daß er am nächsten Morgen wieder einen klaren Kopf besaß und die Scherben von letzter Nacht rechtzeitig zusammenfegen konnte. Ich ende noch einmal wie Serge, dachte David, um sich sogleich über das, was er da gedacht hatte, zu wundern. Ist Serge denn schon am Ende? Warte ich darauf, daß Serge am Ende ist, damit Kati zurückkehrt und frei ist? David schaltete den Fernseher ein, um sich abzulenken. Wieso stellte er sich Kati in einem weißen Kittel vor?

In diesem Moment begriff er, worin genau sein Neid auf Serge – und der feine Unterschied von Neid und Eifersucht – bestand. Es ging nicht darum, daß Kati toll aussah oder gut im Bett war oder vor Esprit sprühte, Letzteres stimmte ja gar nicht – sondern daß sie ein mütterlicher Typ war, daß sie ihre Energie voll und ganz in die Pflege des kranken Serge investieren konnte, ohne sich um etwas beraubt zu fühlen. Darauf lief es hinaus.

Jule hatte ihm, wenn er jemals krank gewesen war, das Gefühl gegeben, er halte den Betrieb auf. Von pragmatischer Seite besaß das auch was Gutes, er war immer etwas schneller gesund geworden als andere Kinder, hatte die Windpocken in zwei Wochen besiegt statt in drei, selbst der Mittelhandknochen, den er sich beim Skateboardfahren gebrochen hatte, war in rasender Geschwindigkeit zusammengewachsen, als würde er sich für seinen desolaten Zustand schämen. Interessant, dachte David. Wie klar mir das plötzlich wird.

Eine Woche später traf er sich mit Jule im Noi Quattro, einem relativ schicken italienischen Restaurant am Südstern. Jule wollte von ihm mit Vornamen angesprochen werden, bestand aber nicht darauf – und David bevorzugte es, Ma zu ihr zu sagen. Manchmal, wenn er etwas mehr Distanz in seine Worte legen wollte, nannte er sie auch *Mutter*. Was dann wie ein Vorwurf klang. Es lag kein besonderer Grund für ihr Treffen vor, außer daß sich Jule von ihrem Sohn Tipps für die bevorstehende Reise nach Florida geben lassen wollte. David war beruflich schon weit in der Welt herumgekommen, auch in den Staaten, und er erklärte Jule unter anderem, wann und wie viel Trinkgeld sie geben mußte, auch wenn hochoffiziell kein Zwang dazu bestand. Jule würde in Miami Beach Strandurlaub machen, dann in den Süden fahren und etliche Ausflüge unternehmen, auch in die Sümpfe. Vor Alligatoren hatte sie großen Respekt, und Geschichten, wonach immer mal wieder vereinzelte Tiere in den Vorstädten auftauchten, gar in Swimmingpools badeten, ließ Florida in ihrer Vorstellung zu einer unzivilisierten, ja beinahe apokalyptischen Landschaft werden, in der an jeder Ecke eine ganz altmodische Todesart drohte. Jule war in ihrem Leben erst dreimal geflogen, immer innerhalb Europas, und der lange Flug nach Miami machte ihr zusätzlich Sorgen. Sie habe sich Kompressionsstrümpfe besorgt, um keine Thrombose zu bekommen. David sollte ihr geeignete Reiselektüre empfehlen, am besten einen dicken Schmöker, fesselnd, ohne zu viel Anspruch. David, der selten las, wenn, dann Sachbücher, keine Romane, lenkte das Gespräch bald nach dem Hauptgericht auf Themen, die mit Jules Reise nicht so viel zu tun hatten, die ihn mehr betrafen als sie. Wie sie es sich denn erklären könne, fragte er, daß Arved und er sich so unterschiedlich entwickelt hätten, ob es vielleicht daran lag, daß sie Arved immer bevorzugt behandelt habe, während er selbst oft das Gefühl haben mußte, ein hungriges Maul zu viel an Bord zu sein. Jule hob die Augenbrauen und nannte das Quatsch, sie habe ihre Kinder stets gleichermaßen gut behandelt, und wenn nicht, sei doch er, David, das umsorgte Nesthäkchen gewesen. Wie könne er etwas anderes annehmen? Sie klang empört, unwillig, in dieser Frage eine Diskussion zuzulassen. Natürlich sei es für eine Frau mit wenig Einkommen schwierig, alleine zwei Kinder großzuziehen, aber habe es ihm je an etwas gefehlt? David schwieg. Er hatte sich vorgenommen, einiges anzusprechen, und mußte einsehen, daß seine Mutter ihr ganz eigenes Spektrum besaß, in dem sie Wahrnehmungen aufarbeitete und einsortierte. In diesem Spektrum war kein Einspruch vorgesehen, es wurden selbst leise Zweifel als undankbare Spekulationen abgeschmettert. Hab du nur erst mal selbst Kinder, lautete Jules Standardspruch, dann wirst du sehen, wie das ist, es ist nämlich nicht leicht, ganz und gar nicht. David wunderte sich. Konnte Jule noch allen Ernstes annehmen, daß er mit 38 Jahren aus dem Nichts heraus eine Familie gründen, Kinder in die Welt setzen würde? Wieso hatte sie ihn nie, nicht ein einziges Mal danach gefragt, ob er eine feste Freundin besaß? Er nahm seinen Mut zusammen.

Sag mal, Mutter, hältst du mich für schwul?

Jules Gesicht erbleichte, und ihre Lippen verkrampften. Bist dus?

Aha. Sie hielt es demnach für möglich.

Nein, ich bin nur bindungsunfähig. Keine Angst. Da gibt es sehr viele Frauen. Bloß nicht die Richtige für mich.

Kommt noch, kommentierte Jule. Gibt für alles im Leben eine Zeit. David stocherte enerviert ob der billigen Weisheit in seiner Creme brulée. Die Frage, die er nun stellte, hatte er schon immer stellen wollen.

Warum hast du dir nach Vaters Tod eigentlich nie einen neuen Freund gesucht?

Seine Mutter sah ihn kurz an, dann sah sie weg, als könne sie seinem Blick nicht standhalten.

Hat sich halt nichts ergeben. Murmelte sie in ihre Serviette. Es war mehr als deutlich, daß sie das Thema nicht weiter vertiefen wollte. Gibt es denn niemanden, sagte sie nun, wie um von sich abzulenken, der dich einfangen kann? David meinte, es habe da eine Frau gegeben, er habe sie anfangs nicht recht ernst genommen, die einem anderen gehörte, dem er sie erst ausspannen müsse. Und er wisse nicht recht, ob er diese Frau wirklich haben wolle oder sie nur jenem anderen mißgönne. Jule schüttelte vehement den Kopf. Es gebe so viele Frauen auf der Welt, und er sei doch ein schmucker, erfolgreicher Junge, da müsse er sich weißgott keine aussuchen, die problematisch sei. Ich bin kein Junge mehr, Mutter. Bald bin ich vierzig. Es gibt Clubs, da lassen sie mich nicht mehr rein, nur weil die denken, ich bin über dreißig.

Was willst du auch in solchen Clubs? Fragte Jule, zog alles ins Lächerliche, und ihr war kaum zu widersprechen, denn so salopp, wie David seinen gesammelten Weltschmerz formulierte, konnte es auf sie gar nicht anders als lächerlich wirken. Er sah ein, mit seiner Mutter das, was ihm auf dem Herzen lag, nicht bereden zu können, es war schlicht unmöglich. Hatte er zuvor noch auf einen ernst gemeinten Ratschlag gehofft, fand er sich nun mit Phrasen abgespeist, hinter denen kein echtes Interesse zu entdecken war. Er redete quasi mit einer lebenden Leiche, einem banalen, asexuellen Wesen, das alles Irdische hinter sich gelassen hatte, das einfach nur noch existierte, auf eine äußerst wohlfeile Weise mit sich selbst im Reinen. Der Kellner räumte die Desserttellerchen ab, fortan erschöpfte sich die Konversation darin, die Küche zu loben. Nach dem Espresso ging man auseinander, ohne daß noch irgendetwas von Belang zur Sprache gekommen wäre.

27. Januar

– Ich war gestern mit Mama essen und hab ein paar Dinge angesprochen, ohne genau zu wissen, worauf ich hinauswollte. Überhaupt ist das mein Problem in letzter Zeit, nicht zu wissen, worauf ich hinauswill. Die vielen Frauen, die ich gehabt habe, oder was man so haben nennt – ich glaube, ich könnte eine Therapie vertragen, und ahne doch, was dabei herauskäme.

– Was denn?

– Daß mir unsre Mutter nicht genug Liebe gegeben hat.

– Wie bitte?

– Ich will nicht sagen, daß ich sexsüchtig bin, ich kann nur kein Angebot ausschlagen, das mein Beruf so mit sich bringt. Aber es bietet immer weniger Befriedigung. Ich bin an dem Punkt, wo der Torso Apolls mich anstarrt, verstehst du? Obwohl da kein Gesicht ist, kein Mund, der explizit etwas sagt. Und ich denke, alles hat damit zu tun, daß ich mir unwillkommen vorkam, daß Ma immer so tat, als sei ich eine Belastung zu viel für sie.

– Du redest kompletten Quatsch, Brüderchen. Auf Händen hat sie dich getragen. Herrgott, wir *waren* nun mal Belastungen. Ich mußte viele Aufgaben übernehmen im Haushalt, du wurdest gehegt und gepflegt. DU warst doch ihr verklärter Wonneproppen, und wenn jemand Grund hatte, eifersüchtig zu sein, dann war ICH das.

– Ehrlich? Hast du das wirklich so empfunden?

– Na klar. Du warst immer schon eine Mimose. Leicht kränklich und voller Selbstmitleid. Hattest auch stets eine Ausrede parat. Entschuldigung, wenn ich dir zu nahe trete. Aber als du schon sieben warst, glaubtest du tatsächlich noch, du seist vielleicht ein Mädchen, weil du im Sportunterricht mit den anderen Jungs nicht mithalten konntest.

– Spinnst du? Das denkst du dir aus!

– Nein, das war so. Ich schwörs dir. Und ich als dein älterer Bruder hab dir dann erklärt, daß du bestimmt kein Mädchen bist, weil du nämlich was in der Hose hast, was Mädchen nicht in der Hose haben.

– Darf ich dich noch was anderes fragen?

– Bitte.

– Als Papa starb, warst du sechs. Du mußt viel mehr Erinnerungen an ihn haben als ich. Haben sich unsere Eltern gut verstanden?

– Ich hab zwar etliche Erinnerungen an Paps, aber wie soll ich denn bitte diese Frage beantworten? Sie haben sich nie vor mir gestritten, glaube ich. Aber was heißt das? Tatsache ist, daß Mama nie mehr einen anderen Mann ins Haus gelassen hat. Das spricht schon für sich.

– Ich glaube, ich bin verliebt. Was blöd ist, denn diese Frau ist weder in mich verliebt, noch ist sie frei, noch würden wir zusammenpassen.

– Woher weißt du das?

– Daß wir nicht zusammenpassen? Keine Ahnung. Ist so eine Vermutung.

– Vergiss sie einfach. Schreib ihren Namen auf eine Tafel, und streich ihn durch. Hast dus mal mit einer Kontaktanzeige probiert?

– Nee. Meinst du das ernst?

– Selbstverständlich. Du bist doch der von uns beiden, der im Leben alles mal ausprobieren will.

Anfang Februar hatte David Kati endlich aus seinen Gedanken verbannt und mußte sich mit einem ganz anderen Lebewesen herumschlagen. Seine Mutter war nach Florida geflogen und hatte ihm zuvor ihre Katze vorbeigebracht. Die Katze war ein schwarzer kastrierter Kater namens Johnson, elf Jahre alt, verschmust, ein echter Stubenhocker, der die Wohnung seines Frauchens nur ganz selten einmal verlassen hatte und auf seiner gewohnten Umgebung bestand, der gegen die unerwünschte Auslagerung protestierte, indem er sofort auf den Wohnzimmerteppich pinkelte. David haßte das Vieh. Aber es gab niemanden sonst, bei dem seine Mutter Johnson hätte unterbringen können, ihre einzige Freundin, Lisbeth, begleitete sie ja in die Staaten. Beide, seine Mutter und Lisbeth, hatten an der Oberschule unterrichtet und waren im letzten Sommer verrentet worden. Seine Mutter hatte das in eine kleine bis mittlere Sinnkrise gestürzt, und weil der Winter so lang und frostig ausfiel, schlug er ihr die weite Reise vor, wobei er nie geglaubt hätte, daß sie den Vorschlag auch nur erwägen würde. Aber das sei doch der Sinn des Ruhestands, sagte sie (überraschend, denn sie war ein Ausbund an Sparsamkeit), endlich reisen zu dürfen, wenn andere malochen müßten. David solle ihr im Internet was Schickes buchen, sie würde gleich ihre Freundin fragen, ob sie nicht mitkommen wolle. Und Lisbeth sagte prompt zu. David buchte den Frauen eine zweiwöchige Rundreise mit Leihwagen und relativ hochklassigen Hotels. Kurz hatte er überlegt, Jule die Reise zu spendieren, aber um derlei Geschenke anzunehmen, war seine Mutter zu stolz. Sie hatte fünfunddreißig Jahre lang verbeamtet unterrichtet, ohne sich je viel zu gönnen, und verfügte von daher über genügend Rücklagen. Sie bat ihn einzig darum, einfach weil es wirklich niemand anderen gab (außer einer Tierpension, was für sie nicht infrage kam), daß er für die zwei Wochen Johnson zu sich nehmen würde. Er hatte in einem schwachen Augenblick sein Okay gegeben, jetzt hatte er das Vieh am Hals. Wenigstens kackte Johnson in die dafür vorgesehene Kiste, beim einzigen Mal, da er überhaupt kackte. Denn fressen wollte er nicht. Jule hatte eine Liste geschrieben, mit allen Sorten Katzenfutter, die Johnson mochte. Es schien sich bei ihm um einen heiklen Kater zu handeln, der längst nicht alles akzeptierte, was auf dem Markt war. David kaufte, um seine Ruhe zu haben, das Beste vom Besten. Aber Johnson wollte nicht fressen. Freunde, die David um Rat fragte, meinten, er müsse Geduld haben. Käme der Hunger, käme der Selbsterhaltungsinstinkt. Doch vier Tage lang blieb die Schüssel mit dem Sheeba unberührt, bis es schon roch und David eine neue Packung Hühnchen öffnete. Er probierte es auch mit Thunfisch und Lachs, mit Leber und Gänsebrust, aber an nichts fand Johnson Gefallen. Wenigstens trank er hin und wieder etwas Wasser. Widerwillig nahm David ihn auf seinen Schoß und streichelte ihn, es war offensichtlich, daß der Kater unter Jules Abwesenheit litt. Da müsse man eben eine neue emotionale Bindung herstellen, rieten die Freunde, dann würde er irgendwann schon wieder fressen. Johnson ließ sich die Streicheleinheiten zwar gefallen, aber in Begeisterung brach er nicht aus, schnurrte nicht einmal, lag lethargisch auf Davids

Schoß und stierte ins Leere. Er war ein schönes und gesundes Tier, agil für sein Alter, und bei normalem Verlauf würde er noch vier bis acht Jahre zu leben haben. Am fünften Tag der Nahrungsverweigerung bekam David Panik. Seine Mutter würde ihm nie verzeihen, wenn das Tier unter seiner Aufsicht einginge. »Nie« klang vielleicht etwas übertrieben, aber Jule hing sehr an dem Tier, behandelte es wie ein Vollmitglied der Familie.

David rief beim tierärztlichen Notdienst an, bat um Hilfe, man sagte ihm, er solle Johnson vorbeibringen. Aber David schaffte es nicht, den sich sträubenden Kater in seine Transportbox zu bugsieren, also mußte am Abend ein Tierarzt in die Wohnung kommen. Der junge Mann untersuchte Johnson und stellte keinen physischen Defekt fest. Ob man ihn nicht irgendwie zwangsernähren könne, fragte David. Da konnte der Arzt ein Grinsen nicht unterdrücken, redete was von der Verhältnismäßigkeit der Mittel und daß Katzen ihren eigenen Kopf haben. Und für so eine Auskunft, fragte David, hundertfünfzig Euro Anfahrtshonorar?

Der junge Mann seufzte entschuldigend.

Schließlich vertraute sich David seinem Bruder an, womit eine gewisse Gefahr verbunden war, denn Arved und Jule telefonierten hin und wieder, und die Sache mußte unter allen Umständen geheim bleiben.

5. Februar

– Johnson will nicht fressen. Falls er es sich nicht noch anders überlegt, wird er sterben. Aber wenn ich das Mama erzähle, bricht sie den Urlaub ab, kehrt nach Hause zurück. Ich halte sie dessen für fähig.

– Du mußt es ihr erzählen, denke ich.

– Das werde ich nicht tun. Ich hab sie zu diesem Urlaub mit Engelszungen überredet. Sie hat sich ewig nichts gegönnt. Und sie ist ja nicht alleine in Florida, sie wird von einer Freundin begleitet. Ich halte unsere Mutter für fähig, daß sie ihre Freundin zurücklassen würde, nur um das Leben dieser Scheißkatze zu retten, die schon elf Jahre alt ist und ohnehin nicht mehr lange leben wird.

– Kann man das Vieh nicht irgendwie zwangsernähren?

– Genau das hab ich gestern einen Tierarzt gefragt. So was ist anscheinend nicht vorgesehen. Er sagte was von Verhältnismäßigkeit der Mittel.

– Gibst du ihm vielleicht zu wenig Zuneigung?

– Ich täusch ja schon Zuneigung vor, so gut ich kann. Und der Kater läßt sich auch von mir kraulen, er hockt sich, wenn ich fernsehe, auf meinen Schoß und maunzt. Aber er frißt einfach nicht.

– Von Katzen kenn ich solche Geschichten nicht, höchstens von Hunden.

– Ist eben eine sehr hündische Katze. Noch ein paar Tage, und das Tier ist tot. Das wird Ma im Nachhinein den ganzen Urlaub verderben. Und mir wird sie die Schuld geben.

– Hast dus schon mit Fisch probiert?

– Mit Fisch, mit Hühnchen, mit Felix Senior, Whiskas De-Luxe, Kitekatt, mit allem. Johnson will nicht fressen.

– Falls er stirbt, sagst du einfach, daß ihn ein Auto überfahren hat.

– Blödsinn, das Vieh betritt nicht mal den Balkon, geschweige denn eine Straße.

– Vielleicht solltest du ihm eine Katzendame besorgen?

– Johnson ist kastriert. Wahrscheinlich ahnt er nicht einmal, daß es außer ihm noch andere Katzen gibt. Ich frage mich gerade, ob so ein Bewußtseinszustand zu beneiden oder zu bedauern ist.

– Das weiß ich leider auch nicht.

– Und wenn er stirbt, was mach ich mit ihm?

– Ihn irgendwo im Park begraben?

– Der Boden ist tiefgefroren, aber darum gehts doch nicht. Ich werde Ma sagen müssen, daß ich an ihrem Haustier versagt habe.

– Da kannst du aber nichts für.

– Das weiß ich. Dennoch – er tut mir leid. Was soll ich nur machen? Ich bin ganz verzweifelt.

– Bleib mal am Boden. Es handelt sich um eine Katze. Elf Jahre alt, hast du gesagt? Wenn Johnson nicht fressen will, stirbt er eben, das ist allein seine Entscheidung. All things must pass. All beings auch. Cats and dogs. Ma wird darüber hinwegkommen, kauf ihr eine neue Katze, und gut ists.

– Du redest dich mal wieder leicht.

– Das ist eben so. Nenn es leicht oder schwer.

– Ich will aber nicht, daß irgendwer oder irgendwas in meiner Wohnung stirbt. Außer einer verreckten Zimmerpflanze hatte ich so was bisher nicht im Haus.

– Dann ruf Ma an, und sag ihr das. Dann ist es ihre Entscheidung, nicht deine.

– Kann ich nicht.

– Dann mußt du eben experimentieren. Flöß dem Vieh Flüssignahrung ein, mit einer Spritze. Hast du das schon ausprobiert?

– Hab ich nicht, nein.

– Weil es dir zu albern vorkommt?

– Weil es mir zu gewalttätig vorkommt.

– Was willst du denn eigentlich?

– Meine Ruhe haben.

– Da willst du definitiv zu viel vom Leben.

– Klopfst du jetzt Weisheiten oder was?

– Sorry, aber die Kinder wollen Frühstück. Linda hat ihre Tage und befragt dauernd den Badezimmerspiegel, ob sie noch als lebendig durchgeht.

– Tut mir leid, dich mit so was Trivialem belangt zu haben.

– Muß dir nicht leidtun. Ich kann dir nur einfach nicht helfen. So ist das.

– Ciao einstweilen.

– Sag Ma schöne Grüße, wenn sie anruft.

– Mach ich.

David beendete die Verbindung, klappte den Laptop zu und ging ins Wohnzimmer. Johnson lag auf seinem Wolldeckchen, auf der Seite, streckte alle viere von sich. Wie reagieren Katzen wohl auf Koks? Wenn man ihnen ganz wenig gibt. Wars den Versuch wert? Vielleicht. David streute drei, vier Körnchen auf ein Stück Alupapier und hielt das Johnson vor die Nase. Der bewegte kaum den Kopf, interessierte sich nicht für den ungewohnten Geruch und kniff die Augen zu. Sein Schwanz schlug einen langsamen Takt gegen die Sofalehne. Nicht gerade ein Zeichen völliger Teilnahmslosigkeit. David wertete es vorsichtig optimistisch. Der Kater schien auch gar nicht zu leiden, obwohl er vor Hunger längst hätte schreien müssen. Vielleicht, dachte David, frißt er heimlich, wenn ich nicht zusehe. Aber was? Der Gedanke war wohl absurd, doch für ein paar Stunden tröstlich.

Zu allem Überfluß hatte David eine SMS seiner Mutter erhalten. Sie habe vergessen, ein Foto von Johnson mit in den Urlaub zu nehmen, er solle ihr doch bitte eins per Handy schicken. Erst regte er sich auf über dieses Theater, diesen schlecht kaschierten Kontrollversuch, und er zögerte zwei Tage, überlegte, was er tun sollte. Dann nahm er Johnson auf den Schoß und machte das verdammte Foto. Aber im letzten Moment beschloß er, seine Mutter zu ärgern, und sandte die SMS *(Liebe Mutter, tut mir leid, daß ich das mit dem Katzenfoto verschwitzt habe. Im Anhang also das gewünschte Porträt, wie du siehst, hat Johnson sich an mich gewöhnt, und wir vertragen uns. Dir noch eine gute Zeit, dein David)* ohne Anhang ab. Er wollte Jule zwingen, noch einmal nachzufragen, zu insistieren, vielleicht würde ihr dabei klar werden, wie nervtötend ihr Ansinnen war.

Zwei Tage später sah Johnson immer noch ganz gesund aus, sein Fell glänzte, seine Bewegungen blieben, obschon er abgemagert war, graziös und elegant, von einer bemerkenswerten Nonchalance, die keinerlei Leiden vermittelte. Alles schien völlig in Ordnung mit ihm, und daß er nicht fressen wollte, wirkte auf David wie eine einmal getroffene, aber nicht spektakuläre Entscheidung. Es war etwas Erhabenes an jener Kreatur, im Grunde nicht viel anderes als das, was Menschen an Katzen immer schon bewundert und beneidet hatten, die absolute Freiheit des Willens, durch nichts zu brechen oder zu korrumpieren. Dieser Kater hatte offenbar den Entschluß gefaßt zu sterben, aus welchen Gründen auch immer. Und er machte kein Gewese darum, fügte sich klaglos in sein selbstgewähltes Schicksal, als gäbe es nichts Natürlicheres für ein gealtertes Tier, dessen Zeit gekommen war. David packte Johnson im Nacken, schob ihn gewaltsam in die Transportbox, nahm, vor Wut schreiend, ein paar Schrammen in Kauf und brachte das Tier, das kaum noch Kraft besaß, um sich zu wehren, in ein hochtechnologisiertes Labor, in der Hoffnung, es würde dort irgendeine versteckte organische Krankheit festgestellt, ein Krebsgeschwür am Magen, ein Leberschaden, ein Hirntumor oder Würmer im Darm. Doch wieder blieben alle Untersuchungen, darunter sogar ein großes Blutbild, ohne Befund. Man könne das Tier, meinte der Arzt, eine Zeit lang über Infusionen ernähren, aber das sei teuer und keine echte Lösung. Alternativ bot er eine Einschläferung an, die sei schmerzlos und schnell. David lehnte beides ab, und Johnson erhielt nur eine Beruhigungsspritze, damit man ihn ohne weitere Schrammen zurück in die Box schieben konnte.

– Ich war mit ihm beim Arzt, bei einem richtigen Spezialisten. Mit allem Pipapo.

– Und?

– Er meinte, wenn Johnson jeden Tag eine Infusion bekommt, hält er vielleicht länger durch, aber das ändere nichts am eigentlichen Problem.

– Welches was ist?

– Keine Ahnung. Es hieß, ich solle ihm jeden Tag frisches rohes Fleisch hinstellen, am besten Tatar in warmem Wasser, dann würde er schon irgendwann fressen. Jedes Tier frißt, bevor es verhungert.

– Na dann.

– Weißt du, ich möchte Johnson zu nichts zwingen. Ich möchte auch nicht rumtricksen und unsrer Mutter auf Teufel komm raus eine halbtote Katze überreichen, bei der jede Rippe hervortritt. Was würde sie von mir denken?

– Du machst dir echt viele Gedanken, Brüderchen. So bist du doch sonst nicht.

– Was soll das denn nun heißen?

– Sorry, war nur ein Flachs. Ich möchte nicht in deiner Haut stecken. Aber trotz allem – es ist eine Katze. Just a cat. Remember that.

– Danke für diese hilfreiche Bemerkung.

– Ich mach mir ein paar Sorgen um Becky. Sie hat neuerdings zwei Verehrer.

– Ach echt?

– Beide sind zwei Jahre älter und etwas, naja – nerdig. Eigenartig. Kannst du dir vorstellen, wie man sich als Vater fühlt, wenn die Tochter beginnt, auf eigenen Füßen durch die Welt zu gehn? Und Dinge vor dir zu verheimlichen sucht?

– Wie sollte ich? Aber das muß wohl mal so sein, nicht wahr?

– Ja. Die Kinder werden so verflucht schnell erwachsen. Gestern hab ich Becky erklären müssen, was Jungs an ihr so anziehend finden. Das war vielleicht heikel, und ihr war es grottenpeinlich.

– Wenigstens nimmt sie Nahrung zu sich.

– Ah. Ja. Das tut sie. Gottseidank.

– Machs mal gut.

David meldete sich bei Borten krank und verbrachte jede Minute zu Hause. Ging nicht einmal vor die Tür, um die Zeitung aus dem Briefkasten zu holen. Er sah dem Kater lange in die Augen, was dieser nicht mochte, stets drehte er den Kopf weg, und wenn David ihm den Kopf festhielt, schloß Johnson die

Lider, dann wirkte er ein wenig verärgert, enerviert. Und gab doch keinen Laut von sich. Nur wenn David ihn streichelte, lange streichelte, legte sich Johnson leise schnurrend auf die Seite, gab seinen Bauch frei, eine große Geste des Vertrauens. David kraulte ihm den Bauch und bat das Tier, erst in Gedanken, dann mit gemurmelten Worten, um seine Freundschaft. Johnsons müder, etwas herablassender Blick schien zu antworten: Die hast du doch schon. Du willst in Wahrheit mein Leben. Das nun mal mir gehört. David führte imaginäre Dialoge, interpretierte in die fast unbewegliche Mimik der Katze mancherlei bis allerlei hinein, und wenn er sich dabei in einem lichten Moment ertappte, knurrte er und seufzte, stöhnte auf und verließ den Raum, um etwas Rotwein zu trinken. Wodurch er noch melancholischer wurde und sentimentaler. Er redete auf das Tier bald wie ein Lehrer, bald wie ein Vater oder Arzt ein, zuletzt wie ein Freund, der Verständnis heuchelt und doch nur um einen Gefallen bettelt, einen Aufschub. Johnson hörte sich das alles geduldig an, wobei er immer müder wurde, kraftloser. Kein lebendes Wesen hatte je in Davids Empfinden so viel Gleichgültigkeit ausgestrahlt, wenngleich da nichts mehr strahlte. Johnsons Zustand ging schnell in ein langsames Verdämmern über, und nur ganz selten hob er noch einmal den Kopf, schien sich nach etwas umzusehen, bis sein Blick nichts mehr festhielt. Dann schlief er ein, wie so viele Male zuvor, hörte zu atmen auf, träumte nicht mehr, und sein Körper erkaltete, wurde steif. Die ehemals geschmeidige Eleganz verwandelte sich binnen weniger Stunden in starre Klobigkeit, in eine plumpe Puppe des Todes. David bekam einen Weinkrampf, für den er sich schämte. Ihm war, als habe er eine Lektion in Stil und Vergänglichkeit erhalten, müsse nun eine Lehre daraus ziehen. Seine eigene Existenz kam ihm mit einem

Mal niveaulos vor, vertändelt unter Wert. Nie hatte er etwas Sterbendes im Arm gehalten, und auf eine stundenlange Phase der Trauer folgte eine des Trotzes und der Dankbarkeit. Wem würde er davon erzählen können? Seine Freunde, selbst die wenigen, die wirklich welche waren, würden bestimmt Emphase vortäuschen, ja, aber dann, hinter seinem Rücken, würden sie sich mokieren, lustig machen über einen, der ob eines toten Haustiers die Fassung verliert. David blieb lange neben dem Kadaver sitzen, erboste sich darüber, wie schnell – es dauerte keinen halben Tag – das tote Tier zu riechen begann. Er warf der Verwesung mit lauten Worten Gier und mangelndes Taktgefühl vor, erschrak über sich selbst, konnte nicht glauben, daß er sich wie ein verrückter Pädagoge gebärdete, der dem natürlichen Zersetzungsvorgang mit Zornesreden entgegentrat. Und doch gefiel ihm genau das, wenn er ein zweites Mal darüber nachdachte. Es erinnerte ihn daran, wie unbekümmert, unbelastet von Erfahrungen, Kinder sich mit dem Unabänderlichen befassen, als bliebe da noch Spielraum für Verhandlungen und nichts müsse für gegeben genommen werden, nur weil es eben *ist*. Es war ein kurzes Zurückschnuppern in eine lang vergangene Zeit. David begriff den kurzen Schauder als sentimentales und flüchtiges Geschenk. Er gab sich einen Ruck, trug den toten Johnson, der jetzt steif war, struppig und häßlich, in die Küche.

Am nächsten Tag, dem 8. Februar, traf eine Mail ein, mit der er absolut nicht gerechnet hatte.

Hallo David. Wie gehts dir? Gib doch mal kurz Bescheid. Ich bin immer noch in Malta. Wenn du mir schreiben willst, schreib bitte an Katisch123@yahoo.de. Die bisherige Mailadresse verwende bitte nicht, da auch Serge Zugriff darauf hat. Grüße, Katharina

David zögerte mit der Antwort. Er hatte Kati schon verloren gegeben. Obwohl er sich über ihre Nachricht sehr freute, wußte er nicht, inwieweit er sich erneut auf sie einlassen sollte. Und was sie genau von ihm wollte. Nur ein kurzes Lebenszeichen? Einfach plauschen? Eine Wunde brach auf. Er dachte nach. Bis ihm einfiel, daß er Kati ja eine ganz gute Botschaft überbringen konnte. Das war sicher nicht verkehrt.

Liebe Katharina,

es wundert mich, daß du mit vollem Namen unterzeichnest. Hast du nicht immer gesagt, du würdest diesen Namen verabscheuen? Ich solle, hast du stets gefordert, Kati zu dir sagen. Jetzt bin ich verunsichert, aber ich freue mich, daß du dich meldest. Gestern ist ein lebendiges Wesen in meinen Armen gestorben, und wenn es auch nur eine Katze war, so wars das erste Erlebnis dieser Art für mich. Ich bin traurig und hilflos, der lange Winter deprimiert mich einfach nur, und ich müßte meiner Mutter, die mir diese Katze anvertraut hat, die Wahrheit sagen, aber ich kann es nicht und bin sauer auf den blöden Kater, der lieber gestorben ist, als von mir Nahrung anzunehmen. Ich will meiner Ma nicht den Urlaub verderben, eben hat sie angerufen, und ich entschloß mich, sie zu belügen, es sei alles in Ordnung mit Johnson – so heißt der schwarze Kater, vielmehr, so hieß er. Ich hab ihn in eine Plastiktüte und dann in mein Tiefkühlfach gelegt, das somit endlich mal Verwendung findet. Ma macht Urlaub in Florida, mußt du wissen. Serge soll sich keine Sorgen machen, Borten wollte ihn rauswerfen (sag ihm das bitte nicht), aber das hab ich zu verhindern gewußt. Seine Stelle wird ihm immer noch freigehalten. Habs gut derweil, es grüßt dich, herzlich, David.

In der folgenden Nacht schrieb Kati ihm erneut. David hatte den ganzen Abend zu Hause verbracht, so gespannt war er darauf, welchen Ton sie anschlagen würde.

Lieber David,

das mit dem Kater tut mir sehr leid. Aber warum steckst du das tote Tier in dein Tiefkühlfach? Damit deine Ma Abschied von ihm nehmen kann, wenn sie zurückkommt? Das ist doch gruselig. Danke, daß du dich bei Borten für Serge eingesetzt hast. Und ich dachte, du könntest ihn nicht gut leiden. Manchmal habe ich den Wunsch, dich wiederzusehen. Wäre das auch in deinem Sinn?

Einen lieben Gruß zur Nacht sendet Kati (du hast recht, die Kurzform ist mir lieber, aber auch ich werde älter und immer mehr zur Katharina).

Distanziert klang das, vorsichtig. Als wäre auch sie sich nicht im Klaren darüber, inwieweit das alte Verhältnis wieder aufgewärmt werden dürfte. Gern hätte David ihr gestanden, unter der Trennung gelitten zu haben. Aber sich so bloßzulegen, wollte er ihr und sich selbst nicht zumuten.

Liebe Kati,

das dauert hoffentlich noch lang, bis eine Katharina aus dir wird. Die Katze im Tiefkühlfach – nein, nicht, daß ich sie meiner Mutter präsentieren will, Gott bewahre, aber sie wird mich fragen, ob ich Johnson anständig bestattet habe. Derzeit liegt meterhoch Schnee, der Boden ist tiefgefroren, ich könnte Johnson einfach in den Müll schmeißen oder bei der Tierkadaverentsorgung (heißt das so?) abliefern, aber ich will die Sache nicht noch schlimmer machen. Du willst mich wiedersehen? Nichts lieber als das. Ich habs ja kaum zu hoffen gewagt, nachdem du dich so ab-

rupt zurückgezogen hast. Wie geht es denn eigentlich Serge? Hat er sich erholt? Wie lange wollt ihr noch bleiben? Bleibt, solange ihr könnt. Das Wetter hier ist deprimierend. Wie ich dich um Malta beneide. Wenn hier nicht endlos Aufträge zu erledigen wären, käme ich sofort vorbei. Einen Kuß aus Frost und Finsternis sendet dir dein David.

Vierundzwanzig Stunden später traf Katis Antwort ein.

Lieber David,

verstehe ich dich richtig? Du willst deiner Mutter etwas vorgaukeln, bevor du ihr letztlich etwas gestehen mußt? Kenn ich gut. Meine Mutter anzulügen, war lange Zeit die einzig geeignete und angemessene Form, mit ihr zu kommunizieren. Haben wir je darüber geredet? Darf ich dich um was bitten? Sag doch mal, und bitte ganz ehrlich, was du aufregend an mir fandest und was nicht so.

Kuß aus dem sonnigen Süden, Kati

Das klang wie die Einladung/Einleitung zu ein wenig Dirty Talk. Nein, über ihre Mutter hatte Kati nie ein Wort verloren. Die Gespräche mit Kati waren nie in die Tiefe gegangen, das konnte man beim besten Willen nicht behaupten. David versuchte sich zu erinnern, worüber er mit Kati überhaupt je geredet hatte. Wenn sie nicht gerade aufeinanderlagen, hatte sie viel über Serge geredet, seine Macken und Marotten. Dann hatte er immer nur zugehört.

Liebe Kati,

fischst du nach Komplimenten? Du willst, daß ich dir schreibe, was ich an dir aufregend fand? Ich habe doch nur ein paar Stun-

den Zeit, bis der Wecker klingelt. Also gut, im Kurzdurchlauf, und weil ich ein oberflächlicher Mensch bin, erst mal das Visuelle. Ich fand deine Füße aufregend, du hast die schönsten Füße, die ich je gesehen habe. Deine Beine sind Weltklasse und was daran anschließt auch. Vorne wie hinten. Deine Brüste sind herrlich, und die Färbung ihrer Nippel, dieses zarte Blaßrosa, wenn ich nur daran denke, steht er mir. Dein schöner schlanker Hals mündet in einen Kopf, der es mit dem von Audrey Hepburn aufnehmen kann, meiner ersten großen Liebe. In diesem Kopf drin, um nun zum weniger Aufregenden zu kommen, war hauptsächlich Serge. Stets hast du mir klargemacht, daß das zwischen uns nichts Ernstes werden könne, weil es ihn gab. Anfangs war ich um diese Regelung froh. Ich glaube beinahe, daß ich über Serge mehr weiß als über dich. Über deine Mutter hast du jedenfalls nie geredet, nur pausenlos über Serge, den du wie einen Schild vor dir hergetragen hast. Manchmal hatte ich den Eindruck, du würdest dich für deine Orgasmen vor mir schämen. Das hat mich sehr abgetörnt, um die Wahrheit zu sagen. Darum sag ich dir auch noch Folgendes, und es fällt mir schwer: Wenn du wieder mit mir anbandeln willst, nur um ab und an Spaß zu haben, lass es mal lieber bleiben, ich suche derzeit nach etwas Festem, Wahrem. Ich habe dich vermißt, weitaus mehr, als du vermutest. Ich bin aber kein Pausenclown oder ein Lückenfüller. Hoffentlich verstehst du, wie weit ich mich aus dem Fenster lehne, indem ich dir das schreibe. Wenn du mich brauchst, bin ich für dich da. Wenn nur ein gewisser Körperteil von dir mich braucht, bist du an der falschen Adresse.

Das ist quasi eine Liebeserklärung, dachte David. Warum zögere ich noch, die drei wuchtigen Worte anzufügen? Er brachte es nicht über sich.

JA

20. Januar

Wir sind seit gut vierzehn Tagen auf Malta. Ralf und Greta bleiben verschwunden, fast eine Woche ist es her, daß wir die letzte SMS bekommen haben. Gestern ging nicht einmal Gretas Mailbox ran. Wir hatten keinerlei Ärger mehr, und langsam glauben wir, daß die Sache, woraus auch immer sie besteht, ausgestanden ist, soweit sie uns betrifft. Gangster wie die, die uns überfallen haben, sagt Serge, gestehen ihren Schuldnern immer nur ein paar Tage Aufschub zu, keine ganze Woche. Das weiß er bestimmt aus amerikanischen Fernsehserien. Seine letzten Pregabalin-Tabletten hat er gestern eingeworfen, und ich bin gespannt, wie sich das auswirkt. Er macht einen lockeren Eindruck, fast, um dieses Wort zu gebrauchen: cool. Überhaupt nicht verdruckst und ungelenk und verschattet, was drei Adjektive sind, die mir früher bei ihm zuerst eingefallen wären. Die ganze Zeit verhielt er sich freundlich, zuvorkommend, sehr um mich bemüht. Meinen Beschützer zu mimen, gefiel ihm, glaub ich, ganz außerordentlich – und um ihm zu gefallen, hab ich ein bißchen schwaches Weibchen gespielt. Jetzt, wo Ruhe eingekehrt ist, genieße ich die Insel noch mehr. Wir gehen oft ins Kino oder an den Strand, wo wir über das weite Meer sehen und allerhand tiefgründige Gespräche führen, über die Endlichkeit von allem und die Schönheit, die sich ihr entgegenstemmt, auf Dauer vielleicht erfolglos, aber darin eben liegt Schönheit – sie kann nie ein Normalzustand sein, immer ist sie vergänglich, fragil und herausragend. Während Deutschland einfriert, den kältesten Winter seit fünfundzwanzig Jahren erduldet, haben wir hier Tage um die 20 Grad, und wie ich es erhofft hatte, ist Wärme die beste Kur für Serges Seele. Ob er eine weitere Medikation braucht, wird sich erweisen, notfalls kann ich mit ihm in eine Klinik gehen, er ist über seine Mastercard Gold ausreichend versichert, was ihm gar nicht bewußt war. Wir verbrauchen wenig Geld, leben von Brot, Käse, eingelegten Peperoni, Salami und Wein – aber es ist gutes Brot und guter Käse, passabler Wein –, und wir sehen uns all die Filme an, für die wir zu selten Zeit hatten. Manchmal will er mit mir schlafen, ich soll ihm sagen, an welchen Tagen ich empfänglich bin. Willst du ein Kind mit mir? Hab ich gefragt. Und er: Würde mich glatt mal interessieren, ob wir eins gebacken bekommen. Könnens dann immer noch wegmachen. Das war das einzige Mal, wo ich dachte: Hä? Bist du noch zurechnungsfähig? Was willst du? Bin ich dein Testobjekt, das dir verkünden soll, ob deine Spermien was taugen? Ich möchte von Serge nicht schwanger werden. Nicht bevor ich hundertprozentig weiß, daß er erstens kuriert ist, zweitens, daß er ein Kind wirklich haben will. Als mein Eisprung nahte, hab ich Ausreden benutzt und es ihm nach langer Zeit mal wieder mündlich besorgt. Ich fühle mich schlecht deswegen, es ist eine Form von Betrug, und daß er drüber jubelt, macht es nicht besser. Ich hab diesen Monat zweimal die Pille vergessen und möchte nicht darauf vertrauen, daß Serge ihn rechtzeitig rauszieht. David hat mir noch eine SMS geschickt, die aus nur zwei Worten bestand. *Alles okay?* Ich schrieb ihm zurück: JA. Zwei Buchstaben. Mehr nicht. Die kann er so und so interpretieren. Als genervtes Ja oder als schlichte Bestätigung.

*

Dieses Miststück bläst mir einen, was sie sonst nicht gerne tut, nur um sich nicht von mir befruchten zu lassen, diese Vorsichtsschnepfe, enthält mir ihre Muschi vor, ich darf sie nicht besprengen, und am Strand, es ekelt mich an, ist sie von ein wenig Küchenphilosophie gleich so satt und beeindruckt, dann sieht sie überall Schönheit und Vergänglichkeit, wo eigentlich nichts ist als Mittelmaß, das sich seiner schämt vor den Wellen, die so nonchalant, mit der ewigen Wahrheit in der Hinterhand, gegen die genervten Felsen schwappen. Mein Mittelmaß, das schämt sich auch. Ich will in Kati meinen Samen pflanzen, nur, um mehr aus mir zu machen, mich zu verlängern, im Körper einer anderen. Will etwas ausprobieren. Ist ein Spiel, und sie durchschaut es, verdirbt es durch wohlfeiles Gedankengut. Das ist nicht gut. Ist zu durchdacht. Ein Spiel mit mir. Die Liebe geht ihren Weg, durch Stacheldraht, Beton und Unrat aller Art, sie findet einen Weg, sie *ist* der Weg, und was da an Erfahrung warnend steht am Wegrand, spült sie mit schönen Worten hinweg. Und immer wird das so sein, egal, was grad gelehrt wird an den Schulen. Morgen, wenn wir nicht mehr sind, wird etwas anderes sein. Und das ist fraglos gut und nötig. Ist anders gar nicht denkbar. Alles, was existiert, versäumt die Pointe seines Seins.

Heute hat Serge mich um Verzeihung gebeten, weil er mit mir hatte schlafen wollen, um mir ein Kind zu machen, *unterzujubeln,* hat er gesagt. Aus einer bloßen Laune heraus, ohne lang drüber nachzudenken, habe er den Wunsch gehabt, sich zu reproduzieren. Und er habe mich im Verdacht gehabt, ich würde ihn nur deshalb mit dem Mund verwöhnen, um dem Thema keine Plattform zu bieten. Das tue ihm leid, er interpretiere manchmal was hinein in mich, um sich selbst dann reinzusteigern, bis die Welt so aussehe wie in seinen schlimmsten Befürchtungen. Er war ganz klar und vernünftig und voller Reue und Ehrlichkeit. Das hat mich bewegt, obwohl er ja im Grunde recht hatte mit seiner Vermutung. Aber das hab ich ihm nicht eingestanden, sonst macht er sich nur neue Gedanken. Wir waren dann auf dem Markt und haben frischen Tintenfisch gekauft, um ihn auf der Terrasse zu grillen. Das war herrlich. Ich komme mir gar nicht mehr wie eine Touristin vor. Als wir, beladen mit Einkäufen, in die Wohnung zurückkehrten, stellten wir fest, daß jemand sie während unsrer Abwesenheit betreten haben muß. Gretas Notebook, unser Zugang zum Internet, war vom Küchentisch verschwunden. Es gab nirgends Spuren eines Einbruchs, und sonst fehlte nichts. Es war also höchstwahrscheinlich Greta selbst. Ich meine, es ist ihr gutes Recht, ihre eigene Wohnung zu betreten und sich ihr Eigentum zu holen, aber warum wartet sie, bis wir außer Haus sind?! Hat sie uns gar beobachtet? Vielleicht war es schlicht ein Zufall, sie kam vorbei, wir waren nicht da, und sie hatte keine Lust, auf uns zu warten. Oder hatte es sehr eilig. Aber einen Zettel hätte sie uns doch hinterlassen können, einfach mit ein paar Grüßen, schon damit wir uns keine Gedanken wegen eines erneuten Einbruchs machen müssen. Serge wollte herausfinden, ob sie auch Kleidung mitgenommen hat, aber ich verbot ihm, in Gretas Schrank zu wühlen, dazu haben wir kein Recht. Und selbst wenn er nachsähe, erbrächte das ja kein Ergebnis, weil wir nicht wissen, wie es vorher im Schrank ausgesehen hat. Da widersprach er mir kopfschüttelnd. Nach dem Überfall habe er in jeden Schrank gesehen, in jeden kleinsten Winkel der Wohnung, das sei doch wohl nachvollziehbar. Zu welchem Zweck denn? – fragte ich. Wollte er sicherstellen, daß sich nicht einer der Gangster im Kleiderschrank verborgen hielt? Ich mußte grinsen, und Serge zog ein genervtes Gesicht, sagte nein, er habe nach einer Waffe zur Selbstverteidigung gesucht.

*

Ich habe Kati eine wirklich erstklassige Gelegenheit geboten, mir die Wahrheit zu sagen, nämlich indem ich mich hinstellte und mich lang und breit dafür entschuldigte, die Wahrheit *gedacht* zu haben. Sie schlug die angebotene Hand aus, ließ den zu einer Beichte so günstigen Moment verstreichen, freute sich über meine Ehrlichkeit und war umgekehrt verlogen. Das Notebook hab ich heute Morgen, bevor wir die Wohnung verließen, in Gretas Kleiderschrank unter einem Stapel Unterwäsche versteckt. Habe es schlicht satt, daß Kati dauernd Mails an Freunde in Berlin verschickt. Ich mache das doch auch nicht. Kati denkt, daß Greta hier gewesen ist. Das ist gut, denn jetzt weiß sie, oder glaubt zu wissen, daß es der Blondine gut geht, und ich muß mir nicht mehr dauernd anhören, wie viel Sorgen sie sich um das Pack macht. Gedanken kann man sich aber machen. Warum eigentlich *hat* Greta ihr Notebook nicht mitgenommen, als sie und Ralf das Weite suchten? Das läßt man doch nur zurück, wenn man schon bald wieder zurückkommen will. Sie sind aber nicht bald wieder zurückgekommen. Viel eher ist ihnen also was in die Quere gekommen. Wahrscheinlich sind sie längst tot. Und Kati muß sich zu Recht keine Sorgen mehr machen. Jetzt schläft sie, und ich sitze in Gretas Schlafzimmer auf dem Fußboden, bin online und sehe auf *www.malta-police-reports.mt* die lokalen Meldungen durch, aber da ist von allem Möglichen die Rede, nur nicht von einem doppelten Leichenfund. Mir fällt gerade ein: Wenn Greta und Ralf plötzlich wieder in der Tür stünden, wie wäre das mit dem Notebook zu erklären? Eine saublöde Situation wäre das. Besser, sie bleiben verschwunden. Leider weiß ich Katis Googlemail-Paßwort nicht. Hätte mich mal interessiert, was sie so nach Berlin schreibt, und wem. SERGE lautet ihr Paßwort jedenfalls nicht, das hab ich probiert. Sie hat anderes im Kopf, wenn sie stundenlang mit der Welt kommuniziert. Mit ihrer Geschwätzigkeit Leute belästigt, von deren Existenz ich wahrscheinlich keine Ahnung habe. Lange lass ich mir diese fortwährenden Beleidigungen nicht bieten. Irgendwo gibt es eine Grenze. Ihr Verhalten erinnert mich immer mehr an das meiner Mutter. Spaßeshalber gab ich den Namen meiner Mutter bei Google ein. Null Treffer, gut. Sie ist immer noch tot. Und mir fehlt jede Lust am Schlaf.

KATI

KATHARINA

KATHARINA SCHNEIDER

OPERNCHOR

WAGNER

VERDI

ANITA (der Vorname ihrer Mutter)

SCHWEINEPRIESTER (der Name ihrer Schildkröte, die ihr
eingegangen ist)

DIRK (der Name ihres Bruders)

ZUKUNFT

PASSWORT

ABSURDES PASSWORT

HALALI

WAGALAWEIAWOGEDUWELLE

IRGENDWAS

SCHEISSE

ULRIKE (ihr zweiter Vorname)

123456

QWERTZ

ICHBINBESOFFEN

RALF

GRETA

FUCKYOU

TRALALA

FRÜHLING

MALTA

NICHTS

ALLES

HOBBYHURE

HOBBYHURE123

EUREKA

FRUST

SONNE

MOND

STERNE

KUNDERA (ihr Lieblingsautor)

22. Januar

Serge ist seltsam verdruckst, schlecht gelaunt, mag mir nicht in die Augen sehen, will darüber auch nicht reden, er sieht fast aus, als schäme er sich für was. Ich zog kurzerhand alleine los und hab jetzt ein schlechtes Gewissen deswegen. Verdammt, man muß auch mal für sich sein – und er wird ein paar Stunden ohne meine Gesellschaft auskommen. Ich hab mein Handy vergessen, sonst würd ich ihm was simsen. Jetzt erst mal shoppen, einen Bikini kaufen, der alte Badeanzug zwickt ein bißchen, dann in das Café mit der Palmenterrasse, wo es die ausländischen Zeitungen gibt, und einen Chai Latte trinken. Einfach meine Ruhe haben. Ruhe wovor? Vor Serge? Heute Morgen ist er mir auf die Nerven gegangen, ja. Dabei hat er nichts getan, was ihm vorzuwerfen wäre. Später werd ich noch ins Internetcafé gehen, ein paar Mails schreiben, meine Mutter macht sich ständig Sorgen, dann auf Facebook die neuesten Fotos einstellen und mich über das hiesige Konservatorium schlau machen. Ich könnte als Gesangslehrerin arbeiten, ich habe ein Diplom, warum eigentlich nicht? Obwohl ich sehr wenig Geld verbrauche, sind meine Ressourcen doch begrenzt, und ich will Serge nicht auf der Tasche liegen, schon deshalb nicht, damit er keine Forderungen draus ableiten kann. Herrgott, ist es schon so weit? Wie rede ich über unsre Beziehung? In Berlin liegt immer noch Schnee, hier kann man bereits im T-Shirt unterwegs sein, und bald ist

Karneval. Weswegen mache ich mir Gedanken über eine Stelle am Konservatorium? Serge muß doch irgendwann nach Deutschland zurück. Sein Englisch ist okay, aber um seinen Job hier auszuüben, würde es, glaub ich, nicht reichen. Also sind wir auf befristete Zeit hier. Unwiderruflich. Warum verdränge ich das? Mir gefällt die Insel so sehr. Greta und Ralf sind zu beneiden. Obwohl, im Moment vielleicht gerade nicht. Gäben die beiden doch nur irgendein Zeichen von sich.

*

Heute hat Kati vergessen, ihr Handy auszuschalten, als wolle sie doch noch beichten, sie hat es für mich hingelegt als offenes Buch. Sie will, daß ich sie teste. Und hat alles, was sie belasten könnte, natürlich gelöscht, so blöd ist sie nicht. Und ich bin es auch nicht, ich hab nicht hineingesehen. Darauf fall ich nicht herein. In Sicherheit will sie mich wiegen, mit einem billigen Trick. Beinahe hätte ich doch hineingesehen. Nur um sicherzugehen, daß es ein Trick ist. Wenn sie partout beichten will, dann bitte nicht so. So hintenrum. Eine Aufforderung zum Vertrauensbruch. Ich hocke vorm Fernseher und langweile mich zu Tode. Ich hasse die Scheiß-Insel, auf der nur Banalitäten gedeihen. Müßte nach Deutschland zurück, bevor Borten mich rauswirft. Ich kann doch nicht alles, was ich mir aufgebaut habe, verfallen lassen. In Berlin liegt Schnee, na gut, da zittern die Menschen im Frost, na und? Unsereins hat Stein- und Eiszeit überlebt. Kati tut immer so, als sei ich ein Weichei, schlimmer, ein rohes Ei, umgeben von Gefahr. Und dann läßt sie mich einfach allein und vergißt sogar ihr Handy, nur damit sie hinterher sagen kann, sie habe keine Möglichkeit gehabt, sich bei mir zu melden. So läuft das doch. Eben habe

ich mir, am helllichten Nachmittag, ein Glas Rotwein einge-
schenkt. Ich liebe diese Frau. Sonst wäre alles einfach. Ich
hätte gestern Nacht nicht versuchen sollen, ihr Paßwort zu
erraten. Wie ich mich heute früh dafür geschämt habe! Aber
es ist ja nicht so, daß ich was wissen wollte, was mich nichts
angeht. Nein, die Dinge, die mich nichts angehen, sollen ihr
ganz und gar überlassen bleiben. Nur um die Dinge, die mich
definitiv angehen, um die *muß* ich mich ja kümmern, da bin
ich doch verpflichtet dazu, ich muß doch Bescheid wissen,
um an Kati nicht völlig vorbeizureden, wenn die Rede darauf
kommt. Alles andere wäre fahrlässig, so fahrlässig, wie sie
heute ohne mich aufgebrochen ist. Um Ruhe vor mir zu haben. So gesagt hat sie das nicht. Nichts hat sie gesagt. Ihr
Schweigen war beredt genug. Und viel schlimmer. Ich sehe
mir deutsches Zoofernsehen an. Es gäbe ein paar Bücher im
Regal, aber es sind nur Buchstaben darin, auf jeder Seite leicht
variiert, damit der Leser nichts merkt. Früher las ich viel und
gern. Irgendwann dann wußte ich alles, und die Sätze, sogar
in den guten Büchern, die Sätze, die sich so viel Mühe gaben,
originell zu wirken, die oft kunstvoll gedrechselt waren und
raffiniert ausgedacht, wurden schlaff und redundant, zielten
alle auf denselben Schluß: Genieße dein Dasein, es ist kurz,
füttre den Hund, und gib dem Bettler Geld. Spare, so hast du
in der Not, liebe deine Auserwählte, vielleicht auch zwei, aber
stells geschickt an, und wenn das Unabänderliche kommt, füg
dich mit einem Lächeln darein. Hör gute Musik, nicht den
Mainstream für die Idioten, und verschwende deine Zeit nicht
mit Klimbim. Such dir immer neue Herausforderungen, hör
nie auf zu lernen. So stehts in allen Büchern (außer in den
krank-perversen), mehr oder minder komplex ausgedrückt.
Oder durch die Blume, in einem Gleichnis. Die Botschaft der

Bücher lockt mich nicht mehr aus dem Ofen hervor, in dem ich brenne. Mit Filmen geht es mir ganz ähnlich. Das Zoo-fernsehen bietet immerhin eine unverhüllte Banalität, deren pädagogischer Wert nicht zu unterschätzen ist. Es geht darum, zu sein, gefüttert und gestreichelt zu werden. Der Rest besteht aus Feinheiten, die einer gewissen Überzüchtung zugeschrieben werden können. Ich wäre gern ein Tier und simpel gestrickt. Kein hochentwickelter Primat, vielleicht ein Goldfisch, der ein Gedächtnis von nur acht Sekunden Dauer besitzt. Danach ist wieder alles neu und groß.

*

So, Mail an die Mutsch ist geschrieben, Zeitung hab ich gelesen, der Bikini ist gekauft, weinrot und wunderschön und etwas überteuert. Ich hatte eine Schnapsidee. Greta und Ralf sind ja süchtige Zocker – und ich kam am Dragonara vorbei, dachte mir, kurz hineinzusehen, vielleicht hocken sie am Spieltisch und versuchen das Geld zu erspielen, das sie diesen Gangstern offensichtlich schulden. Aber es war wenig los im Casino – und nichts von den beiden zu sehen. Ich setzte mich an die Bar, bestellte den Erdbeer-Daiquiri, der mir beim letzten Mal so gut geschmeckt hat. Es war erst kurz vor vier, und ich hatte Lust auf Alkohol! Als ich bezahlen wollte, sagte mir der Barkeeper, der Drink sei bereits bezahlt, und seine Augen machten einen kurzen Schwenk nach rechts. Ich sah in ein Nicken und Lächeln und mußte einen Moment nachdenken, bevor ich den Mann wiedererkannte. Es war der Malteser, um die fünfzig, braun gebrannt und kräftig, in Jeans, und er trug diesmal ein königsblaues Polohemd, dazu paßten die braunen Slipper besser als zu einem roten T-Shirt. Ich hatte gar nicht gemerkt, wie er am Tresen, auf dem von mir entferntesten Sitz, Platz genommen hatte. Ich wollte mich nicht so einfach von ihm einladen lassen und bat den Barkeeper, das rückgängig zu machen. Eine vielleicht übertriebene Reaktion, der Mensch hatte mich ja nicht belästigt, hielt sogar ganz brav Abstand, und als ich mit dem Barkeeper sprach, kamen mir auch bereits Bedenken, eine an sich freundliche Geste, die viel weniger aufdringlich war, als ich sie im ersten Moment beurteilt hatte, so zickig und abschlägig zu bescheiden. Der Barkeeper flüsterte mir zu, daß es schon okay sei, mein Gönner sei der Chef hier, der Casinomanager höchstpersönlich. Der Drink gehe quasi aufs Haus. Das änderte die Lage natürlich. Ich hob das beinah leere Glas, nickte hinüber, machte eine dankbare Geste und wollte gehen, als mir etwas einfiel. Im Casino muß man sich ja registrieren lassen und seinen Perso vorzeigen, der dann gescannt wird. Das geschieht, um Besucher fernzuhalten, denen ein Spielverbot auferlegt ist, aus welchen Gründen auch immer. Statt das Gebäude zu verlassen, stelle ich mich also hin vor diesen Menschen und gebe ihm die Hand, stelle mich als Kati vor und lerne so Roger kennen. Roger zeigt sich sehr aufgeschlossen, als ich ihm erzähle, daß zwei gute Freunde von mir verschwunden sind, ich nannte deren Namen, er kannte beide, wußte sofort, von wem ich rede. Greta and Ralf? Of course. Illustre Bestandteile der hiesigen Spieler-Szene. Ob man feststellen könne, fragte ich Roger, wann die beiden zum letzten Mal dieses Casino betreten hätten? Er grinste. Das Detektivspiel schien ihm zu gefallen. Follow me. Wir gingen in sein Büro. Er setzte sich an den Computer und meinte, es sei für ihn ganz einfach festzustellen, ob die beiden in der letzten Woche irgendeines der vier maltesischen Casinos betreten hätten. No problem. Dauernd befürchtete ich,

Roger würde für seine Bemühungen ein Entgegenkommen verlangen, aber er schien nett zu sein, einfach nur freundlich. Ralf habe in zwei der Casinos Spielverbot, sagte der Computer, das wußte ich bereits. Und nein, weder er noch Greta hätten in den letzten sieben Tagen am Spieltisch Platz genommen. Nicht auf dieser Insel. Und das sei merkwürdig, denn zuvor habe es kaum einen Tag gegeben, an dem sie *nicht* gespielt hätten. Roger meinte, er kenne die beiden ganz gut, sie seien angenehme Menschen, besonders Greta. Ralf auch, es sei denn, er verlöre viel, habe eine *Bad Luck Roll*, da könne er schon mal unangenehm auffallen. Ob ich mir Sorgen um sie machen würde? Yes, indeed. Sagte ich. Dann kam, was ich die ganze Zeit über befürchtet hatte. Roger strich mir mit zwei Fingerspitzen durchs Haar. Don't worry. Ich verabschiedete mich, höflich, aber eindeutig, ging schnurstracks zur Tür und lief durch die Halle. Vorbei an den zweideutigen Blicken des Barkeepers.

*

Sie treibt sich immer noch herum. Mir blieb nichts anderes übrig im Kampf gegen die Langeweile, ich nahm noch mal das Handy, sah in Katis Nachrichtenspeicher. Das schlaue Biest hat, wie erwartet, fast alles gelöscht, was man an sie gesendet hat. Nur die *von ihr versendeten* Nachrichten hat sie vergessen. Da war eine, an einen gewissen David, die bestand aus nur zwei Buchstaben: JA.

Ich wurde wirklich sauer. Diese zwei Buchstaben, dieses Bekenntnis, hätte ich so gerne mal gehört, aus ihrem Mund, an mich gerichtet. Ich kann mir lebhaft vorstellen, wie die dazu passende Frage lautete. JA ICH WILL hätte zu feierlich, zu pathetisch geklungen. Ein schlichtes JA wird diesen David überwältigt haben. Sie hat nie von einem Freund oder Bekannten dieses Namens erzählt. Das macht die Sache vollends klar. Kati und ich – wir leiden an Gefühlsarthrose, wenn die Gelenkflüssigkeit fehlt und Knochen blank auf Knochen reibt. Wir sind an dem Punkt angelangt, wo man einander die Wahrheit sagen muß, ohne Filter, ohne Stützrad. Das tut so höllisch weh und muß doch sein. Wer ist David? – werd ich sie fragen. Ich weiß noch nicht wie, aber das ergibt sich schon. Danach verlass ich sie und fliege nach Berlin zurück. Soll sie verrotten in ihren Lügen. Wär sie nur schon hier und unversehrt, in Sicherheit. Jede Sekunde, in der ich auf sie warte, kommt einem Stich ins Herz gleich.

*

Serge schloß mich fest in seine Arme, als ich heimkam, ihm standen Tränen in den Augen. Solche Sorgen habe er sich gemacht. Und ich hätte mich doch mal melden können. Ich entschuldigte mich, weil ich mein Handy auf dem Küchentisch liegen gelassen hatte, da meinte er, es gebe ja immer noch Münztelefone. Aber ich weiß deine Nummer gar nicht auswendig, verteidigte ich mich, da sah er ganz erstaunt drein, als ob es Pflicht wäre, heutzutage noch Telefonnummern auswendig zu wissen. Wenn man zu zweit im Ausland unterwegs ist, sei das schon so, insistierte er, es könnten sich ja schnell mal Situationen ergeben, Notfälle. Es könnten Leben davon abhängen. Ich bat um ein Beispiel. Er meinte, ich solle nicht spitzfindig werden. Ich tat ihm dann den Gefallen und lernte seine Nummer auswendig. Vielleicht hat Serge nicht so ganz unrecht. Später am Abend sprachen wir über unsere Liebe, er fragte, ob ich grundsätzlich etwas gegen ein Kind hätte. Nein, sagte ich, grundsätzlich nicht, aber unter diesen Umständen schon. Er sei doch wieder ganz gesund, behauptete er. Das gestand ich ihm zu, obwohl ich, ehrlich gesagt, davon nicht so hundertprozentig überzeugt bin. Aber unser beider berufliche Lage ist doch sehr ungeklärt. Jedes Kind hat das Recht, in stabilen Verhältnissen aufzuwachsen. Serge wurde etwas trotzig. Im ersten Jahr als Mutter müsse ich sowieso nicht arbeiten, sondern für das Kind da sein, und er – er habe doch eine ganz gut bezahlte Stelle. Bist du sicher, daß du die noch hast? Da wurde er still. Wenn nicht, dann finde er was anderes, er habe sich einen gewissen Ruf erworben in seiner Branche. Wie wir das Kind denn nennen wollten? Ich sagte, wenn überhaupt, dann möchte ich ein Mädchen. So dürfe man nicht denken, sagte er, man müsse es nehmen und lieben, wie es kommt. Sonst belade man das Kind von Anfang an mit einer Enttäuschung. Da hat er schon recht. Wir suchten dann zum Spaß schöne Namen: Julia, Anna, Valerie, Mayla, Rike, Carmen, Luna, Sylvia, und wenn es ein Sohn wird, schlug ich Vinzent oder Franco vor, das sind zwei der wenigen Männervornamen, die mir gefallen. Serge fand beide nicht so berauschend, er habe sich einst geschworen, seinem Nachwuchs einen jüdischen Namen zu geben, um seinen Nazi-Opa zu ärgern. Jonas vielleicht oder Simon oder David. David sei ein wunderschöner Name. Was ich davon hielte? Naja, nein, David gefiel mir nicht als Name für unseren Sohn. Wieso? Na so halt nicht. Serge fragte nach. Ob ich einen David kennen würde und schlechte Erfahrungen mit dem gemacht hätte? Plötzlich roch ich Lunte. Weiß er irgendwas über David und mich? Woher? Das kann nicht sein. Oder doch? Und wenn, was kann er wissen? Ich bat ihn, eine neue Flasche aufzumachen. Das Handy.

Er kann die gesendeten Nachrichten in meinem Handy gelesen haben. Aber da hab ich alles gelöscht. Bis auf die letzte SMS. JA – hab ich an David geschrieben. Das reicht für eine Verurteilung nicht aus. Da kann mir keiner einen Strick draus drehen, nein. Ich darf nur nicht den Fehler machen und behaupten, ich würde keinen David kennen. Er kam aus der Küche zurück, mit der neuen Flasche Wein, und schlug mir einen Deal vor. Wenn es ein Mädchen wird, darf ich den Namen raussuchen, wenn es ein Junge wird, er. Ich steckte in der Klemme, und die Schuldgefühle fraßen mich fast auf. Um abzulenken, fragte ich ihn, ob *er* denn einen David kenne. Er überlegte ein wenig. Ein Fotograf in seiner Firma heiße so, der sei ein Arschloch, ein widerwärtiger Typ, Kollegenschwein und Weiberheld.

Beinahe hätt ich alles gebeichtet, reinen Tisch gemacht. Habs dann doch nicht über mich gebracht. Aus Feigheit? Nein. Wie ich Serge einschätze, würde ihn die Wahrheit zu sehr verletzen. Und vorbei ist vorbei. Manches findet besser nie den Weg ans Licht.

23. Januar

Es ist halb drei Uhr in der Nacht, Kati schläft, und ich bin in Gretas Zimmer, surfe ein wenig im Netz. Ich fürchte, ich bin zu plump vorgegangen. Auf meine Frage, ob sie einen David kennt und schlechte Erfahrungen gemacht hat, hat sie nur kurz den Kopf gewiegt, als ob sie nachdenken würde, dann schickte sie mich in die Küche, um später einfach vom Thema abzulenken. Sie hat definitiv etwas zu verbergen. Ich muß mich ständig fragen, ob ich Kati liebe. Wenn ich sie liebe, ist alles egal und gut – wie immer es kommt. Wird man betrogen von der, die man liebt, ist man ja doch noch mit ihr zusammen, kann sie genießen, es gibt vielleicht noch Monate, Wochen, glorreiche Stunden des Glücks vor dem Ende. Ich muß mich ständig fragen, ob Kati mich liebt. Wenn sie das tut, ist ebenfalls alles in Ordnung, denn was sie mir antut, geschähe, wenn auch um viele Ecken gedacht, aus Liebe.

Ich muß Kati fragen, welche Rolle jener David spielt in ihrem Leben: ob eine Haupt-, ob eine Neben-? Oder ist er nur Komparse? Es gibt die bösen Kopfpornofilme, einer zeigt, wie David meine Kati fickt, sie jault, geschüttelt von Orgasmen, und mein Kopf beherbergt so viel Gift, ich könnte schreien. Manchmal bin ich so eifersüchtig, daß ich mir unheimlich werde. Dann wieder bin ich auf Katis Seite, bin ihr Anwalt, denke mir Entschuldigungen für sie aus. Vielleicht habe ich die zwei Buchstaben überinterpretiert. Soll ich mal vorbeikommen und deinen Briefkasten leeren? Ja, bitte, das wär nett. Ich kann dir auch die Pflanzen gießen. Ja, danke sehr. Auf all diese Fragen, die immerhin bedeuten würden, daß der Typ einen Schlüssel zu Katis Wohnung besitzt, gibt es gängige Repliken. Ein simples und doch auch dramatisches JA läßt auf eine Frage von Bedeutung schließen, oder aber, und das habe ich bei meinen bisherigen Überlegungen unterschätzt, auf eine Belästigung, der man den Wind aus den Segeln nehmen will. Wer ist David? Kann es sein, daß sie eine Affäre mit einem David hat und diesen Kerl in ihrem Telefonverzeichnis ernsthaft DAVID nennt? So doof wäre kein Mensch. Oder doch? Bin ich nur einfach zu durchtrieben? Ich hätte Kati ins Kreuzverhör nehmen können. Dazu hätte ich allerdings zugeben müssen, in ihrem Handy geschnüffelt zu haben. Sie soll keinen schlechten Eindruck von mir bekommen. Besser wäre, daß sie von selbst gesteht, was sie getan hat, ohne Zwang. Dann könnte ich ihr viel leichter verzeihen. Ich muß ja wirklich dankbar sein, daß sie mit mir zusammen ist, objektiv gesehen. Sie nimmt meine Schattenseiten in Kauf, und wenn sie heute auch vor mir davongelaufen ist, was ich nachvollziehen kann, was durchaus verständlich ist, so liebt sie mich doch immer noch und will mich nicht verletzen. Nehme ich zu ihren Gunsten an. Zu meinen Gunsten auch. Vielleicht ist es ganz selbstgefällig, was ich denke, vielleicht verschließe ich meine Augen vor der Wahrheit, daß sie feige ist und sich hier einfach eine schöne Zeit macht. Aber mit solchen Erwägungen macht man sich die Liebe, die einem widerfährt, doch ganz nutzlos kaputt, das ist Selbstzerstörung. Nein, ich werde, was diesen David betrifft, nicht weiter nachbohren. Dann hat er sie eben gefickt. Na und? Sie ist deswegen nicht so viel häßlicher geworden. Auch die Sache mit dem Notebook tut mir leid. Ich wünschte, ich fände einen Weg, diesen kranken Scheiß wieder rückgängig zu machen. Künftig will ich Kati lieben, von ganzem Herzen, mit dem Grundvertrauen eines gefütterten Hundes oder gestreichelten Kindes. Im Endeffekt profitiere ich davon am meisten. Ah, klingt das widerwärtig. Denken wir alle insgeheim in Profit und Kosten/Nutzen-Abwägungen? Ich schäme mich unendlich auf den bloßen Verdacht hin. Schlimm ist ein begangener Fehler nur, wenn man nicht einfach klaren Tisch machen, seine Schuld eingestehen kann. Kati würde mir nie mehr vertrauen, und gar nichts wäre gut. Schon wieder juckt es mich in den Fingern, ihr Paßwort herauszubekommen, egal, was ich eben beschlossen habe. Ich bin krank. Morgen geh ich in die Klinik und hol mir mein Medikament. Jetzt sauf ich mich zu bis Schotten dicht und stehle mich zu ihr, und wenn sie davon erwacht, darf ich um Gottes willen nicht anfangen, mit ihr zu reden. Wer weiß, was mir in dem Zustand über die Lippen käme. Niemals auch nur angetrunken ein Gespräch beginnen, schon gar nicht sturzbesoffen Mails verschicken, das ist der Rat, den ich mir heute gebe, ich fürchte, ich habe eben Borten gesagt, daß er mich künftig am Arsch lecken kann. Ich sehe in GESENDETE NACHRICHTEN nach. Große Erleichterung, ich hab so ein Mail zwar geschrieben, dann aber nur unter ENTWÜRFE gespeichert. Jetzt ist es gelöscht. Kati sieht meiner Mutter immer ähnlicher. Ich hab ihr das nie gesagt, wollte es ihr nicht eingestehen, aber vor allem mir selbst nicht. Hab ich sie deshalb gewählt? Sind wir aufgrund dessen von Anfang an verloren? Mein Kopf steht nicht mehr, hängt schlaff vom Hals. Ich möchte noch nicht schlafen gehen, will die Sonne hereinbrechen sehen in meinen Kerker der immer wiederkehrenden Fragen. Mein Selbstmitleid kotzt mich an, als wäre ich zwei Menschen, der eine, der Dinge tut, der andere, der zusieht und darüber richtet und den Kopf schüttelt, den blutlos schlaffen.

*

Es ist Mittag und Serge noch immer nicht wach. Er kroch erst am frühen Morgen ins Bett, seither schnarcht er vor sich hin. Aber das war nicht der Hauptgrund, warum ich kaum geschlafen hab. Die Art, wie er gestern Nacht dann doch *nicht* nach David gefragt hat, mag ihn ehren, mir ließ und läßt sie keine Ruhe. Es führt kein Weg daran vorbei, ich muß ihm die Geschichte erzählen. Nur *wie* ich sie erzähle, verlangt Fingerspitzengefühl. Daß es sich bei David um jenen David aus seiner Firma handelt, kann ich weglassen, ist an sich auch unwichtig. Ich werde sagen, David ist ein Exfreund, und ich bin aus Nostalgie noch einmal mit ihm in die Kiste gestiegen. Seither erkundigt er sich immer mal wieder nach mir. Dann ist alles Wesentliche gesagt, vom reinen Tatbestand her, ohne jene Details, die die Sache für Serge unerträglich gestalten würden. Ich werde ihm mit keinem Wort vorwerfen, mir hinterherspioniert zu haben. Es darf nicht der Verdacht entstehen, daß ich mich zu der Beichte gezwungen fühlen könnte. Dann würde er nämlich denken, daß ich ihm das Wesentliche vorenthalte und nur das erzähle, was er ohnehin schon weiß oder zu wissen glaubt. Ach, ist das alles kompliziert. Ich war beim Bäcker, hab Croissants geholt und Kaffee gemacht. Mir ist so mulmig zumut.

*

Kati drcustomste herum, wollte etwas sagen, als wir auf der Terrasse Kaffee tranken, sie kenne tatsächlich einen David, ich legte ihr sanft einen Finger auf die Lippen, es sei gut, ich wolle nichts weiter hören. Daß sie dann nichts weiter sagte, enttäuschte meine Neugier, aber immerhin, sie hätte alles gesagt, zumindest viel, oder ein bißchen was, das genügte mir bereits. Wir wollen, schlug ich vor, dies alles vergangen sein und ruhen lassen. Welch hündisch dankbaren Blick sie mir da zuwarf! Erbärmlich, in seiner Art. Ich gab mich generös, belog mich selbst, aber so ist das mit den Lügen. Sind sie erst mal in der Welt, ziehen sie andere Lügen nach sich, das ganze Leben ist ein feingeknüpftes Netz aus Lügen, zu viel Wahrheit hinterläßt nur Chaos. Die Lüge ist eine großartige Erfindung. Vor der Lüge waren nur Dinge in der Welt, die sind. Durch die Lüge kamen Dinge hinzu, die nicht sind, aber doch auf uns wirken. Die Lüge knüpft Brücken zwischen Sein und Nichts, gründet ein Zwischenreich, ein neues Spielfeld, das man nur mit Erwägungen, Vermutungen und Theorien betreten kann. Ich trank den starken Kaffee und aß ein Nuß-Croissant. Ehrliche Aktionen, mit Dingen, die sind. Zugleich bat ich Kati, die Adresse der Klinik herauszusuchen, weil ich Medikamente brauche, immer öfter überkomme mich die Lust, ihr ins Gesicht zu schlagen. Da war sie ganz sprachlos. Ich weiß nicht, wer da aus mir geredet hat. Im Mittelalter hätte man einen Exorzisten auf mich angesetzt. Immerhin hab ich die Dinge endlich mal beim Namen genannt. Ob sie sind oder nicht.

*

Wir fuhren ins St.-Lukes-Hospital, verbrachten zwei Stunden im Wartezimmer, bevor Serge endlich sein Medikament verschrieben bekam, das dann nicht vorrätig war. Es muß erst bestellt werden, liegt aber morgen früh in der Apotheke abholbereit. Bis dahin sollen ihm zwei Valium helfen. Neben Lyrica gegen Angstzustände und Zyprexa, das er gut vertragen hat, bekommt er nun auch Lorazepam, außerdem eine geringe Präventivdosis Haloperidol, falls psychotische Zustände auftreten sollten. Der Psychiater stellte Serge außergewöhnlich viele Fragen und gab ihm einen weiteren Termin. Ob an ihm eine MRT (= Magnetresonanztomographie) des Kopfes vorgenommen worden sei? Serge verneinte, und der Arzt murmelte in seinen Bart, jaja, das sei teuer, die deutschen Kollegen müßten wohl sparen. Er aber rate dringend dazu. Die geschilderten Symptome ergäben für ihn kein stimmiges Bild, und vielleicht liege gar keine seelische Erkrankung vor, sondern eine organische. Ich nahm das zuerst als hoffnungsfrohe Nachricht, Serge aber wurde ganz bleich. Redete was von einem Gehirntumor. Ob ich damit ernsthaft eine *Hoffnung* verbände? Er wolle die MRT machen lassen, ja, aber an seinem Hirn werde er niemanden herumschnippeln lassen, er habe die grausigsten Geschichten gehört, von Leuten, die nach einem Eingriff als komplett andere Menschen aufgewacht wären, ohne Gedächtnis, ohne Geschichte. Ich redete ihm gut zu, der Arzt habe kein Wort von einem Tumor gesagt, es gebe sicher noch andere Möglichkeiten, aber ich habe natürlich keine Ahnung von diesem Gebiet, und so klang, was ich sagte, geplappert. Ich sah in Serges Augen, daß es ihm auf die Nerven ging. Wir beschlossen, die Nacht getrennt voneinander zu verbringen. Serge zieht in Gretas Zimmer. Wahrscheinlich dramatisiert er seinen Zustand, wie alle Männer, und es wäre für ihn besser, wir lägen beieinander, mit Hautkontakt. Aber ein bißchen Angst hat er mir schon gemacht. Und nachdem ich letzte Nacht so wenig Schlaf bekam, kann ich auf sein Geschnarche gut verzichten. Mit jemandem zusammen zu sein, ohne genau zu wissen, mit wem man es zu tun hat, ist keine angenehme Vorstellung. Serge bat mich darum, daß ich ihn umgehend verlasse, falls sich herausstellt, daß es etwas Gravierendes ist, ohne Heilungschance. Es wäre ihm peinlich zu wissen, daß ich meine kostbare Lebenszeit verschwende, um ihm beim Dahinsiechen das Händchen zu halten. Er will dann lieber frei sein und einsam und aus eigenem Entschluß sein Leiden verkürzen, will niemanden, den er liebt, da mit reinziehen. Mitleid sei eben nicht geteiltes Leid, sondern doppeltes. Sein Gerede trieb mir Tränen in die Augen, gerade weil er ganz leise redete, unaufgeregt, er klang so vernünftig und nüchtern, um Souveränität bemüht. Ich sollte ihm die Erfüllung seiner Bitte versprechen, sogar schwören, ich sagte, so etwas dürfe er nicht von mir verlangen. Man kann keine Pläne schmieden für eine derart unvorstellbare Situation. Da meinte er trocken – und es verletzte mich –, ich hätte zu wenig Phantasie für diese Welt.

24. Januar

Ich surfe im Internet und googele alle wissenwerten Fakten über Hirntumore. Es wirkt schon immer wieder erstaunlich, ein wie fragiles Gebilde der Mensch ist – und daß es trotz allem Exemplare unsrer Spezies gibt, die ohne irgendeine Krankheit achtzig Jahre oder älter werden. Käme ein Alien zu Besuch auf diesen Planeten, er würde sich sehr wundern. Da unten sähe er etliche Milliarden von uns wie Ameisen herumwuseln, dauernd werden neue geboren, andere sterben, viele der Ameisen machen sich mordswunder Gedanken, mit welchen Artgenossen sie schlafen sollen und mit welchen nicht, und unter den Ameisen sind manche, die werden von den anderen verehrt, deren Wuseln wird mit viel Interesse verfolgt, obwohl sie nicht weniger sterblich sind. Andere werden verachtet, gemieden, sind zu nichts mehr nütze, sind aus dem Spiel heraus, verenden am Rand und sollten keinen mehr was angehen. Was würde sich der Alien erst wundern, wüßte er, daß manche Ameisen ihr bißchen Lebenszeit hingeben, um es einem jener kranken Exemplare zu widmen, zu opfern. Das ist komplett irrational, würde der Alien sagen. Die Idee der Urmenschen, Götter in die Welt zu setzen, ist leicht nachvollziehbar (potenzielle Priester wollten sich über ihre Mitmenschen stellen, wollten bequem und geachtet leben und nicht

Tiere jagen, Früchte pflücken oder in die Schlacht ziehen müssen), sogar, daß es nur einen Gott gibt, der als Sieger übrig geblieben ist, leuchtet halbwegs ein. Aber die Idee, jener Gott könne für all die Kreaturen, die er geschaffen hat, gleichermaßen Liebe empfinden, ist wirklich selbstgefällig bis zur Onanie, angesichts des Leidens ringsumher. Kati ist jung, sie hat, wenn nichts Schlimmes passiert, noch fünfzig Jahre vor sich. In den Augen des Aliens, der locker dreihunderttausend Jahre alt werden kann (sonst hätte er den weiten Weg durchs All zu uns gar nicht geschafft), ist das natürlich nichts. Ihm wäre egal, was Kati tut, mir aber nicht. Gestern hab ich mich noch drüber aufgeregt, wer sich in sie ergossen hat, per Speichel oder Sperma. Das ist so lächerlich. Was es genau genommen immer war, von Anfang an. Ich will nicht schreien und wimmern wie ein beleidigtes Kind, das nicht mehr mitspielen darf. Obwohl das Spiel, das Endspiel, vielleicht erst losgeht. Ein heißes Finale! Angenommen, der Doktor sagt mir, daß ich noch drei Monate habe. Juchei! Was für wilde Monate könnten das sein!? Wie viel könnte ich machen, ausprobieren, woran mich immer die Rücksicht auf eine Zukunft gehindert hat? Kati wäre dann ein Klotz am Bein. Aber jene letzte, aufgezwungene Gestaltungsfreiheit – wöge sie das Alleinsein auf? Wäre ich Kati nicht endlos dankbar, wenn sie bei mir bliebe bis zum letzten Atemzug? Ja, und immer wieder ja. Ich bin eben keine Ameise, ich bin ein Schwein. Nichts wird uns je hinwegtrösten über den Umstand, daß wir eines Tages plötzlich weg sind, und mögen wir noch so vielen Menschen fehlen. Wenn die alle gemeinsam die Energie besäßen, uns zurückzuwünschen, *das* wäre ein Konzept, genial und eines wahren Gottes würdig. Dann, erst dann – würden wir alle so leben, wie es wünschenswert wäre, würden uns Freunde machen ohne Ende und in Liebe durch diese Welt wandeln. Und gäbe es den einen wahren, intelligenten, selbstkritischen und lernfähigen Gott, der alles sieht und also meine Zeilen liest, er würde kurz innehalten und sagen: HEY! Dieser Serge ist zwar ein zum Krakeelen neigender Amateur in meinem Terrarium, ein anfälliges und kurzlebiges Geschöpf auf Kohlenstoffbasis, doch er hat recht, beeindruckend recht, was er da vorschlägt, ist ein verdammt starkes Modell, eine Klassekampagne, so machen wir das fortan. Aber nichts ändert sich, Gott gibt es nicht. Was zu beweisen war.

30. Januar

Serge geht es so weit wieder gut. Das Zyprexa zeigt Wirkung, die aggressiven Schübe bleiben aus. Die MRT wurde daraufhin gecancelt, weil ohne dringenden Verdacht zu teuer. Er scheint nicht organisch krank zu sein. Die vielen kleinen Zwangsstörungen, die er längst von sich aus überwunden hat, hätten ihn zu einer überreflektierenden Person gemacht. Das könne vordergründig mit Tranquilizern behandelt werden. Aber die Kasse zahlt – zum Glück ist Serge privat versichert – eine Psychotherapie, eine Tiefenanalyse, die Serge auch nutzt. Er ist ganz begeistert davon. Zweimal zwei Stunden pro Woche unterhält er sich mit Dr. Huytens, das ist dieser Psychiater mit langem Rauschebart, ein zugewanderter Niederländer, der sehr passabel Deutsch spricht, wie sich herausgestellt hat. Was sich abzeichnet, ist Folgendes: Serge leidet darunter, in einem für seine Begriffe minderwertigen Beruf tätig zu sein (er hätte lieber ein Philosophiestudium begonnen oder eine echte künstlerische Betätigung, hat das aber zugunsten vermeintlicher Sicherheiten gekickt), er leidet unter einer kreativen Durststrecke, die sich durch die Überreflexion zu einer tiefen Schaffenskrise ausgewachsen hat, eine vorgezogene Midlife-Crisis, zudem belastet ihn immer noch ein Trauma wegen des frühen Todes seiner Mutter, als er dreizehn war. Serge wollte und will mit mir darüber nicht reden, blockt immer ab, ansonsten gibt er die Gespräche mit Doktor Huytens fast wortwörtlich wieder. Er leidet auch unter einem sexuellen Minderwertigkeitskomplex, weil ich durch ihn nicht zum Orgasmus komme. Daß ich fremdgehen könnte, würde Serge als existenzielle Bedrohung empfinden, was dazu führt, daß sich seine Liebe binnen weniger Sekunden in blanken Hass verwandelt, aus Selbstschutz, er reagiert dann wie ein Tier in Todesangst, das keine sozialen Bindungen mehr kennt. Erschreckend. Ich rief Dr. Huytens an und wollte wissen, wie ich mich denn verhalten soll. Er meinte, ich solle zärtlich sein, das wäre das Wichtigste, und wenn ich in jüngster Zeit was angestellt hätte, müsse ich es unbedingt für mich behalten. Ob ich Serge denn einen Orgasmus vorspielen solle, hab ich gefragt, und hörte ein Schnalzen am anderen Ende der Leitung, ein bedauerndes Schnalzen, als versuche jemand, zwischen den Zähnen hängen gebliebene Petersilie loszuwerden. Darf ich ehrlich mit Ihnen reden? Ich bitte darum. Das hätten Sie früher machen sollen, jetzt würde er es durchschauen. Boah. Das kam brutal. Der Doktor gibt mir einfach so eine Teilschuld an Serges Zustand und entschuldigt sich mit Ehrlichkeit! Das mußte ich erst mal verdauen. Er sagte noch, daß Serge sein Vertrauen in mich verloren habe und daß es das Beste für ihn wäre, sich in eine andere Frau zu verlieben, einen kompletten Neuanfang zu wagen. Serge könne sich aber in keine andere Frau verlieben, weil er auf mich fixiert sei, in einer Verbindung, die ihn offensichtlich nicht glücklich mache. Was Serge leider nicht wahrhaben wolle. Mir platzte die Hutschnur. Heißt das, fragte ich mit zittriger Stimme, Sie schlagen mir vor, ich soll ihn verlassen? Es entstand eine lange Stille. Dann meinte Huytens, rein vom medizinischen Standpunkt wäre das die vielversprechendste Option. Serge würde unter der Trennung sicher erst mal leiden wie ein Hund, aber am Ende könne er zu dem Selbst zurückfinden, das unter mir begraben liegt. So seien auch alle Aggressionen gegen mich zu erklären, als Befreiungsversuche heraus aus einer Mesalliance, es tue ihm leid, wenn er so klare Worte an mich richten müsse, aber meine Ähnlichkeit mit Serges toter Mutter sei nun mal kontraproduktiv. Meine – was? Ich hatte keine Ahnung, seiner toten Mutter ähnlich zu sehen. Ach? Huytens meinte, da herrsche zwischen uns beiden wohl Klärungsbedarf, er könne sich zu diesem Thema nicht weiter äußern, ohne seine ärztliche Schweigepflicht zu verletzen. Ich legte auf. Es macht mich halb wahnsinnig, daß dieser impertinente Mensch offenbar mehr über Serge weiß als ich. Wie kann das denn sein? Wie hat es dazu kommen können? Mir klebt der schwarze Peter auf der Stirn, ich komme mir blöd vor und hilflos, unschuldig und schuldig. Hätt ich hin und wieder quieken sollen? Darf doch nicht wahr sein.

30. Januar

Kati hatte rote Augen, als ich heimkam, sie war fast außer sich, begrub mich unter fetten Kirsch-Labello-Küssen, ich solle ehrlich sein zu ihr und mit ihr reden, ich könne ihr doch alles anvertrauen. Ha! Schon klar, sie hat mit Huytens telefoniert. Aber Kati ist nun mal kein Arzt, und ihre Aufdringlichkeit gleicht einer Amtsanmaßung. Ist grobe Einmischung. Sie begehrt eine Vertrautheit, wie sie zwischen Arzt und Patient besteht, wenn man keine Angst haben muß, jemand Nahestehenden zu verletzen. Kati geht mir auf den Sack mit ihren Zuneigungsbekundungen, die allesamt ins Leere laufen, weit an mir vorbei. Huytens ist auf meiner Seite. Kati bildet sichs nur ein. Auf meiner Seite zu sein. Ich könnte sie auf die Probe stellen, und wenn sie dann abhauen würde, wüßte ich sicher, daß ich recht hatte. Aber sie wäre auch weg, und einfach nur recht behalten zu haben, wäre kein echter Ausgleich dafür. Sie muß nicht auf meiner Seite sein, sie muß einfach nur da sein. Den Unterschied begreift sie nicht. Ich selbst begreife ihn ja kaum. Huytens ist großartig, Kati kleinmütig. Sie will mir keine Schmerzen bereiten, Huytens bereitet mir Schmerzen, vorsätzlich, Kati will mich in Watte packen. Huytens durchsucht mich mit dem Messer, Kati verbirgt mich. Huytens packt mich aus. Sie beschmiert meine Wunden plump mit Salbe, er legt sie bloß, läßt Sonne hinein. Ich bin kurz davor, ihm die ganze Wahrheit zu sagen. Dazu bestand ja nie die Möglichkeit.

4. Februar

Heute kam ein Einschreiben von der Hausverwaltung, für Greta Jensen und Ralf Tannich. Wir hielten es unter den gegebenen Umständen für angemessen, den Schrieb zu öffnen und zu lesen. Es war eine vorgedruckte Zahlungsaufforderung für die zum ersten Januar fällige Miete in Höhe von (das war mit Hand eingetragen) 650 Euro, die binnen 14 Tagen auf das Konto soundso, ansonsten eine kostenpflichtige Mahnung etc.

Sollen wir den beiden jetzt die Miete zahlen? Immerhin wohnen wir bei ihnen sehr bequem, und es ist immer noch viel billiger, als wenn wir ein Hotel nehmen.

Ich halte es für eine Freundschaftspflicht, den beiden auszuhelfen – und sie können uns ja einen Teil der Summe zurückzahlen, wenn sie wieder im Land und bei Kasse sind. Serge meinte, wir sollten zur Polizei gehen und eine Vermißtenanzeige aufgeben. Aber wir haben doch eine SMS bekommen, in der Greta davon sprach, daß sie für ein paar Tage – Ja, ein paar Tage! unterbrach mich Serge. Das sei schon über drei Wochen her! Entweder sind die beiden tot oder sehr unhöflich. Ich solle mir was aussuchen. Für Serge wären sie wahrscheinlich tot schon unhöflich genug. Offenbar hatten sie schon Anfang Januar kein Geld mehr. Und als wir genauer darüber nachdachten, ja, immer hatten wir bezahlt, ob im Tarragon, oder in der St. Johns Cathedral. Noch genauer genommen hat Serge bezahlt, nicht ich.

Es folgte eine lange Diskussion. Ergebnis: Wir bezahlen die Januarmiete (jeder von uns zur Hälfte), lassen uns aber für die vom Februar erst noch einmal mahnen. Zwar geht Serge davon aus, daß er noch länger auf Malta bleiben möchte, schon wegen der Analyse, die ihm so vielversprechend erscheint. Aber es könne ja immer etwas Unvorhergesehenes passieren.

Auf die Vermißtenanzeige verzichten wir. Vorerst. Greta und Ralf sind erwachsene Menschen, und sie werden ihre Gründe haben, sich nicht zu melden. Greta hat mir immer vom maltesischen Karneval vorgeschwärmt, der in einer Woche beginnt. Überall in den Straßen sind Menschen damit beschäftigt, Dekor aufzubauen für das Spektakel.

*

Kati hat sich bereit erklärt, die Hälfte der Miete auszulegen, was ich erst gut fand, was mich dann aber mit einem unguten Nachgeschmack zurückließ. Sie ist meine Freundin, hat kaum was auf der hohen Kante – und ich kam mir knickrig vor, nicht gerade gentlemanlike. Ich bin an sich das Gegenteil von geizig. Nur das Gefühl ausgenutzt zu werden ist eines, das ich vermeiden will, weil es böse Gedanken in mir züchtet. Huytens gegenüber hab ich mich als ausgesprochen spendabel beschrieben, aber in der nächsten Sitzung werde ich das korrigieren, zumindest relativieren. Es ist wichtig, diesem einen Menschen die Wahrheit zu sagen, ohne Beschönigungen, sonst hat das keinen Sinn. Leider weiß ich nicht in jedem Moment ganz genau, was die Wahrheit ist, beziehungsweise ändert sie sich mit jedem Moment, scheint viele Seiten und Ecken und Kanten zu haben, wechselt die Farbe mit jeder neuen Perspektive. Ich weiß jetzt schon, was Huytens antworten wird. Daß wir auf dem Weg zur Wahrheit sind und ich ihm nichts nachträglich Zurechtgezimmertes auf den Tisch packen soll, was ich mit der Wahrheit vielleicht nur verwechsle.

Offenheit sei gefragt. Was immer in meinem Kopf vorgehe, solle ich ihm zugänglich machen, ob ich es für wichtig halte oder nicht. Er ist so unerbittlich und dominant, kaschiert das nicht einmal. Ehrlichkeit, die so unverschlagen daherkommt, beeindruckt mich.

6. Februar

Heute bekam ich eine sonderbare SMS. *Still interested in news about Greta & Ralf? Meet me in my office. Roger.* Woher hat dieser Mensch bloß meine Nummer? Ich sagte Serge, ich ginge shoppen, und bin gleich hin zum Dragonara. Warum lüge ich Serge an? Weil ich ihm vorher nicht alles erzählt habe – und so beginnt die Scheiße, eine noch so kleine Lüge zieht immer neue nach sich, dabei hab ich nicht mal gelogen, nur, wie soll ich sagen, in meiner Berichterstattung was ausgelassen. Ich also hin zum Casino und in Rogers Büro. Er empfing mich mit Handschlag, betont sachlich. Woher er meine Nummer habe, war meine erste Frage. Er meinte, das sei kein Problem gewesen, bei jedem Besuch im Casino sei mein Perso kopiert worden, meine Mobilfunknummer zu ermitteln habe ihn nur Sekunden gekostet. Ach ja. Das sei aber ein krasser Eingriff in meine Intimsphäre. Möglicherweise schon, gab er zu. Aber er wolle nur helfen. Nun – und? Ich war ungeduldig und recht wenig freundlich. Nun ja. Greta und Ralf hätten das große Silvester-Poker-Turnier mitgespielt, leider recht wenig erfolgreich. Ralf hätte danach noch den nicht geringen Betrag von über zehntausend Euro beim Black Jack verloren. All das habe er, Roger, über die Casinokameras nachverfolgen können – und er habe sich über jenen fatalen Abend noch schlauer gemacht und sich bei den üblichen Verdächtigen erkundigt. Nun – und? Er ging mir auf die Nerven mit seinem omnipotenten Ego. Naja. Ralf habe sich eine fette Summe geliehen, und Greta habe sich dann, um ihn auszulösen, eine noch fettere Summe geliehen. Wahrscheinlich seien sie dann getürmt. So oder ähnlich hatte ich mir die Angelegenheit auch schon zusammengereimt. Sind das gefährliche Leute, denen sie das Geld schulden? Er meinte, Leute, die Zockern Geld verleihen, sind immer gefährlich, das liege in der Natur der Sache. Greta und Ralf werden so schnell nicht auf die Insel zurückkehren können, es sei denn, es fiele ihnen irgendwo ein Schatz vor die Füße, um diese Typen zu beschwichtigen. Vielleicht seien die beiden auch erpreßt worden. Schließlich könnten sie als Sysops mit ein bißchen krimineller Energie an Kreditkartendaten von Spielern kommen. Genaueres wisse er leider nicht, seine Informanten seien nur bedingt zuverlässig, da selbst in allen Arten von Abhängigkeiten befindlich. Doch dann kam der Clou: Roger zeigte mir ein neues Programm, das alle Casinos innerhalb der EU vernetzt. Wann immer Greta oder Ralf irgendwo in Europa ein staatlich betriebenes Casino betreten, wird das protokolliert. Nun – und? War da was in den letzten dreieinhalb Wochen? Er schüttelte den Kopf. Nothing. *Which is very strange for players of their strength.* Vielleicht seien sie nach Vegas geflogen. Das würde alles erklären. So. Und jetzt, finde er, habe er sich ein Küßchen verdient, für seine Recherchen, das sei doch nicht unverschämt, oder? Ach je. Kerle. Ich hätte es nicht tun sollen, brachte es schnell hinter mich und gab ihm ein Küßchen auf die Wange, verabschiedete mich, und mit der linken Hand hielt ich in der Jackentasche ein Pfefferspray umklammert, für den Notfall. Nur weil er mich sehr mögen würde, habe er all jene Infos besorgt. Da war es wieder, das Umschmeichelnde, Ekelhafte, dieses südeuropäische Macho-Gedöns und der Am-Ende-krieg-ich-dich-doch-Blick. Aber dann stellte Roger eine simple Frage, ganz sachlich, ob ich mich denn schon bei Gretas und Ralfs Arbeitgebern nach ihnen erkundigt hätte, und ich mußte zugeben, daß mir die doch an sich naheliegende Idee bislang nicht in den Sinn gekommen war. Try it. Good luck anyway. Er drückte mir dann noch ein paar Spielchips in die Hand, im Wert von fünfzig Euro, ich solle ein bißchen Spaß haben auf Kosten des Hauses. Erst hielt ich das für einen Vorwand, mich erneut zu berühren, aber mit einigem Abstand kann ich nicht mehr ausschließen, daß er einfach nur ein netter Kerl ist, dessen Nachmittage oft fade verlaufen.

*

Kati wollte mir nicht sagen, wo sie heute war. Das heißt, gesagt hat sie schon etwas. Sie sagte: *shoppen*. Aber gekauft hat sie offenbar nichts. Hast du denn nichts gefunden, Schatz? Darauf sie: Gab nichts. Hallo? Als wäre Malta die wiederauferstandene DDR – und heute hätte es keine Lieferung gegeben. Wenn sie mir etwas verheimlicht, warum dann so dilettantisch? Sie muß mich für blöde halten, und das ist schade, denn wenn es einen Grund gibt, mich zu lieben, dann wegen meiner Intelligenz. Nachts hab ich ihre Jacke durchsucht, fand darin Jetons im Wert von fünfzig Euro. Bin verwirrt. Spielt sie? Aber wer bringt Jetons mit *nach Hause*? Das ergibt keinen Sinn. Und warum versteckt sie die Jetons nicht besser? Rechnet sie so gar nicht damit, daß ich mal in ihren Taschen nachsehe? Das wiederum spräche nicht für exorbitante Dummheit/Fahrlässigkeit, sondern für ein Grundvertrauen zu mir, das mich beschämen würde, könnte ich daran glauben. Ich bin verwirrt. Denken löst nicht mehr Probleme, als damit einhergehen. Ich möchte Kati morgen früh auf diese Jetons ansprechen und weiß nicht, wie ich das anstellen soll, ohne als Schnüffler zu gelten. Huytens hat gesagt, ich dürfe die Dinge nicht länger an mir nagen lassen, ich solle stets um sofortige Klärung bemüht sein. Der macht es sich einfach. Ich glaube ja, daß Huytens schwul ist und wenig von Frauen versteht. Jedenfalls tut er immer so oder deutet es an, als wäre meine Beziehung zu Kati eher ein Teil des Problems als einer möglichen Lösung des Problems. Mehr oder minder offen hat er mir dazu geraten, bindungslos – frei, wie er das nennt – durchs Leben zu gehen, mich selbst zu finden, statt mich in anderen zu suchen, die mir nichts zu bieten hätten. An sich ist das unverschämt. Kati, die er gar nicht kennt, so abzukanzeln. Auf der anderen Seite imponiert mir seine Konsequenz, an der es mir so mangelt. Auf jeden objektiv denkenden Außenstehenden würden Kati und ich wohl den Eindruck machen, hier sei was schief zusammengewachsen, was zueinander nicht gehört. Doch sich etwas aus dem Fleisch zu reißen, das man liebt – zieht Blut und Leiden nach sich. Und ein häßliches Loch im Leib.

7. Februar

Wir wollten heute morgen zum Strand, von den Fischern frische Muscheln kaufen. Das Wetter ist regnerisch und kühl geworden. Und etwas Saublödes ist passiert. Serge hilft mir in die Jacke, und plötzlich kullert was auf den Boden, er hebt es auf – ein grüner Fünf-Euro-Chip aus dem Dragonara. Hatte ich komplett vergessen. Was das sei, fragte er. Ein Chip, sagte ich, so selbstverständlich wie möglich, aus dem Dragonara. Was hätt ich auch anderes sagen sollen? Ich hatte noch neun weitere in meiner Jackentasche. Zum Glück ist nur einer rausgefallen. Aha, sagte Serge und verzog das Gesicht. Wozu ich den denn brauche? Ein Souvenir. Von meinem ersten und einzigen Casino-Besuch. Sehe doch schmuck aus. Naja, sagte Serge, dann erst mal nichts. Ich schwitzte Blut und Wasser, mir fiel ums Verrecken keine bessere Erklärung ein, aber die war zum Glück nicht nötig, Serge fragte nicht weiter nach. Manchmal kann er sehr neugierig sein. Heute war ers Gott sei Dank nicht, und wir gingen zum Strand, Arm in Arm unterm Regenschirm, kauften Muscheln, dazu Weißwein und Knoblauchzehen aus dem Supermarkt. Dauernd wollte ich die neun anderen Chips unauffällig loswerden, aber es ergab sich keine Gelegenheit. Mir ist ja klar, was Roger mit diesem Geschenk beabsichtigt hat. Daß ich irgendwann zurückkomme ins Casino und zu spielen beginne. In seiner Nähe. Neben dem Supermarkt lag eine Tankstelle, mit Damentoilette, ich entschuldigte mich, dringendes Bedürfnis, und spülte die neun verbliebenen Chips im Klo runter. Umgerechnet fünfundvierzig Euro habe ich wie Scheiße behandelt. Welche Verschwendung.

*

Heute Abend dann war ihre linke Jackentasche leer. Frauen können so verlogen sein. Beinahe wie Männer. Erschreckend. Was ist es genau, das Kati vor mir verbergen will? Ich bin aber auch selbst schuld, krame und wühle in Dingen, die mich nichts angehen, und denke dann stundenlang darüber nach. Jeder Mensch hütet seine kleinen Geheimnisse, ich doch auch. Es wäre ein perfekter Abend gewesen, voller Zärtlichkeit und Behütetsein, aber das Rätsel gönnte mir keine Ruhe. Nachts bin ich wieder online gegangen. Katis Paßwort. Ich erriet es nicht. Dabei muß es so einfach sein, wie sie es ist. Ich probierte es mit

LICHTSPIELHAUS (eins ihrer Lieblingswörter)

EINERLEI

TRAUER

DAVID (das wäre die Höhe gewesen)

ORGASMUS

HÄHNCHEN (ißt sie gern)

HÜHNCHEN

HALBE TREPPE (den Film liebt sie)

YELLA (den auch)

FITZCARRALDO (ihr allerliebster)

OPER

GROSSE OPER

SOPRAN

VINCENT

FRANCO

DAVIDS SCHWANZ (degoutant bin ich, mir ekelt vor mir)

Es gibt einfach zu viele Möglichkeiten. Ich bin allein, in allem, was ich tu. Und wäre gern zu zweit. Mit Kati unterwegs. Irgendwohin. Nur zu zweit. Im Radio gabs eben einen neuen Peter-Gabriel-Song, er covert was von den Magnetic Fields. Es ist eine nette kleine Melodie und ein pseudonaiver Text, ich weiß ihn nicht auswendig, er geht ungefähr so:

Das Buch der Liebe ist dick und öde.
Zu schwer, daß wer es schleppen kann.
Ist voller Tabellen und Formeln,
voll kompliziert, und viele Tipps
fürs Tanzen enthält es.
Doch wenn du mir draus vorliest,
und du kannst mir wer weiß was erzählen,
hör ich gern zu. Es ist voller Blumen,
voller Einsichten, für die wir zu jung sind,
es ist voller Musik, und manche taugt was,
manche ist doof. Aber ich liebe
es, wenn du singst, was immer du singst.
Das Buch der Liebe ist dick und öde
und wurde geschrieben vor langer Zeit.
Die Dinge, die du mir schenkst, sind so schön.
Und der Ring war von allem das Schönste.

Das ist vielleicht keine ganz große Lyrik, hat mir aber Tränen in die Augen getrieben. Was kann man von einem Popsong mehr verlangen?

ERZENGEL

TAUSENDSCHÖN

LIEBELEI

SELIGKEIT

NASTROWJE

BRUNNHILDE

SIEGLINDE

SALOME

DESDEMONA

TURANDOT

Login Success. Mein Gott. Das ist es. *Turandot,* Puccinis frigide Prinzessin. Mein Gott. Hätte man früher drauf kommen können. Ich hab das Notebook sofort zugeklappt. Bisher wars ein Spiel. Ich darf nicht weitermachen. Das Gefühl einer großen Schande preßt mich auf den Fußboden. Bin auch schon betrunken. Bloß keine Fehler.

8. Februar

Heute morgen wirkte Serge seltsam neben sich, verschattet, roch nach Alk – und hatte mir doch versprochen, seinen Konsum zu zügeln. Seine Hände zitterten, während er Brot schnitt. Auf die Frage, ob alles okay sei, nickte er nur, halb abwesend. Als ich gestern Nacht zur Toilette mußte, war Serge nicht im Wohnzimmer, aber ich hab mir nichts weiter gedacht, vielleicht saß er auf der Terrasse. Oder er ist noch mal zum Meer hinuntergegangen. Was treibt er bloß immer bis zum frühen Morgen? Aber hätte ich ein recht, ihm nachzuspionieren? Selbst wenn es nur aus Sorge um ihn geschieht – nein. Umgekehrt würde ich das ja auch nicht haben wollen.

*

Ich hab mich durchgerungen. Es mußte sein. Wieder und wieder hab ich mich gefragt, ob ich das darf. Den Ausschlag gab das Argument, eventuell Sicherheit zu gewinnen. So oder so. Es kann unsrer Beziehung nur guttun. Wenn da was war, dann ist es eben verstärkt da, wird fortan immer da sein, und ich werde damit umzugehen lernen. Wenn da nichts war, umso besser, welche Befreiung würde das bedeuten. Nun hab ich alles durchgesehen. Katis gesamten Mail-Eingang, Mail-Ausgang. Nichts. Ich meine: alles harmlos. Ich bin fast ein wenig enttäuscht. Dabei bedeutet jenes Nichts ja nur, daß Kati alles Zwielichtige gelöscht haben kann. Es ist nicht die erhoffte Befreiung eingetreten, wie ich sie mir vorgestellt hatte. Im Adressverzeichnis findet sich auch kein David. Ich möchte mir die Situation krampfhaft schönreden, zu Katis Gunsten. Aber wie wahrscheinlich ist es, daß sie eine SMS mit den beiden Buchstaben JA, also sicher vertraulichen Inhalts, an einen David sendet und keinerlei Mailkontakt mit diesem Menschen pflegt? Kati *muß* ihre Spuren verwischt, belastendes Material gelöscht haben. Ob aus Eigensucht und Feigheit oder mir zuliebe, um mir das verabscheuungswürdige *Alles* hinter dem scheinbaren *Nichts* zu ersparen, ist eine andere Frage. Und sehr rabulistisch. Selbst für den Fall ihrer bewiesenen Schuld denke ich mir bereits Strategien zu ihrer Verteidigung aus. Das ist krank. Kati macht mich krank, egal, was sie unternimmt. Womöglich hat Huytens einfach recht, wenn er mir rät, meine enge Bindung zu ihr zu lockern, mich in dem Dschungel meiner Gefühle zu suchen, zu finden und zu positionieren, das Gestrüpp um mich herum zu roden. Hemmungslos, mit der großen Machete. Bis Licht auf meine Aue fällt. Ich bin zu schwach dafür, das weiß ich längst. Zu gutmütig und harmoniebedürftig.

Eben bin ich das Adressverzeichnis noch einmal durchgegangen. Da gibt es einen kleinmann@aol.com. Kein Vorname. Ich kenne einen Kleinmann. Das ist übrigens auch jener einzige David, den ich kenne. Das Arschloch aus der Agentur. Der Fotofuzzi. Woher sollte Kati den kennen? Gott, wenn ich darüber nachdenke, ja, die beiden könnten sich begegnet sein, bei der Präsentation zur Vinum-Novum-Kampagne im Herbst oder beim Firmenfest an der Treptower Schleuse. Ach je. Kann es sein, daß die Götter mich so sehr hassen, um mir das anzutun? Ich bin nur leicht betrunken und will Klarheit, das macht sogar Spaß, tut aber auch weh.

Hallo David. Wie gehts dir? Gib doch mal kurz Bescheid. Ich bin immer noch in Malta. Wenn du mir schreiben willst, schreib bitte an Katisch123@yahoo.de. Die bisherige Mailadresse ist zu riskant, da auch Serge Zugriff darauf hat. Grüße, Katharina

Das ist gut. Wenn etwas zwischen den beiden war, wird er auf den Satz *Die bisherige Mailadresse ist zu riskant etc.* nicht eingehen. Wenn da aber nichts war, wird er sich wundern. Das wäre nicht gut.

Hallo David. Wie gehts dir? Gib doch mal kurz Bescheid. Ich bin immer noch in Malta. Wenn du mir schreiben willst, schreib bitte an Katisch123@yahoo.de. Die bisherige Mailadresse verwende bitte nicht, da auch Serge Zugriff darauf hat. Grüße, Katharina

Das klingt besser. Blöd wäre nur, wenn dieser Mensch als Antwort keine Mail schickt, sondern ein SMS, oder wenn er gar bei ihr anruft. Daran habe ich nicht gedacht. Ich muß Katis Handy verschwinden lassen. Ganz schön harte Maßnahme. Aber konsequent. Sie braucht es nicht wirklich. Vielleicht sollte ich es nicht zerstören. Verstecken genügt. Wo sie es nie findet. Unter Gretas Wäsche, wo auch das Notebook liegt. Aber *wenn* sie es je fände, wüßte sie, daß *ich* es dort hingelegt haben muß. Das Notebook hingegen könnte auch Greta da deponiert haben, bei ihrem Kurzbesuch, aus welchen Gründen auch immer. Jemand so Lebenslustiges wie Greta hat sicher ein paar Geheimnisse. Also wohin mit dem Handy? Ich stecke es einfach in meine Manteltasche und gut. Kati ist niemand, der in anderer Sachen kramt. Und wenn doch? So viele Unwägbarkeiten. Die Adresse Katisch123@yahoo.de hab ich eben installiert. Jetzt grüble ich darüber, was ich übersehen haben könnte. Und fühle mich am Leben, weil ich grüble.

9. Februar

Heute früh suchte ich mein Handy, fand es nicht und konnte mich beim besten Willen nicht mehr erinnern, wo ich es zuletzt gesehen hatte, in meiner Handtasche normalerweise, aber da war es nicht. Na, wird sich schon wieder finden. Und wenn es mir rausgefallen ist, aus der Tasche? Oder wenn es mir geklaut wurde, gestern, als ich im Bus nach Valetta fuhr? So ein Mist. Andererseits war es uralt. Kauf ich mir eben ein neues. Vorerst warte ich damit noch ab, kann ja wieder auftauchen. Serge war reizend, hat das gesamte Apartment auf den Kopf gestellt, wollte mein Held sein, er erzählte eine Anekdote, die mich berührt hat, die auch etwas Licht auf seine Kindheit wirft, über die er ja nie reden will. Nämlich, daß seinem Vater einmal im Urlaub die Armbanduhr am Strand verloren ging und Serge daraufhin den Strand abgesucht hat und die Uhr tatsächlich fand, was mehr als unwahrscheinlich war, aber er sei ja Kind gewesen, neun oder zehn Jahre alt, er habe nicht darüber reflektiert, sondern sei sofort zum Wohnwagen seiner Eltern gerannt, habe die Uhr dem Vater präsentiert, der habe ihn auch ausführlich dafür gelobt, aber viele Jahre später, sagte Serge, sei ihm klar geworden, daß sein Vater geglaubt haben müsse, Serge hätte ihm die Uhr gestohlen, um sich hinterher als Finder feiern zu lassen, das habe sein Verhältnis zum Vater schwer belastet, obwohl der die Angelegenheit wohl längst vergessen hätte – komplizierter Sachverhalt, ich stieg da nicht gleich durch, und Serge steigt anscheinend bis heute nicht durch. Zum ersten Mal immerhin hat er mir was aus seiner Jugend erzählt. Er muß seinen Vater geliebt, aber irgendwann das Vertrauen in ihn verloren haben, weil er meinte, der Vater habe das Vertrauen in ihn verloren. Ich hätte heute gerne mit Serge geschlafen. Er hatte keine Lust, wirkte dabei nicht lethargisch, wie so oft, eher beschwingt und verdruckst zugleich. Undurchschaubar, irgendwie. Vielleicht einfach nur ein Erektionsproblem.

*

Kati hat den ganzen Tag ihr verlorenes Handy gesucht, und ich half ihr dabei, erfolglos, es ist wie vom Erdboden verschwunden. Vermutlich hat es ihr wer aus der Tasche geklaut, im vollen Bus. Glaubt sie. Dabei warnt jeder Reiseführer vor Taschendieben. Sagte ich. Was nicht als Vorwurf gemeint war, dennoch fühlte Kati sich angegriffen. Später wollte sie plötzlich ins Bett. Meine Lust hielt sich in Grenzen, da wollte nichts zusammenwachsen. Ich stehe unter zu großer Spannnung, konnte die Nacht kaum erwarten, um halb eins erst ging Kati zu Bett. Fast gierig, nein ganz und gar gierig, fuhr ich das Notebook hoch und loggte mich ein unter Katisch123 @ yahoo.de.

Sie haben Post. Kleinmann hat geantwortet.

Liebe Katharina,

es wundert mich, daß du mit vollem Namen unterzeichnest. Hast du nicht immer gesagt, du würdest diesen Namen verab-

scheuen? Ich solle, hast du stets gefordert, Kati zu dir sagen. Jetzt bin ich verunsichert, aber ich freue mich, daß du dich meldest. Gestern ist ein lebendiges Wesen in meinen Armen gestorben, und wenn es auch nur eine Katze war, so wars das erste Erlebnis dieser Art für mich. Ich bin traurig und hilflos, der lange Winter deprimiert mich einfach nur, und ich müßte meiner Mutter, die mir diese Katze anvertraut hat, die Wahrheit sagen, aber ich kann es nicht und bin sauer auf den blöden Kater, der lieber gestorben ist, als von mir Nahrung anzunehmen. Ich will meiner Ma nicht den Urlaub verderben, eben hat sie angerufen, und ich entschloß mich, sie zu belügen, es sei alles in Ordnung mit Johnson – so heißt der schwarze Kater, vielmehr, so hieß er. Ich hab ihn in eine Plastiktüte und dann in mein Tiefkühlfach gelegt, das somit endlich mal Verwendung findet. Ma macht Urlaub in Florida, mußt du wissen. Serge soll sich keine Sorgen machen, Borten wollte ihn rauswerfen (sag ihm das bitte nicht), aber das hab ich zu verhindern gewußt. Seine Stelle wird ihm immer noch frei gehalten. Habs gut, derweil, es grüßt dich herzlich, David.

Was für ein raffinierter Bursche, dachte ich, als ich das las. Borten wollte mich rauswerfen? Aha. Und er, David Kleinmann, hätte das verhindert. Alles klar. Warum sollte sich jemand wie David Kleinmann für mich einsetzen, wenn es ihm nicht um was ganz anderes ginge.

Dennoch gefiel mir diese Mail. Zum ersten Mal, seit ich ihn kenne, empfinde ich nicht nur blanken Haß für David. Er scheint doch kein so gefühlloser Yuppie-Glattarsch zu sein. Nur, daß aus dem Text so ganz und gar nicht hervorging, inwieweit er sich in meine Kati involviert hat, war unbefriedigend.

Lieber David,

das mit dem Kater tut mir sehr leid. Aber warum steckst du das tote Tier in dein Tiefkühlfach? Damit deine Ma Abschied von ihm nehmen kann, wenn sie zurückkommt? Das ist doch gruselig. Danke, daß du dich bei Borten für Serge eingesetzt hast. Und ich dachte, du könntest ihn nicht gut leiden. Manchmal habe ich den Wunsch, dich wiederzusehen. Wäre das auch in deinem Sinn?

Einen lieben Gruß zur Nacht sendet Kati (du hast recht, die Kurzform ist mir lieber, aber auch ich werde älter und immer mehr zur Katharina).

Nach einer Stunde etwa kam schon die Antwort.

Liebe Kati,

das dauert hoffentlich noch lang, bis eine Katharina aus dir wird. Die Katze im Tiefkühlfach – nein, nicht daß ich sie meiner Mutter präsentieren will, Gott bewahre, aber sie wird mich fragen, ob ich Johnson anständig bestattet habe. Derzeit liegt meterhoch Schnee, der Boden ist tiefgefroren, ich könnte Johnson einfach in den Müll schmeißen oder bei der Tierkadaverentsorgung (heißt das so?) abliefern, aber ich will die Sache nicht noch schlimmer machen. Du willst mich wiedersehen? Nichts lieber als das. Ich habs ja kaum zu hoffen gewagt, nachdem du dich so abrupt zurückgezogen hast. Wie geht es denn eigentlich Serge? Hat er sich erholt? Wie lange wollt ihr noch bleiben? Bleibt, solange ihr könnt. Das Wetter hier ist deprimierend. Wie ich dich um Malta beneide. Wenn hier nicht endlos Aufträge zu erledigen wären, käme ich sofort vorbei. Einen Kuß aus Frost und Finsternis sendet dir dein David.

Aha. Da soll man nun schlau draus werden. Er sendet einen Kuß. Nun ja. Kann dieses und jenes bedeuten. Heiße Leidenschaft klingt anders. Vielleicht waren die beiden nur Freunde und haben mal geknutscht, kann sein. Oder aber er will den Verdacht vermeiden, ihm ginge es bloß um Sex. Aber daß er sich nach meinem Wohlergehen erkundigt, ha, einen Moment lang hat es mich beinah gerührt. Diese hinterfotzige Tour! Männer.

10. Februar

Eben ging Serge ins Bad, sich rasieren. Er rasiert sich, bevor er Dr. Huytens trifft. Eigenartig. Wenn ich nicht genau wüßte, daß er zu einer Sitzung geht, müßte ich denken, er ginge zu einer Frau.

*

Kati sah mich heute Morgen so komisch an, als ich aus dem Bad kam. Vielleicht hab ich mir das nur eingebildet, aber ihr Blick war nicht arg angenehm. Brannte auf der Haut. Ich sollte die Korrespondenz mit Kleinmann aufgeben, die Dinge ruhen lassen, was immer da war. Huytens habe ich davon erzählt. Mit irgendwem muß ich darüber reden. Überraschenderweise zeigte er Verständnis und fand das alles sogar ganz aufregend und kreativ. Ich hätte drauf gewettet, daß er derlei Charaden nicht gutheißen würde. Von wegen. Ich beneide ihn um seinen Beruf. Einfach zuhören dürfen, wenn Menschen ihr Innerstes nach außen kehren, und fett Kohle kassieren, dabei auch noch das Gefühl haben zu helfen – was ein Traumjob. Daß ich Katis Handy versteckt habe, behielt ich für mich, obwohl das Quatsch ist, seinem Analytiker was vorzuenthalten, nur um als besserer Mensch dazustehen.

Nachts schrieb ich an David:

Lieber David,

verstehe ich dich richtig? Du willst deiner Mutter etwas vorgaukeln, bevor du ihr letztlich etwas gestehen mußt? Kenn ich gut. Meine Mutter anzulügen, war lange Zeit die einzig geeignete und angemessene Form, mit ihr zu kommunizieren. Haben wir je darüber geredet? Darf ich dich um was bitten? Sag doch mal, und bitte ganz ehrlich, was du aufregend an mir fandest und was nicht so.

Kuß aus dem sonnigen Süden, Kati

Es ist vier Uhr morgens. Mir ist schlecht. David hat geschrieben.

Liebe Kati,

fischst du nach Komplimenten? Du willst, daß ich dir schreibe, was ich an dir aufregend fand? Ich habe doch nur ein paar Stunden Zeit, bis der Wecker klingelt. Also gut, im Kurzdurchlauf, und weil ich ein oberflächlicher Mensch bin, erst mal das Visuelle. Ich fand deine Füße aufregend, du hast die schönsten Füße, die ich je gesehen habe. Deine Beine sind Weltklasse und was daran anschließt auch. Vorne wie hinten. Deine Brüste sind herrlich, und die Färbung ihrer Nippel, dieses zarte Blaßrosa, wenn ich nur daran denke, steht er mir. Dein schöner schlanker Hals mündet in einen Kopf, der es mit dem von Audrey Hepburn aufneh-

men kann, meiner ersten großen Liebe. In diesem Kopf drin, um nun zum weniger Aufregenden zu kommen, war hauptsächlich Serge. Stets hast du mir klargemacht, daß das zwischen uns nichts Ernstes werden könne, weil es ihn gab. Anfangs war ich um diese Regelung froh. Ich glaube beinahe, daß ich über Serge mehr weiß als über dich. Über deine Mutter hast du jedenfalls nie geredet, nur pausenlos über Serge, den du wie einen Schild vor dir hergetragen hast. Manchmal hatte ich den Eindruck, du würdest dich für deine Orgasmen vor mir schämen. Das hat mich sehr abgetörnt, um die Wahrheit zu sagen. Darum sag ich dir auch noch Folgendes, und es fällt mir schwer: Wenn du wieder mit mir anbandeln willst, nur um ab und an Spaß zu haben, lass es mal lieber bleiben, ich suche derzeit nach etwas Festem, Wahrem. Ich habe dich vermißt, weitaus mehr, als du vermutest. Ich bin aber kein Pausenclown oder ein Lückenfüller. Hoffentlich verstehst du, wie weit ich mich aus dem Fenster lehne, indem ich dir das schreibe. Wenn du mich brauchst, bin ich für dich da. Wenn nur ein gewisser Körperteil von dir mich braucht, bist du an der falschen Adresse. Du wirst es mir vielleicht nicht glauben, aber seit Serge im Meeting seinen Anfall bekam, als er sich in die Hosen gepißt und krudes Zeug gelabert hat, empfinde ich Mitgefühl für ihn. Daß du ihn danach nicht aufgegeben hast, imponierte mir, nicht viele Frauen würden sich für jemanden wie Serge entscheiden, wenn sie deine Möglichkeiten besäßen. Solange du ihn liebst, gibt es für uns keine Zukunft. Erst wenn du dir sicher bist, daß du ihn nicht mehr liebst, kannst du zu mir kommen. Dann aber rennst du offene Türen ein. Sei lieb gegrüßt aus dem verschneiten Norden – und überall geküßt von deinem David

So ist das also gewesen. Ich hätte vieles ertragen, aber die Passage über Katis Füße gab mir den Rest. Wenn etwas dir den

Boden wegzieht, als wärst du ein Verurteilter, der hängen muß, da gibt es kein Korrektiv, keinen mildernden Umstand. Nur Wut.

Hallo David,

es tut mir sehr leid, wenn ich dir mit meinem Gelaber über Serge auf die Nerven gegangen bin. Ja, er ist der Mann, den ich liebe. Und dein Gefasel wegen Mitgefühl kannst du dir sparen und in die Haare schmieren! Du willst mich doch bloß für dich haben, forderst mich auf, ihn zu verlassen, kleidest das in schöne Worte. Fick dich! Du bist wie fast alle anderen. Nichts Besonderes nämlich. Serge ist ein kluger, zartfühlender, mißverstandener Mensch, der mich verdient hat. Es tut mir auch leid, meine Zeit an dich verschwendet zu haben. Du hältst dich wahrscheinlich noch für einen großen Liebhaber, für Gottes Geschenk an die Frauen. Aber du bist nur ein kaum durchschnittlich talentierter Fotograf, der ein Genie wie Serge in seinem schwächsten Moment zur Weißglut gebracht hat, und mich jetzt auch, ich hab den Hals so voll von dir, schreib mir bloß nie wieder, du hinterhältiges Vieh!

Katharina Schneider

Na gut, ich hab das geschrieben und abgeschickt, es ist nicht ungeschehen zu machen. Muß ich mit leben. Außerdem weiß ich jetzt ja alles, was ich wissen wollte, es ist ein ganz passender, sogar überaus passender Zeitpunkt, diesen Irrsinn zu beenden, mit einem harten Schnitt. Aber wenn David Verdacht schöpft? Kennt er Kati so gut, um zu wissen, daß sie so etwas niemals an irgendwen in der Welt senden würde, und wärs ihr größter Feind? Derbe Begriff und Flüche würde sie nie und nimmer benutzen. In ihren Augen setzt man sich ins Unrecht, wenn man sich gehen läßt. Ich schäme mich ein wenig. Und trinke wieder.

Was genau hat mich so wütend gemacht? Daß die beiden miteinander gefickt haben, konnte ich mir denken, das war nichts wirklich Neues. Huytens hat gesagt, ich solle lernen, stets alles, was geschieht, mit den Augen sämtlicher daran Beteiligter zu sehen und erst dann zu beurteilen. Wirklich neu war, daß David offensichtlich bereit ist, diese Affäre auf eine höhere Ebene zu heben, auf der er mehr als nur ein Dildo ist. Das muß ich als enorme Bedrohung empfunden haben und hab ihm die Hölle an den Hals gewünscht. Es war für mich so, als hätte nicht *ich* all die Mails an David geschrieben, sondern Kati, die in der Realität doch bei mir ist und so loyal, wie ich es mir nur wünschen kann. Huytens wird sagen, daß ich manchmal nicht mehr imstande bin, meinen Müll zu trennen, daß ich Indikativ und Konjunktiv nicht mehr auseinanderzuhalten weiß. Und daß ich mir damit meine eigene Grube grabe. Ich schäme mich. Nur um etwas aus Katis Vergangenheit zu erfahren, habe ich David in unsere Gegenwart geholt. Wie blöd, um Himmels willen, ist das denn? Ich mache so viel kaputt. Kappe nach und nach Katis Verbindungen zur Welt und entschuldige es mit meiner Liebe zu ihr. Aber ob wir beide zusammenpassen, ist noch längst nicht raus. Vielleicht würden Kati und David zusammenpassen und ich stehe Katis Glück im Weg? Na gut, das ist jetzt sehr weit hergeholt, aber theoretisch? Die Liebe macht uns zu Tieren. Das ist auch nur so eine blöde Exkulpationsphrase. MICH macht sie zum Tier. Es gibt durchaus Menschen mit Anstand auf der Welt. Und also keine Pauschalentschuldigung für mich. Andererseits – David ist in Katis Leben Vergangenheit gewesen, war es die ganze Zeit, in der wir uns hier auf Malta befinden – und ist es jetzt wieder.

Man kann nicht behaupten, ich hätte in ihre Angelegenheiten eingegriffen. Oder?

11. Februar

Serge war heute so um mich bemüht, herzte mich, liebkoste mich, sagte mir all die Zärtlichkeiten, die ich mir so lang von ihm gewünscht hab. Als hätte er was ausgefressen. Nachmittags ging er spazieren, um ein wenig nachzudenken. Ich hab die Zeit genutzt, um den Abwasch zu machen. Danach bin ich in den Vodafone-Laden und hab einen neuen Handy-Vertrag abgeschlossen, damit ich mir nicht mehr so nackt vorkomme. Erstaunlich, daß ich in einer Zeit aufgewachsen bin, die noch ohne Internet und Mobilfunk ausgekommen ist. Wie haben wir es damals aushalten können? Wie still muß jene Zeit gewesen sein? Alle meine Telefonnummern sind verloren, ich muß sie neu recherchieren, was für eine Arbeit! In den Straßen von Valetta finden bei lauter Musik Karnevalsumzüge statt. Ein buntes und scheinbar chaotisches Spektakel, dem man sich schwer entziehen kann.

12. Februar

Ich bin mir unsicher, ob ich Katis neuen Account löschen soll. Wenn David ihr noch mal schreiben sollte, würde er seine Post in diesem Fall als unzustellbar zurückbekommen, und er könnte es unter der alten Adresse versuchen, die ich nicht kontrollieren kann, es sei denn, ich ginge jeden Tag vor Kati ins Netzcafé und finge Post von David ab, wenn es denn Post von David gäbe. Ziemlich viele Konjunktive hab ich mir da einge-brockt. Hab mich ans Meer gesetzt und nachgedacht. Es ist si-cherer, David ruhigzustellen.

Lieber David,

gestern habe ich arg überreagiert, das tut mir leid. Ich hatte auch schon was getrunken und keinen guten Tag hinter mir. Danke, daß du dich für Serge eingesetzt hast, ihm geht es ganz leidlich, wenngleich er mir nach wie vor Sorgen macht. Wenn ich dich beleidigt habe, dann bitte ich um Entschuldigung. Es war grundfalsch von mir, mich wieder bei dir zu melden. Die Sache zwischen uns ist ein für alle Mal aus und vorbei, und wir wollen weder in der Asche stochern noch nachtreten, wo wir uns doch meistens ganz gut vertragen haben. Also, nichts für ungut. Leb wohl, Kati

Ja, das wäre ungefähr ihr Tonfall. Jetzt warte ich noch zwei Tage ab, ob da noch was kommt, dann lösche ich den Account – und die Episode ist überstanden. Huytens meinte neulich, daß mein Fall, ganz grob eingeordnet, auf simple Eifersucht reduzierbar sei, und das wäre an sich gar nichts Besonderes, wenn da nicht die Geschichte meiner Mutter wäre, ja auch ein Fall von Eifersucht. Nur eben mit Nachwirkungen weit über deren Tod hinaus. Ich verstehe schon ganz gut, warum er mir ständig Kati auszureden versucht. Dabei weiß er noch nicht einmal alles. Ich muß reinen Tisch machen.

*

Ich bin ins Netzcafé gepilgert, hab alle meine Kontakte ange-
schrieben, per Sammelmail, damit die mir ihre Telefonnummern senden. Und ich wieder korrespondenzfähig werde.

Wie isoliert wir früher mal waren, zeitweise, ich weiß noch,
als ich ein Kind war und wir im Sommer Ferien im Ausland
machten, es bedeutete, drei oder vier Wochen lang einfach
mal nichts, aber auch GAR NICHTS von seinen liebsten Freunden zu hören – und wir haben das hingenommen, als völlig
selbstverständlich. Schrieben Postkarten, die, wenn überhaupt, irgendwann ankamen. Heute kaum mehr vorstellbar,
aber so war es.

13. Februar

Kati hat ein neues Handy. Ihr altes ist somit obsolet, kann
entsorgt werden. Ich warf es weit ins Meer hinaus. Sicher ist
sicher ist sicher. David hat tatsächlich noch einmal geschrieben.

Liebe Kati,
   *du ahnst nicht, was dein Mail von letzter Nacht bei mir ausge-
löst hat. Es hat mir wehgetan, wie du annehmen kannst.*
   Ach halt dein Maul, Weichei!
   *Ich werde deinem Wunsch entsprechen, und dir nicht mehr
schreiben.*
   Gut so.
   Du sollst aber wissen –
   Unnützes Wissen!
   daß ich immer für dich da sein werde, wenn du mich brauchst.

Wenn du sie brauchst, um nicht in deine hohle Hand abzu-
spritzen, klar.

Das meine ich nicht als Phrase.

Als was denn sonst? Verpiss dich.

Ich liebe dich, von ganzem Herzen.

Wie abgeschmackt ist das denn? Sapperlot. Es hätte nicht
viel gefehlt, und ich hätte David eine Antwort geschickt. Der
Typ scheint wirklich zu allem fähig. Von ganzem Herzen? Im
Stück und nicht in Scheiben? Das ist ekelhaft. Und über mich
hat er kein Wort verloren, keine Silbe der Entschuldigung, er
blendet mich einfach aus. Statt wenigstens noch so einen verlogenen Scheiß hinzuzufügen wie: *Ich wünsche dir, daß du mit
Serge glücklich wirst.* Aber doch auch irgendwie raffiniert, daß
er das unterläßt. Um seine Glaubwürdigkeit zu erhöhen.
Ganz dumm ist er nicht.

*Ach, übrigens, weil du gefragt hast, meine Handynummer ist
0188 564546*

Hab ich dich das gefragt?

*PS. Ich weiß, du hast eine Sammelmail an alle deine Bekann-
ten geschickt und einfach nur vergessen, mich aus deinem Adressverzeichnis zu löschen, dennoch.*

Hmmm. Aha. Kati hat ein neues Kontaktnetz geknüpft. Da
muß ich ja scheißfroh sein, daß David ihr auf *dieser* Adresse
geantwortet hat. Meine Güte, wie leicht da was schiefgehen
kann. Ich muß aufhören mit den Spielchen.

14. Februar

Heute morgen um halb zehn klingelte es an der Tür. Serge schlief noch, ich ging öffnen, hoffte auf Greta und Ralf – und wer steht da vor mir? Roger. Nicht zu fassen. Woher weiß er, daß ich hier wohne? Er grinste, wie so oft (und das nervt echt), und meinte, er habe mal bei Greta und Ralfs Arbeitgebern nachgefragt, ob die vielleicht über die beiden was wüßten oder gehört hätten. Hatten sie nicht. Ihre Stellen sind mittlerweile von anderen besetzt. Sieht aus, sagte, er, als kämen die nicht wieder. Es tue ihm leid, wenn er mich gestört hätte, aber er sei zufällig in der Gegend unterwegs gewesen und habe mal vorbeischauen wollen. Er habe einfach angenommen, daß ich unter Gretas Adresse logiere, die sei ihm ja bekannt gewesen, vielmehr: nicht auswenig bekannt, aber leicht nachzusehen. Ob er hereinkommen dürfe?

Die Dreistigkeit dieses Menschen verblüffte mich. Wenn er wenigstens irgendetwas Neues mitzuteilen gehabt hätte, aber nein, er steht einfach so vor der Tür, ein über fünfzigjähriger Mann – und dann kam auch noch Serge angeschlurft und fragte mich, mit wem ich mich da unterhalte. Das ist der Casinomanager aus dem Dragonara, sagte ich, er ist so freundlich, mich auf der Suche nach Greta und Ralf zu unterstützen. Ach? – machte Serge, kam aber nicht zur Tür, lüpfte den Vorhang und sah durchs Fenster hinaus. Roger fragte, ob ich ihm meinen Freund nicht vorstellen wolle, und er hoffte wohl auf eine Antwort wie: Das ist nicht mein Freund, nur ein Bekannter. Ich wollte die peinliche Situation schnellstmöglich beenden und sagte, daß Besuch mir im Moment nicht gelegen komme und ich ihn deshalb nicht hereinbitten könne. Plötzlich stand Serge neben mir, er war splitterfasernackt und legte den Arm um meine Hüfte. Es wurde immer noch etwas peinlicher. *What does he want?* fragte er, ohne Roger auch nur anzusehen, geschweige denn, ihm die Hand zu reichen. *Tell him, we don't buy anything at the door.* Das war nun richtig geringschätzig, echt schon feindlich gegenüber Roger. Und der hebt erst die Augenbrauen, bevor er einen ganz und gar unglaublichen Satz losläßt. *You can't be happy with that little cock, can you?* Mein Gott, ich dachte, gleich gehen die beiden aufeinander los. Ich schämte mich für Roger, schämte mich für Serge, schämte mich für mich selbst. *Is he the crazy guy you have to take care of?* – fragte Roger, als ob er unbedingt noch einen draufsetzen müsse. Ich hielt Serge umklammert. Wie soll ich ihm den Satz jemals erklären? Warum tut Roger mir das an? *Please go!* Rief ich. *Leave! Now!* Und ich gebrauchte das Wort *asshole.* Roger sah mich diesmal nicht grinsend an, eher irgendwie belustigt. Verschmitzt ist das richtige Wort. Dann blinzelte er, wie man einem Verbündeten zublinzelt, und machte auf dem Absatz kehrt. Überließ mich der Situation.

Hast du mir was zu sagen? fragte Serge, mit gespielter Ruhe. Er bebte, ich sahs an seinen Fingerspitzen.

*

Heute hat Katis neuer Verehrer bei uns geklingelt. Sie litt Höllenqualen. Die ich ihr gönne. Sie hat natürlich versucht, sich rauszureden, der Kerl sei ein tolldreister Macho und sie habe ihm nie auch nur irgendein Signal gegeben, sich ihr nähern zu dürfen. Sie sei ihm beim ersten Besuch im Casino begegnet, meistens sei er recht freundlich und hilfsbereit gewesen. Ja, *er* habe ihr den Spielchip geschenkt, sogar noch mehr davon, insgesamt für 50 Euro Chips, Geschenk des Hauses, das habe sie mir gegenüber vergessen zu erwähnen und es dann aus der Welt geschafft, indem sie die Chips im Klo runtergespült habe. Aber warum hat sie geglaubt, Chips, also Geld, im Klo runterspülen zu müssen? Das stinkt doch. Und warum hat der Kerl mich als *crazy guy* bezeichnet? Kati gab zähneknirschend zu, mal flapsig über mich geredet zu haben, sie habe zu dem Zeitpunkt ja nicht ahnen können, daß sie mit Roger, so heißt er, noch jemals was zu tun haben würde. Ob das bei ihr gängige Praxis sei, fragte ich, mich als kranken Typen zu bezeichnen im Gespräch mit Fremden? Es tut ihr angeblich sehr leid. Dann ging sie in die Offensive, warf mir vor, schuld zu sein an der Eskalation, ich hätte mich nicht nackt neben sie hinstellen und Roger beleidigen dürfen, es sei doch klar, daß ein verliebter Südländer dann austicken und auf die Provokation seinerseits provokant reagieren wird. Ja, sie gab zu, daß Roger ihr Avancen gemacht hat, dafür könne sie nichts, sie habe das stets strikt unterbunden. Ich würde doch wohl nicht ernsthaft annehmen, daß zwischen ihr und Roger irgendetwas laufe. Irgendwas, sagte ich, läuft da aber doch, und du fandest es nötig, darüber zu schweigen. Das sind die Fakten. Kati redete was von einer unglücklichen Verkettung von Kleinigkeiten, die in der Summe mehr ergäben, als da je gewesen sei. Jetzt sei der Spuk vorbei, ich hätte gewonnen, hätte meine Rolle als Platzhirsch eindringlich inszeniert. Roger komme sicher nicht so schnell wieder, und darüber sei sie auch recht froh.

So also ist die Lage. Wenn Kati eines nicht gut kann, dann lügen. Ich bin relativ überzeugt davon, daß die beiden keinen Sex hatten, ich müßte mich schwer täuschen, aber wenn Kati einen Kerl wie den attraktiv finden würde, wäre sie mir ohnehin für immer verleidet. Ich kenne ihren Geschmack, was Männer betrifft, habe Fotos ihrer Verflossenen gesehen –

auch David paßt ins Raster. Schmale Intellektuelle, leicht me-
lancholisch, blaß, mit subtilem Stil und lakonischem Witz –
das entspricht ihrem Beuteschema. Kein braun gebrannter,
Sein-weißes-Brusthaar-Herzeiger über fünfzig, mit Kettchen,
prolligen Sprüchen, Feistgesicht, Kirk-Douglas-Kinn und bunt
gescheckten Hemd. Nein, wenn ich darüber nachdenke, ist es
ganz klar: Hätten die beiden schon mal miteinander geschlafen, hätte der Kerl nicht bei uns anklopfen müssen, das muß
genau genommen ein Akt der Verzweiflung gewesen sein, ein
Versuch, in unser Leben einzudringen, sich ein grobes Bild
davon zu machen. So weit bin ich beruhigt. Bleibt die Tatsache, daß Kati etwas vor mir geheim gehalten, mir bewußt verschwiegen hat. Und ich meine: Sie ist ja nicht ich! In ihrem Fall
wiegt das viel schwerer, als wenn etwa *ich ihr* etwas verschwei-
gen würde. Ich bin ein Mann, der nicht so ganz richtig funktioniert, ich habe meine Gründe. Sie hat keine. Oder wollte sie
mich schonen, weil sie weiß, wie sensibel ich bin?

Ach, wie ich Kati schon wieder in Schutz nehme, schön-
rede, reinwasche. Statt mir endlich einzugestehen, daß ich
mich auf sie nicht hundertprozentig verlassen kann.

Und wofür will sie das alles getan haben, die ganze Scheiße
hinter meinem Rücken? Aus Sorge um Greta und Ralf? Was
genau ist so wichtig an Greta und Ralf? Je länger ich darüber
nachdenke, desto klarer wird es: Sie nimmt dankbar jeden
noch so fadenscheinigen Anlaß in Kauf, sich mit etwas anderem zu beschäftigen als mit mir. Flieht vor der Realität, ge-
stattet ganz unmöglichen Menschen, in ihrer Wahrnehmung
anzudocken. Nur um sich zu zerstreuen, wo sie sich konzen-
trieren müßte. Kati ist leichtfertig, um mal das Mindeste zu
sagen. Ich hätte sie vorhin vielleicht nicht einsperren sollen.
Aber mit Argumenten, logisch und ohne Emotionen zu disku-

tieren, fällt Frauen ja an sich schon schwer. Sie wollte mir partout entgleiten, ist hysterisch geworden, da hab ich sie ins Schlafzimmer gesperrt. Damit sie in Ruhe nachdenken kann. Und statt nachzudenken protestiert sie. Und laut. Das bin ich nicht gewohnt von ihr. Was müssen die Nachbarn denken?

*

Serge hat mir geschworen, daß das nie wieder vorkommt. Mich meiner Freiheit zu berauben. Ich meine, ich habe Verständnis, daß er wegen Roger eifersüchtig ist und sauer auf mich, weil ich ihm etwas verschwiegen habe, aber daß er mich ins Schlafzimmer drängt, unter dem Vorwand, ich hätte rumgeschrien – das hab ich nicht, erst als er den Schlüssel im Schloß herumgedreht hat wie mir zuvor das Wort im Mund –, das ging echt zu weit. Ich habe laut gerufen: MACH AUF, MACH SOFORT AUF. Da hat er dann irgendwann aufgemacht und gefragt, wie jemand so laut und vehement behaupten könne, er sei nicht laut und vehement. Er formulierte es übertrieben, ironisch, wie einen Witz, und meine Wut war halb verraucht. Es tat ihm auch leid. Ich bin, nachdem wir uns versöhnt hatten, ein wenig flanieren gegangen, habe im Netzcafé meine Mails abgerufen und die eingetroffenen Telefonnummern in mein neues Handy gespeichert. David hat nicht geantwortet. An ihn mußte ich heute wieder denken. Weiß nicht genau, warum. Ich wünschte, er wäre kein ausgewachsener Mann, sondern klein wie ein Vibrator, den man in der Handtasche transportiert und bei Gelegenheit gebraucht, ohne Gemenschel.

15. Februar

Wo soll das mit Kati und mir noch hinführen? Ich weiß es nicht. Am Ende wird sie mich verlassen, ein anderer wird kommen und sie mir nehmen, gut, bei diesem Roger hat sie vielleicht noch Nein gesagt, so bedürftig ist sie denn doch noch nicht, aber es wird kommen der Tag, da sie mir viel Schmerz zufügt. Huytens hat völlig recht. Ich müßte aktiv werden, mich von ihr lösen. Er ist klug, zumindest meint er es gut mit mir. Daß ich Kati eingesperrt habe, wenn auch nur für ein paar Minuten, war nicht recht, das sehe ich ein. Es tut mir aus tiefstem Herzen leid. Und was mich am meisten erschreckt, ist, daß ich so ganz anders dachte, als ich es tat. Ich weiß, ich sollte es eigentlich lassen, aber eben bin ich online gegangen und habe David geantwortet.

Lieber David,

inzwischen ist hier viel vorgefallen. Serge hat sich nicht mehr unter Kontrolle, und ich bekomme Angst vor ihm. Statt sich selbst kontrolliert er mich, sieht in mein Handy, versteckt mein Handy, manchmal sperrt er mich ein, einmal, gestern, ist er beinahe gewalttätig geworden. Sein äußerst merkwürdiger Therapeut haßt mich und versucht Serge einzureden, daß er mich loswerden muß. Ich fühle mich so allein, müßte resignieren, ein anderes Leben für mich suchen, fliehen, und bringe es nicht über mich, könnte es nicht vor mir verantworten, will auch nicht das Handtuch schmeißen, andererseits gehe ich kaputt hier. Noch habe ich dieses Notebook, noch hat er es nicht gewagt, auch dieses Medium, meine Schriftlichkeit sozusagen, zu überwachen. Tut mir leid, wenn ich dich mit meinem Müll belaste.

Ich weiß einfach nicht, an wen ich mich wenden soll in dieser

Angelegenheit. Serge hat mir meine Kreditkarte und das meiste Bargeld abgenommen, er läßt mir nur so viel, wie ich zum Einkaufen brauche. Ich weiß, was du sagen wirst, ich soll mich an die Polizei wenden oder an die deutsche Botschaft, die wird mir helfen, das weiß ich alles selbst.

Du wirst es typisch weiblich nennen, aber ich bin gefangen zwischen so vielen Gefühlen, vor allem: Ziellosigkeit, Mutlosigkeit, abstrakte Angst, auch echte körperliche Angst, Vereinsamung, Pflichtgefühl, Reste alter Liebe für Serge, Haß auf mein Versagen an ihm, Wut auf diesen durchgeknallten Therapeuten, undundund. Dazu kommt, daß ich nicht zurückwill in den deutschen Winter, wo ich keinen Job mehr habe und dieser Situation nicht ausgeliefert sein will in meinem momentanen Zustand. So also geht es mir. Mußte mich mal auskotzen, sorry, statt immer nur zu flennen. Es ist vielleicht auch nicht falsch, wenn irgendjemand weiß, was hier geschieht. Hoffe, dir gehts besser. Sei lieb gegrüßt, Kati.

So. Mal sehen, wie der weiße Ritter reagiert. Es interessiert mich einfach. Kneift er den Schwanz ein und verdrückt sich? Oder bietet er seine Hilfe an?

Wenn er Kati liebt, wär das doch selbstverständlich. Er soll sich ruhig mal ein paar Sorgen um sie machen.

Der französische Chardonnay für fünffünfzig die Flasche (L'Herbe Sainte) ist ein Nachtweichmacher, fast wie eine Frau. Wenn man sonst keine Zuflucht findet, bleibt der Alkohol, das ist großartig. Der Alkohol ist ein liberaler Landstrich, das läßt sich wohl sagen.

Ich bin etwas verblüfft. Davids Antwort kam eben herein, nach nur fünfzig Minuten.

Liebe Kati,

ich nehme den nächsten Flieger. Sag mir deine Adresse. Ich hol dich da raus. Du mußt nicht nach Deutschland zurück, nicht sofort jedenfalls, laß uns abtauchen, ich kann mir zwei Wochen freinehmen, laß uns irgendwohin gehen, wo es auch sehr schön ist, nach Rom oder Tunis. Was hältst du davon?

Love, yours, D

Ich muß zugeben, daß mich das beeindruckt. Beinahe wäre ich geneigt, ihm Kati zu überlassen, würde Kati etwas von ihm wissen wollen. Eigentlich bekomme ich gerne Post von David. Er rührt mich. Wie er so tut, als gäbs das Gute auf der Welt, und das sei er.

Lieber David,

laß mal stecken. Ich hab wohl eben in einem Anfall von Selbstmitleid übertrieben und Serge in ein schlechtes Licht gestellt, das er nicht verdient. Wir kommen so weit klar. Was ist mit deiner Mutter? Hast du ihr Johnsons Ableben gebeichtet? Kuß, Kati.

Liebe Kati,

so kenn ich dich gar nicht. Eben klangst du verzweifelt, jetzt ist wieder alles paletti? Naja. Mir kommt es so vor, als hättest du Angst vor deiner eigenen Courage bekommen. Meiner Mutter geht es übrigens schlecht. Stell dir vor, sie muß alleine herumreisen in Florida, weil ihre Freundin, sagt sie, die Reise abgebrochen hat, ich blicke da nicht so ganz durch. Vor ein paar Tagen hab ich ihr noch ein Foto mit mir und dem Kater geschickt, und ich fürchte mich vor dem Moment, wenn sie vor meiner Tür steht, um das Vieh in Empfang zu nehmen. Dann werde ich ihr irgendwie sagen müssen, daß Johnson tot und tiefgefroren ist. Kannst du dir vorstellen, wie ich mich fühle? Wahrscheinlich wäre ich schon deshalb gerne zu dir gekommen. Ich gehe allem Unangenehmen so gerne aus dem Weg. War immer schon ein Feigling. Ich küsse dich, David.

Lieber David,

aha, so ist das also. Der tote Kater wäre der eigentliche Anlaß gewesen, mit mir die Biege zu machen. Sehr schmeichelhaft.

Ich bin (es geht auf halb fünf Uhr morgens zu) schwer betrunken. Muß lange nachdenken, was ich David schreibe und was nicht.

Aber du mußt nur mit einem verreckten Haustier klarkommen, ich hingegen mit einem verrückten Menschen. Der doch neben seiner Verrücktheit mitunter so zauberhaft sein kann, so einfühlsam, sensibel, und Gutes tut, auf seine Weise. Neulich kamen wir mal auf dich zu sprechen, per Zufall. Keine Angst, er weiß nicht, was zwischen uns vorgefallen ist. Aber Serge findet, daß du seine Arbeit in der Agentur oft sabotiert hast, um dich ihm gegenüber in Szene zu setzen, er kann dich nicht ausstehen, leider. Wenn er wüßte, daß wir hier miteinander mailen, er würde ausflippen – und wer könnte ihm deswegen einen Vorwurf machen? Ich übe schließlich Verrat an ihm. Kuß, Kati.

P.S. Einmal angenommen, ich würde mich für dich entscheiden, würde an Serge die Lust verlieren und in dein Lager wechseln – wie kämst du damit klar, fortan im Schatten dieses Menschen zu stehen?

Liebe Kati,

ich wußte nicht, daß Serge mir gegenüber so feindselig eingestellt ist. Wann hätte ich je seine Arbeit sabotiert? Daß er manchmal eine kritische Zwischenfrage erdulden mußte, hat sein Ego

anscheinend nicht verkraftet. Er hält sich ja für einen Künstler
oder glaubt zumindest, es sei einer an ihm verloren gegangen. In
dieser Branche tut man sich damit keinen Gefallen, vor allem
nicht, wenn man so ein mimosenhaftes Seelchen ist wie Serge.
Nun, du mußt damit klarkommen, nicht ich. Doch wenn du
schreibst, daß er dich kontrolliert, daß er dich sogar einsperrt und
gewalttätig wird, dann scheint mir der Punkt erreicht, da man
ihm ganz klar die Grenzen aufzeigen muß. Ich biete dir ernsthaft
und erneut meine Hilfe an. Du bist mir lieb und teuer, und ich
würde, obwohl ich von Natur ein Feigling sein mag, für dich
kämpfen. Try it. Ein Wort von dir genügt. Love, David.

Ach, ich bin also ein Seelchen? Nun, vielleicht hat er recht. Ich
fange beinahe an, ihn zu mögen. Diesen dreisten Sprüchema-
cher. Für heute will ich ihm nicht mehr antworten. Bei Kati zu
liegen, ist gut. Ich bin hier, und Kati ist hier. David nun mal
nicht, und jede Nacht könnte ein Fest sein. Wir sind die Toten
von morgen, heißt es in einem Lied. Und ich habe Kati – jede
Sekunde mit ihr ist mir heilig. Was für ein süßes Mädchen sie
ist. Anbetungswürdig. Sie hat mit diesem Kerl gefickt. Sein
Schwanz ist in ihrer Möse gewesen. Er hat den Tod verdient.
Dieses Arschloch. Wär er jetzt hier, ich könnte ihn mit bloßen
Händen erwürgen, ich bin so betrunken, daß die Wahrheit
mich erschreckt. Aber was ist schon Wahrheit? Ein Gefühl,
das vorübergeht.

16. Februar

Heute Nacht wurde ich wach, als Serge sich an mich preßte. Er war völlig betrunken und schlief bald ein, aber zuvor hat er mich noch geleckt, ganz gierig. Ich hätte gern mit ihm geschlafen, seine Gier hat mir gefallen, so tierisch hab ich ihn lange nicht erlebt. Dann kippte er einfach weg, schlief ein, mit dem Kopf zwischen meinen Füßen. Das war um fünf Uhr morgens, ich sah auf den Wecker und bekam Hunger. Ein paar Stunden später bekam ich Post in Form eines Briefes. Ich hoffte, endlich etwas von Greta und Ralf zu hören, aber der Brief war von Dr. Huytens. Von wem ich denn Post bekäme, hierher, fragte Serge in seiner neugierigen Art. Das Klingeln des Briefträgers hatte ihn geweckt, er torkelte schlaftrunken in die Küche, ihm entgeht einfach nichts. Das nervt. Was kümmert das dich – fragte ich zurück, und er gab keine Ruhe, dachte wohl, ich würde etwas vor ihm verheimlichen wollen und daß Roger der Absender sei. Ich zeigte ihm den Brief. Da standen sieben Ziffern und

Würden Sie mich bitte anrufen? Danke. Ergebenst, Dr. Pieter Huytens

Serge wunderte sich nicht schlecht. Also los, ruf an, meinte er, Huytens weiß schon, was er tut. Ich wollte ihn nicht anrufen, während Serge mir über die Schulter guckt, er heuchelte Verständnis, aber seinem verkaterten Gesicht war anzusehen, wie viel Arbeit dahinter im Gange war. Ich bin runter zum Strand und wählte die Nummer. Huytens ging ran und bat mich, in seine Praxis zu kommen, möglichst sofort. Es gebe etwas zu bereden.

*

Heute hat Kati Post von Huytens bekommen. Sie soll Kontakt mit ihm aufnehmen. Ich weiß nicht, was davon zu halten ist. Was geht da vor? Ich habe zu Huytens ein Vertrauensverhältnis. Wie kann er sich so geheimnistuerisch an meine Freundin wenden und weswegen? Andererseits – wenn Huytens hinter meinem Rücken etwas gegen mich unternehmen wollte, würde er nicht einen solchen Brief schreiben, von dem er ja annehmen muß, daß ich ihn zu sehen bekomme. Warum frage ich ihn nicht einfach?

Ich habe ihn angerufen und einfach gefragt. Er erklärte mir, daß er meinen Fall künftig mit einer Art Paartherapie behandeln und Kati ein paar Fragen stellen wolle, ob ich etwas dagegen hätte?

Grundsätzlich nein, sagte ich, sofern ich darauf vertrauen könne, daß die Dinge, die ich ihm erzählt hätte, also die gewissen Dinge, er wisse schon, unter die ärztliche Schweigepflicht fallen. Jaja, antwortete er, selbstverständlich. Und legte auf. Wie ein Vielbeschäftigter auflegt. Beleidigend.

Von nun an kann ich Huytens nicht mehr vertrauen. Er spielt falsch, und ich müßte ein Idiot sein, wenn ich nicht wüßte, daß da was im Gange ist. Zu meinem Nachteil. Ich fürchte, daß er Kati alles sagen wird. Aber vielleicht ist das okay. Soll er ihr doch sagen, wozu ich den Mut nie besaß. Dann muß ich es nicht mehr tun. Dann weiß sie es. Und alles wird gut. Oder eben nicht. Wahrscheinlich ist er verliebt in sie. Man muß in Kati verliebt – oder schon tot sein.

*

Danach war ich bei Huytens in der Praxis. Er sprach mich beim Vornamen an, nannte mich *liebe Katharina* und sagte, daß er sehr froh sei, mich zu sehen. Es sei wichtig, leider. Er fragte zuerst, ob Serge mit dem Rauchen angefangen habe. Ihm komme es so vor. Tatsächlich hat Serge in letzter Zeit hin und wieder eine Zigarette geraucht, ja, wieso?

Huytens schnalzte mit der Zunge. In diesem Fall müsse das Zyprexa unbedingt durch Risperdal ersetzt werden, denn bei Rauchern könne Zyprexa seine Wirkung verlieren. Aber das sei nicht der primäre Grund für unsre Unterredung, nein. Ich solle ihn verstehen und auch Serge besser verstehen lernen. Er überreichte mir dann eine Akte, sagte dazu, daß er normalerweise nicht tun dürfe, was er da tue. Aber es gebe einen Grund. Außergewöhnliche Umstände erforderten außergewöhnliche Maßnahmen, und ich solle lesen, einfach lesen.

*

Dauernd kommt irgendwer, um Kati zu ficken. Eben war diese Pest aus dem Casino wieder da, dieser Roger mit dem Bronzeteint. Was er wolle, fragte ich, statt ihm gleich eine zu schmieren. Er habe Informationen. Was für Informationen? Informationen bezüglich der beiden Freunde von Kati. Kati ist nicht da, sagte ich, aber Katis Freunde sind auch meine Freunde, vielleicht nicht alle, aber manche, er solle sagen, was er weiß. Ihm gefiel offenbar mein Tonfall nicht, er sah mich abschätzig an. Jetzt war ich aber neugierig geworden. Hätte er einfach auf dem Absatz kehrtgemacht, wäre eine schwierige Situation entstanden, er wußte das, ich wußte das – und wenn er noch mehr wußte, wollte ich das auch wissen. Ich bot ihm eine Tasse Tee an. Er senkte die Augenbrauen, wirkte über die Offerte überrascht. Fragte, ob ich eifersüchtig auf ihn sei. Ich sagte, wenn dafür Grund bestehen würde, wär ichs. Ein schmales Lächeln stahl sich auf seine Lippen. Es bestehe – leider – nicht der geringste Grund. Wie er dieses »unfortunately« kokett überbetonte, diese Ehrlichkeit fand ich beinahe charmant. Wenn man mich mit irgendwas kriegen kann, dann mit Ehrlichkeit. Wir werden wohl keine Freunde mehr, Rivalen aber auch nicht, sagte Roger. *Unfortunately*. Es klang, als würde ich keinen Tee für ihn zubereiten müssen. Endlich rückte er damit raus, daß Greta und Ralf gesehen worden seien. Professionelle Pokerspieler würden sich untereinander ja kennen, und der Branchen-Gossip auf den dafür vorgesehenen Internetforen lasse niemanden von Rang unerwähnt. Kurzum, Greta und Ralf seien in Tiflis, Georgien, wo sie, mehr schlecht als recht, gerade mal so über die Runden kämen. Und laut den Gerüchten, die er sonst noch gehört habe, könnten die beiden so bald nicht nach Malta zurückkehren, sie hätten sich den Zorn mächtiger Leute zugezogen, mit denen nicht gut Kirschen essen sei. Aha. Ist das alles, fragte ich, und Roger fragte zurück, ob das denn wenig sei. Ich kam mir vor, als wär ich diesem Menschen irgendeine Art von Finderlohn schuldig, aber mir fiel nichts ein, außer »Danke« zu sagen. Damit schien er bereits zufrieden. Er riet mir noch, bevor er ging, Kati gut zu behandeln, sie habe es verdient. Indeed. She deserves it. Braucht es einen alternden Mann mit weißem Brusthaar und Goldkettchen, um mir dessen bewußt zu werden? Daß Greta und Ralf noch leben, irgendwo, kann mir eigentlich egal sein. Aber daß sie nicht so schnell zurückkommen können, erleichtert mich schon etwas.

*

Sitzungsprotokoll vom 25.1.

Mein Name ist Serge Hanowski. Ich bin 33 Jahre alt und von Beruf Werbetexter in einer angesehenen Berliner Agentur. Derzeit mache ich beruflich eine Pause, aufgrund eines Burn-Out-Vorfalls, kann aber meine Stelle jederzeit wieder antreten. Hoffe ich. Genau weiß ich das nicht, nein. Aufgewachsen bin ich im idyllischen Freiburg, mein Vater war in der Sportartikelbranche tätig, meine Mutter Hausfrau, vorher gelernte Kosmetikfachkraft. Beide starben 1990, machten mich somit zur Vollwaise, und ich verbrachte die nächsten fünf Jahre in einem Heim, bevor ich nach Berlin ging. Ich habe dort studiert, Philosophie und Germanistik, beides nach drei Jahren abgebrochen. Mein Geld verdiente ich als Kartenabreißer im Kino, als Parkplatzwächter usw., meistens handelte es sich um Jobs, in denen ich viel Zeit hatte, um nebenbei zu lesen. Für diverse Berliner Stadtmagazine habe ich aushilfsweise gearbeitet, mit Kulturkritiken und kleineren journalistischen Arbeiten. In die Werbebranche bin ich durch Zufall geraten, ich kannte jemanden, hatte im richtigen Moment eine Geizei, die mir einfach so einfiel, die ihm imponierte. Was eine Geizei ist? Die Abkürzung für eine GEILE ZEILE, einen besonders einleuchtenden oder witzigen Werbespruch. Viele Geizeis für eine bestimmte Tabakwerbung, die in Deutschland jedem geläufig sind, stammen von mir. Ich habe wie besessen gearbeitet, um mehr als einen Fuß in die Branche zu stemmen. Freundinnen hatte ich wenige, zwei, mit denen ich länger als ein Jahr aushielt. Prostituierte fand ich lange Zeit effektiv und gar nicht so kostspielig. Was die Karriere betraf, zahlte sich die Arbeit aus. Es gelang mir nicht nur eine Festanstellung zu finden, sondern sogar, wenn ich das sagen darf, mich mit brancheninternem Ruhm zu bekleckern. Richtig gut ging es mir bald, doch je besser es mir ging, umso mehr Angst bekam ich auch, daß es mir bald nicht mehr so gut gehen würde. Ich entwickelte eine krankhaft zu nennende Verlustangst, aus der diverse kleine Zwangsstörungen resultierten, man nennt es auch Ticks. Zum Beispiel, dreimal oder öfter nachsehen zu müssen, ob auch wirklich alle Herdplatten ausgeschaltet sind, etcetera, diese Kleinigkeiten. Und Großigkeiten, nämlich in alltägliche Wahrnehmungen viel hineinzuinterpretieren, als handele sich um Omen, um Zeichen. Meine Fantasie war immer schon stark ausgeprägt, und von einem gewissen Punkt an wendete sie sich gegen mich, ließ die Realität zu einem Alptraum werden aus diabolischen, sadistischen Möglichkeiten, die hinter oder neben einer ganz harmlosen Ausgangslage lauerten. Mein IQ beträgt laut Messung 144, ich war durchaus fähig, über jene Aussetzer, wie ich sie mal nennen will, zu reflektieren und sie in gewisser Weise zu bändigen oder immerhin stillzustellen, wenn ich mich konzentrierte. Ich war nicht sehr beliebt, galt unter meinen Kollegen als schwierig, behielt aber in entscheidenden Situationen die Kontrolle. Meine Mitmenschen bedeuteten mir recht wenig, ich konnte sie wahrnehmen, genauso gut aber ausblenden. Ich lebte in einer ganz auf mich und meine Marotten zugeschnittenen Welt, und was ich tat, wie gut ich es auch immer tat, hinterließ ein schales Gefühl in mir, ein nagendes Gefühl der Unbefriedigung.

Wirklich verliebt war ich nie als Twen. Hier und da zollte ich sozialen Erwartungen Tribut, verwechselte Geilheit oder Freundschaft mit Liebe und ließ mich auf Beziehungen ein, die wenig inspirierend waren, fruchtlos im Sand versickerten, aus denen alle Beteiligten nur mit Schmerzen entkamen. Ich habe meine Andersartigkeit umzudeuten gelernt, nach dem

Prinzip, ich wäre ganz in Ordnung, wenn man mich nur nähme, wie ich bin. Man braucht, dachte ich, die passende seelische Bekleidung, um mit mir Umgang zu haben.

Eigentlich war ich eine Art Autist, der über seine Aberrationen zwar Bescheid wußte, doch keinen triftigen Grund besaß, diese zu regulieren. Weil es egal war. Ich will es mal dramatisch ausdrücken: Es gab keinen Grund zu leben – und keinen zu sterben. Dahinzuvegetieren, auf hohem Niveau, war mein Schicksal, was ein viel zu großes Wort ist. Heutzutage noch das Wort Schicksal zu benutzen, ist definitiv zu hoch gegriffen. Ich machte, wofür man mich bezahlte, passabel, mehr als das, aber – wie soll ich sagen – immer blieb der Hintergedanke, daß es Betrug sein könnte und irgendwann auffliegen würde. Daß ich ein Scharlatan wäre, der nur keine Lust auf echte Arbeit hatte, ein Hochstapler, desssen Tage gezählt sind. Immerhin schien es anderen ähnlich zu gehen. Ich erlebte um mich herum so viel Mittelmaß und Unfähigkeit. Somit auch wieder Trost und Beschwichtigung. Irgendwie würde dieses Leben schon abzusitzen sein.

Wie ich meine Kindheit beschreiben würde? Sie meinen die Zeit von eins bis zwölf? Die war von Anfang an behütet. Das war das Problem. Wenn man von Anfang an in der Scheiße aufwächst, ist es viel besser, man ist die Scheiße gewohnt und entwickelt eine Hornhaut auf der Seele. Nein, ich wiederhole, behütet. Dabei war ich ein sonderbares Kind, aber Kinder, alle Kinder, sind sonderbar, da fiel ich nicht sehr auf. Die Geisteskrankheit von Kindern ist etwas drollig-natürliches. Sie halten Dinge für wirklich, die es nur in ihrer Vorstellung gibt, und sie haben noch kein Verhältnis zum Tod, weshalb sie Lebloses lebendig machen, beseelen können. Kleine Götter, denen das Leben zum kreativen Spiel gerät. Meine früheste Erinnerung ist die: Ich bin vier Jahre alt und halte einen runden braunen Stein mit schwarzen Flecken in der Hand, der einer Kartoffel ähnlich sieht. Dies, beschließe ich, wird die Notration für unsre Familie sein, wenn sonst gar nichts mehr zu essen da ist. Und wohl ein Jahr lang schleppe ich den Stein mit mir herum, fühle mich wichtig. Bis mir mein Großvater, dem ich damit, warum auch immer, auf die Nerven gehe, erklärt, daß ein Stein ein Stein sei und sonst nichts. Außerdem hätten wir genug zu essen, was sollten die Nachbarn denken? Und das Ding an sich war fortan ein Stein, mehr nicht, keine Geheimkartoffel, von der man, ohne das unnütze Wissen des Großvaters, unendlich oft hätte abbeißen können. Und ich schäme mich fortan meiner Kindlichkeit, will ein zwergwüchsiger Erwachsener sein, ich bin bestimmt vielen Menschen auf die Nerven gegangen. Kinder sind Egomanen. Charakterlose Kreaturen, die man nur lieben kann, wenn man sie als vorläufige Entwürfe betrachtet, aus denen erst harte Arbeit etwas Annehmbares machen wird. Daß eine lange Linie von Lebewesen mit mir endet, eine Millionen Jahre alte Kette der Rache zerbricht – denn jede Erziehung ist, meiner Meinung nach, eine Rache an den eigenen Eltern –, das fand ich so wuchtig als Statement, eine dezidierte Haltung, entschlossen – und doch hat mich neulich die Idee gekitzelt, meine Freundin zur Mutter zu machen, einfach um mal zu sehen, was unsre addierten Gene so ergeben. Um auch mal etwas Wehrloses – nein, ich weiß nicht, was ich sagen wollte, hab den Faden verloren. Bitte, kann ich ein Glas Wasser haben? Ich will nicht mehr über dieses Zeug reden, das macht mir Kopfschmerzen. Lieber über schöne Dinge.

Sitzungsprotokoll vom 28.1.

Eines Tages sah ich dann Kati. Es war, als würde ich nach so vielen Jahren ins verjüngte Gesicht meiner Mutter starren. Mit der Aussicht, alles könne noch einmal, aber ganz anders sein. Ich war sofort verliebt in Kati und bekam sie auch rum, weil ich mir viel, viel Mühe gab, Gedichte schrieb und mich massiv verstellte. Unser Sex war nie besonders gut, was an mir liegt, ich bekomme das Bild meiner Mutter nicht aus dem Kopf, habe bis heute Hemmungen, ich stochere so in ihr rum, wissen Sie, meist komme ich zu schnell, und das noch mit einem Schuldgefühl. Und Kati hat keinen Orgasmus, oder sehr selten. Mit anderen Männern schon. Woher ich das weiß? Sie hat es mir nicht gesagt, nein, das spielt auch keine Rolle. Spielt es doch? Nein, finde ich nicht. Egal. Sie kommt jedenfalls nur, wenn sie selbst Hand an sich legt, weshalb ich mich wie ein Versager fühle, der nicht alles probiert hat. Aber Gesprächen darüber weichen wir beide aus. Wahrscheinlich aus Angst festzustellen, daß wir, banal gesagt, nicht füreinander gebaut sind. Für unsere Beziehung spielt Sex keine allzu große Rolle, jedenfalls haben wir uns stillschweigend darauf geeinigt. Sie ging fremd, aber das ist nun vorbei. Es gab da wohl jemanden, der ihr Befriedigung verschafft hat, aber eben sonst nichts. Sie weiß nicht, daß ich es weiß, und ich habe sie nie explizit damit konfrontiert. Als es mir wirklich schlecht ging, hat sie zu mir gehalten, da sieht man schon mal über manches hinweg. Auch wenn es ein wirklich ekelhafter Typ war, mit dem sie da was am Laufen hatte. Warum es mir schlecht ging? Das hat plötzlich angefangen, als sich der zwanzigste Todestag meiner Mutter näherte. Sie starb, als ich dreizehn war, und immer wieder verloren sich meine Gedanken in kruden Szenarien, und ständig mußte ich diesen Beatles-Song vor mich her summen, *Sgt. Pepper – it is twenty years ago today.* Sie starb an einem 16. Dezember, dem Tag, als ich vor knapp zwei Monaten hysterisch wurde und meinen Zusammenbruch erlitt. Ich mußte Entwürfe für eine Werbekampagne vorstellen und wußte ab einem gewissen Zeitpunkt nicht mehr, was ich tat und redete, hab mir gar in die Hosen gepißt und geschrien. Lustigerweise war der Typ anwesend, mit dem Kati sich verlustierte, aber das konnte ich damals noch nicht wissen. Die Zwangshandlungen sind seither nicht mehr aufgetreten, man hat mich auch, muß ich sagen, mit heftigen Medikamenten behandelt, ich lag tagelang wie ein Hirntoter sediert im Krankenhaus, und ohne Kati hätten die mich noch lange dort behalten. Nein, ich bin nicht aus der Behandlung geflohen, das kann man so nicht sagen, ich habe mich selbst entlassen, das war ein sogenannter Belastungsversuch, ich durfte mich frei bewegen an Silvester, nur für Kati sollte es ein bißchen so aussehen, als gäbe es eine Lücke im System – naja, Theater, Sie wissen schon, Romantik – ich packte meine Sachen und schlich auf Zehenspitzen, hinaus, Kati fühlte sich toll dabei. Und ich konnte ja jederzeit zurück, falls es mir schlechter ging. Kati schlug dann den Trip nach Malta vor, setzte auf die Heilkraft der Sonne – und bisher hat sie recht behalten, mir geht es einigermaßen gut, abgesehen vielleicht von gelegentlichen Eifersuchtsaussetzern. Nein, dafür gibt es keinen konkreten Anlaß, ich wüßte jedenfalls nicht. Ob ich trinke? Manchmal und in Maßen. Nein, um ehrlich zu sein – in letzter Zeit öfter und sehr gern. Ohne mich abhängig zu fühlen, trinke ich mich gern in einen kleinen Rausch, das geb ich zu. Das machen die warmen Nächte. Ich fühle mich immer noch schwach und leide an Verlustangst. Ich möchte Kati nicht verlieren, wie meine Eltern, und ich weiß, was Sie gleich sagen werden, daß ich, wenn ich mit Kati zusammenbleibe, dieses alte Trauma nur aufrechterhalte. Weil sie meiner Mutter so ähnlich sieht. Ich will Ihnen nicht ins Handwerk pfuschen, aber ein bißchen was ist mir schon selber klar geworden.

Wie meine Mutter ums Leben gekommen ist? Sie hatte einen Unfall. Das tut doch nichts zur Sache, ich rede nicht gern darüber. Natürlich hab ich sie geliebt. Obwohl ich meinen Vater noch mehr liebte als sie. Meine Eltern trennten sich, als ich zwölf war, und das Sorgerecht wurde ihr zugesprochen. Das war eine Katastrophe für mich. Richtig schlimm wurde es, als ein halbes Jahr nach der Trennung ihr neuer Liebhaber bei uns übernachtet hat, erst einmal, dann regelmäßig. Er konnte mich nicht leiden. Wenn ich nicht gewesen wäre, hätte er sich auf meine Mutter vielleicht eingelassen, so aber verhielt er sich immer etwas reserviert. Ich bekam das Gefühl, ein Klotz am Bein meiner Mutter zu sein. Wenn sies miteinander trieben, wimmerte sie vor Lust, ich konnte es durch die Wände hören, bei meinem Vater hat sie, soweit ich weiß, nie einen Laut von sich gegeben, nein, ich kann mich jedenfalls nicht dran erinnern. Dann geschah das Unglück. Meine Mutter starb – und ich kam ins Heim. Plötzlich, von einem Tag auf den anderen, so allein zu sein. Das wünsche ich niemandem. Woran sie starb? Sie brach sich das Genick, sie war wahrscheinlich betrunken und wollte für ihren Lover Wein holen, rutschte auf der Kellertreppe aus, fiel unglücklich. Ich hab sie am Morgen am Fuß der Treppe gefunden. Ihr Lover hatte derweil das Weite gesucht, als sei er für so was nicht zuständig. Das machte ihn verdächtig, zumal ihr Körper Hämatome zeigte, die nicht von dem Sturz herrühren konnten. Es war sogar von einem Prozeß die Rede, in dem man ihm unterlassene

Hilfeleistung nachweisen wollte, aber in so einem Fall ist einfach nichts konkret nachzuweisen. Mein Vater hätte sicher für mich gesorgt, wäre er selbst nicht todkrank gewesen. Das habe ich erst nach dem Tod meiner Mutter erfahren. Prostatakrebs. Eine Todesart, die auf mich geradezu peinlich wirkte. Meine Eltern hatten sich unter anderem deshalb getrennt. Mein Vater wollte mir sein Siechtum, denn er war ein Macho, ein ehemaliger Sportler, ersparen. Er hielt das für vorauseilende Rücksichtnahme und Mitgefühl. Kann man drüber streiten. Meine Mutter hat sich sein Siechtum auch ersparen wollen. Das ist definitiv vorauseilend, aber kein Mitgefühl. Er ließ mir ausrichten, daß er sich nicht um mich kümmern könne, und bat um Vergebung, um Verständnis. Zwei Monate darauf starb er. Damals hab ich mich sehr verlassen gefühlt, in der Tat. Mit meinem Vater hab ich inzwischen Frieden geschlossen, mit meiner Mutter nicht. Sie erscheint mir manchmal im Traum, eine Schönheit, sie war keine 35, als sie starb. Und Kati ist ihr Spiegelbild, man möchte nicht glauben, daß so etwas vorkommt. Daß das nicht gesund sein kann, weiß ich auch. Alkohol kann auch nicht gesund sein, und dennoch säuft die halbe Welt und findet es gut. Ich möchte mit Kati alt werden, ja. Vielleicht ist ein Kind die Lösung. Ich wäre sicher kein guter Vater. Aber sie als Mutter würde einiges wettmachen. Und überdies halte ich es für möglich, daß ich mich ändern kann. Könnte ich das Gefühl haben, mich auf Kati komplett verlassen zu können, wäre alles ganz einfach. Sie muß erst mal aus dem Alter raus, in dem sie Orgasmen noch für wichtig hält. Ja, klar, meine Eifersucht resultiert vornehmlich daraus. Aus dem Gefühl, ihr nicht alles geben zu können, was so ein Arschloch wie, ich will seinen Namen nicht erwähnen, ihr offenbar zu geben fähig war. Ständig Zweifel haben zu müssen, ob ich der Richtige für sie bin – ich bin ja weißgott kein einfacher Mensch –, und manchmal mache ich Dinge, die auf Außenstehende erbärmlich wirken müssen. Details? Ist das so wichtig? Wenn Sie meinen, also, na schön, ich schnüffele in ihren Angelegenheiten herum, ich fühle mich selbst ganz gräßlich dabei, vielleicht habe ich deswegen begonnen, zu trinken, der Wein beißt mir die Hemmungen weg, hilft mir, die Lage mit einer anderen, krummeren Logik zu betrachten. Ich rede mir immer ein, es nur gut zu meinen. Katis momentane Lage – sie hat ihren Job verloren, ist auf mich angewiesen, in gewissem Maße, empfinde ich als angenehm, um mal meine Erbärmlichkeit anzudeuten. Ich leide unter der Einsicht, kein besonders bewundernswerter Mensch zu sein. Andererseits, und ich weiß wie wichtig mir das ist, genieße ich auch, in gewissen Momenten, den Fakt, eben nicht wie tausend andere zu ticken. Manchmal möchte ich Kati alles gestehen, in der Hoffnung, daß sie mich dann, mit all meinen Fehlern, als bemerkenswert einschätzt. Aber leider, und das ist das Schlimmste, halte ich Kati für unfähig, intellektuell souverän auf meine Abartigkeit zu reagieren. Sie ist nicht dumm, nein, ich wäre nie mit einem dummen Menschen zusammen. Doch ihre Reinheit stößt mich ab. Sie paßt zu meiner Verkommenheit so schlecht. Ich ärgere mich manchmal, daß sie mir nicht auf die Schliche kommt, obwohl sie nur eins und eins zusammenzählen müßte. Diese Gutgläubigkeit, das Vertrauen, das sie in mich setzt, ist unerträglich, eine schwere Bürde, die ich mit mir rumtrage. Dann wünschte ich, sie würde mir einfach mal eins in die Fresse hauen, für all die Gemeinheiten, die ich ihr antue. Doch sie – sie quält mich, unbewußt, indem sie einfach stillhält, mich gefangen hält, mich einen Menschen sein läßt, der ich nicht bin. Ich fühle mich eingekerkert in ihrer

Projektion von mir. Es gibt wunderbare Beziehungen, wo man sich dauernd streitet und wieder versöhnt. Kati ist auf Harmonie geeicht. Es kommt in letzter Zeit vor, daß ich nahe daran bin, sie zu schlagen, nur um diese Projektion zu zertrümmern. Doch ich weiß vom Hörensagen, daß das krank ist, also unterlasse ich es. Ich betone: Ich unterlasse es nicht etwa, weil ich es nicht will. Ich möchte gesund werden. Kati legt Wert darauf. Deshalb bin ich ja hier. Ob ich ihr ernstlich etwas zuleide tun könnte? Was ist das für eine Frage? Wenn man jemanden liebt, dann ist doch alles möglich, oder nicht?

Ja, natürlich war das ein Witz. Bei meinen Witzen wird eben selten gelacht, meist schmunzelt nur einer, das bin ich selbst.

*

Ich legte das Blatt aus der Hand und sagte Huytens, daß ich nicht weiterlesen möchte. Was da stehe, gehe mich nichts an. Was er sich dabei denken würde, mir so etwas Intimes auszuhändigen? Ob er mir Angst machen wolle? Ich stand auf und ging zur Tür, da packt mich Huytens am Arm und drängt mich in den Stuhl zurück, auf fast brutale Art. Es tue ihm sehr leid, aber ich müsse weiterlesen, es sei in meinem höchsteigenen Interesse. Muß ich nicht. Hab ich gesagt. Obwohl er mich schon neugierig gemacht hat mit seinem Getue. Er habe doch eine Schweigepflicht als Arzt, fragte ich ihn, und er meinte, das stimme, aber – und er wurde geradezu laut – jene Schweigepflicht trete außer Kraft, wenn es darum gehe, Schaden von Dritten abzuwenden. Er drückte mir ein anderes Blatt in die Hand und beschwor mich, wenigstens einen Blick darauf zu werfen.

Um Ihnen die Wahrheit zu sagen, was ich schon viel früher hätte tun sollen: Ich selbst habe meine Mutter von der Kellertreppe gestoßen. Ich habe sie getötet, es geschah im Zorn und war doch kein Versehen. Wir hatten uns wegen irgendwas gestritten. Als mein Vater noch im Haus war, setzte es nie Schläge für mich, er hat das streng verboten. Danach rutschte meiner Mutter öfter mal die Hand aus, meist entschuldigte sie sich dann damit, daß aus mir ein schwieriges Kind geworden sei und sie sich nicht mehr anders zu helfen wisse. Als der andere Mann in ihr Leben trat und sie sich öfters mit ihm schon am Nachmittag betrank, fand sie offenbar, daß Entschuldigungen nicht mehr nötig waren. Unter jedem noch so lausigen Vorwand schickte sie mich auf mein Zimmer, vielleicht schämte sie sich vor mir. Heute ziehe ich dieses Motiv in Betracht, damals – nein, damals hab ich mich als störend empfunden und ungeliebt. Vielleicht bin ich tatsächlich auch ein kleiner Rebell gewesen, eine Nervensäge. Ich gehöre nicht zu jenen Menschen, die grundsätzlich Partei für die Kinder ergreifen. Wissen Sie, meine Mutter, zuvor eine verklemmte, spießbürgerliche Existenz, war vielleicht ganz glücklich mit dem Neuen und hatte die beste Zeit ihres Lebens – und da steht ihr so ein blödes, egozentrisches Balg wie ich im Weg, der kleine Spielverderber, der alles versauen will, der ihr nichts gönnen kann. Ein pubertierendes Monster, das an der Tür lauscht, wenn die Erwachsenen aufeinanderliegen, und durchs Schlüsselloch guckt. Ob ich was gesehen habe? Nein, der Schlüssel steckte von innen, zum Glück. Da fällt mir ein, ich habe einmal Geld gestohlen, aus der Hose des Mannes. Er lag bei meiner Mutter und seine Hose in der Küche, mit dem

Portemonnaie darin. Nicht, daß ich das Geld gebraucht hätte, nein, ich wollte nur diesen Typ bestehlen, ihm irgendwas antun. Im Rahmen meiner Möglichkeiten. Obwohl mir nichts nachzuweisen war, hat meine Mutter mich geschlagen und einen Dieb genannt. Nein, deswegen hab ich sie nicht umgebracht. Ich habe mir viel gefallen lassen. Und immer wenn ich Stubenarrest bekam, mußte ich mir die Zeit vertreiben, so verfiel ich dem Lesen, aus heutiger Sicht ist es doch erstaunlich, daß eine der wichtigsten Bereicherungen meines Lebens aus so viel Scheiße erwuchs. Ich weiß nicht mehr, warum geschah, was dann geschah. Weiß nur noch, daß ich mich wehrte, schlug und schob und schubste – und sie stürzte hinunter, und ich dachte: hoppla. Ich wünschte sie tot, und sie wars. Erstaunlich. Ich zündete mir eine Zigarette an, löschte das Licht, rauchte zu Ende und wollte erwachen. Aber das Dunkel, ohne die Glut, löste Panik in mir aus, und ich schaltete die Beleuchtung wieder an.

Da lag sie. Sie lag da. Wie eine faktisch gewordene Lächerlichkeit. Ohne tieferen Grund.

Ich habe meine tote Mutter betrachtet, gerüttelt, und sie gab keine Antwort. Danach bin ich in mein Bett und habe auf den Schrei gewartet. Irgendwann hat ihr Lover nach ihr gesehen, und endlich kam sein Schrei. Ich hörte, wie er das Haus verließ, überstürzt, ich saß nicht mehr im Bett, sondern im Kleiderschrank, mein Zimmer hatte ich abgesperrt. Er muß dann umgedacht haben, schickte den Notarzt, der betrat das Haus durch die offenstehende Tür und fand meine Mutter. Später kam die Polizei, und ich verließ mein Zimmer, tat schlaftrunken, was denn los sei? Zu jenem Zeitpunkt bereits war ich überzeugt davon, mit allem – was auch immer da geschehen war – nichts zu tun zu haben.

*

Ich konnte einfach nicht weiterlesen, ließ das Blatt fallen und lief an Huytens vorbei aus der Praxis. Er machte diesmal keinen Versuch, mich aufzuhalten, hatte ja erreicht, was er erreichen wollte. Dieses Schwein. Völlig verstört, ich muß gewirkt haben wie schwer betrunken, wankte an der Uferpromenade entlang, konnte keinen klaren Gedanken fassen.

Wie werde ich Serge entgegentreten? Was darf ich ihm sagen? Was genau weiß er über mich? Und woher? In welche Situation hat mich dieser wahnsinnige Arzt gebracht? Sein lüsterner Blick war so widerlich. Er kann sich ja alles auch ausgedacht haben. Oder Serge, der allzu gerne übertreibt, der sich viele Dinge einredet. Ich bin dermaßen durch den Wind.

TIFLIS

Wenn es in Tiflis etwas gab, was Greta und Ralf an Malta erinnerte, waren es die altersschwachen gelben Omnibusse. Aber das konnte ihr Heimweh nicht wirklich lindern. Sie hatten mit durchwachsenem Erfolg an einigen kleineren Pokerrunden teilgenommen und gerade genug verdient, um das winzige Pensionszimmer zu bezahlen. Der einzige Lichtblick war die georgische Begeisterung für das Backgammonspiel, und nachmittags im Kaffeehaus fand Ralf immer wieder Freier, die bereit waren, gegen ihn um dreißig Lari (etwas mehr als zehn Euro) den Punkt zu spielen, ein immens hoher Betrag für hiesige Verhältnisse. Und endlich war Ralf sogar an einen Goldfisch geraten. Das ist unter Berufsspielern (sogenannten Haien) die Bezeichnung für einen Freier (einen deutlich schwächeren Spieler) mit viel Geld in der Tasche. Ralf, der es gewohnt war, eine *Error Rate* von unter 3 zu spielen, hatte drei Stunden geackert, um mit 15 Punkten à 20 Euro vorn zu liegen. Sein Gegner, Surab, ein distinguierter älterer Sakkoträger um die fünfundsechzig, mit weißem Backenbart und eher mongolischer als kaukasischer Physiognomie, trug drei dicke Ringe an den Fingern der rechten Hand, und seine Angewohnheit, mit diesen Ringen, wenn er nervös war, gegen die marmorne Tischplatte zu trommeln, klack-klack-klack – wodurch die Hand des Georgiers ungewollt eine gierige Gib-mir-gib-mir-Geste vollführte –, zerrte an Ralfs Nerven. Einige lokale Spieler saßen um das Board herum, rauchten schwarzen Tabak und flüsterten sich etwas zu, mal debattierten sie auch laut. Kiebitze sollten sich, das war in Georgien nicht anders als sonst wo in der Welt, jedes Kommentars enthalten, und öfters einmal sah Ralf irritiert und mißbilligend in die Runde, dann aber sahen die Kiebitze irritiert und mißbilligend zurück, keckerten frech und grinsten sich eins.

Ralf fühlte sich nicht wohl, zeigte aber enorm viel Selbstkontrolle. Greta saß in zweiter Reihe hinter ihm und lenkte die Aufmerksamkeit der Kiebitze immer wieder auf ihr bewußt sehr spendabel gewähltes Dekolleté. Es folgte eine Partie, in der Ralf nach einem Blitzangriff den Dopplerwürfel gab, keineswegs zu früh, sein Gegner nahm die Verdopplung des Einsatzes fälschlicherweise an, ein Blunder (grober Fehler) – wie sich später in der Computeranalyse zeigte –, und gab den Würfel nach einem glücklichen Pasch, der ihm kaum mehr als ein vorläufiges Überleben garantierte, zurück. Das war nun ein surreales Freierstück, durch gar nichts zu rechtfertigen. Ralf konnte an so ein Geschenk kaum glauben und entschloß sich zu einem Beaver, er drehte also den Würfel nochmal auf die 16 und behielt ihn auf seiner Seite, und als er den Schuß, den der Georgier alsbald lassen mußte, getroffen hatte, gab Ralf ihm den Würfel mit einer mürrischen, leicht genervten Geste auf der 32. Das war nun beim besten Willen kein Take mehr, viel eher ein Mega-Monster-Pass. Unter normalen Umständen hätte Ralf 16 Punkte kassiert, hätte pro forma noch ein paar Spiele hinter sich gebracht und wäre, zufrieden mit der Beute, abends mit Greta gut essen gegangen, statt von belegten Broten zu leben. Doch genau jene genervte, etwas überhebliche und rechthaberische Geste, die er sich einfach nicht verkneifen konnte, erzürnte Surab, den backenbärtigen Goldfisch, einen für seine fragwürdigen Takes ebenso wie für sein Glück berüchtigten Holzfabrikanten – und einfach nur deshalb, weil er es sich schmerzfrei leisten konnte, akzeptierte er gegen jede mathematische Erwartung den Würfel, ohne auch nur eine Sekunde zu zögern. Die Kiebitze johlten begeistert. Sie goutierten das gebotene Spektakel, das objektive Berichterstatter als reinen Irrsinn gewertet hätten. Ralf, der in der Stellung über 95 Prozent Gewinnwahrscheinlichkeit besaß, wurde dennoch blass, denn es ging nun um 640 Euro, und er hatte nur hundert in der Tasche. Greta, selbst eine Weltklassespielerin, bestellte sich trotz der frühen Uhrzeit einen Weißwein, ihr standen Schweißperlen auf der Stirn, obgleich es in diesem Moment noch keinen Anlaß dazu gab. Im nächsten aber schon, denn der Holzfabrikant würfelte einen Einserpasch, setzte drei Steine, die zuvor aus dem Spiel waren, auf dem Ace-Point ein, und Ralf würfelte, als habe ein grausamer Gott des Trauerspiels die Regie übernommen, genau jene 6-5, die dem Gegner die Möglichkeit eines Treffers bot. Mit jeder Fünf würde der Georgier nun den Spielverlauf auf den Kopf stellen und eine Sequenz von 1:1943 Wahrscheinlichkeit Wirklichkeit werden lassen. Aber er würfelte nicht, er schüttelte den Kopf, selbst ganz entgeistert, als ob ihm so viel Glück peinlich sei. Dann bot er Ralf in gebrochenem Englisch an, die Partie abzubrechen und unentschieden zu werten. Die Wahrscheinlichkeit auf eine Fünf betrug nur dreißig Prozent, und Ralf, der wie jeder ernsthafte Backgammonspieler eisern an die Gesetze der Mathematik glaubte, wandte sich an Greta, wie um sich bei ihr rückzuversichern. Greta fand es einerseits richtig, daß Ralf sie in die Entscheidung einbezog; früher hätte er, voller Selbstvertrauen, das unseriöse, auch etwas taktlose Angebot schlicht abgelehnt. Andererseits fühlte sie sich unangenehm in die Verantwortung genommen. Etwas in ihr, die Paranoia der *Bad-luck-roll*, die sogar Profis befällt, sah voraus, daß der Georgier die Fünf würfeln würde, dennoch wagte sie es nicht, Ralf dazu zu drängen, die Offerte zu akzeptieren. Dreißig Prozent sind nun mal viel weniger als siebzig, egal, was bisher schon schiefgelaufen war. Greta dachte nach, sie wollte nicht dumm dastehen, hinterher, als ängstliche Frau, die man ob einer vagen Bauch-Ahnung mit einem miesen Angebot über den Tisch ziehen konnte. Mach, was du willst, sagte sie nun, und Ralf zuckte zusammen. Er hätte sich von ihr ein klares Votum gewünscht, stattdessen schob sie ihm die Verantwortung zurück, und ihm blieb, nach menschlichem Ermessen, wollte er nicht jeden Respekt vor sich verlieren, gar nichts anderes übrig, als Surab zum Wurf aufzufordern.

Der erhob sich, schüttelte theatralisch den Becher – und würfelte einen Fünferpasch. Die Kiebitze schlugen sich kreischend auf die Schenkel.

Nachts, in der Pension, zog Greta Bilanz. Glücklicherweise hatte Surab, ein im Grunde gütiger und verständnisvoller Mensch, nicht auf Barzahlung bestanden, sondern sich mit hundert Euro und einer vorläufigen Stundung der Restschuld zufrieden gegeben, zuletzt deshalb, weil Greta ihn mit Kulleraugen darum gebeten hatte.

Nun sah sie den Punkt erreicht, da einfach nichts mehr schönzureden war.

Wir haben, sagte Greta, keine Kohle, keine Jobs, und ich hasse dieses Land.

Sie gehe jetzt nach Malta zurück, egal, was dort mit ihr geschehe. Im Grunde seien die ja viel eher an *ihm* interessiert, denn an allem sei nur *er*, Ralf, schuld.

Ralf nickte und seufzte, wie so oft in den letzten Wochen. Aber wer habe denn die dämliche Idee gehabt, denen den Deal mit den Kreditkarteninfos anzubieten? Obwohl wir überhaupt keinen Zugang dazu haben! Dadurch sind die erst auf den Geschmack gekommen. Wegen zehn Mille hätten sie uns nicht gleich die Beine gebrochen.

Wenn es dabei geblieben wäre! Ich hab das getan, um erst mal Zeit zu gewinnen. Aber du mußtest ja unbedingt noch zehn reinstecken mit deinem albernen Neujahrs-Aberglauben. Ich muß einfach zurück nach Malta und die Wohnung auflösen. Die kostet uns sechshundert kalt im Monat. Wenn ich alles Mobiliar verkloppe, bringt das auch ein bißchen was. Mein Notebook liegt noch da. Im Übrigen hätten wir unsere Handys nicht wegwerfen müssen. Sie einfach mal ne Weile nicht einzuschalten oder die Akkus rauszunehmen, hätte genügt.

Ralf schüttelte den Kopf. Die – er sprach immer nur von »die« und »denen«, ohne einen Namen zu nennen – würden im besten Fall, wenn sie guter Laune sein sollten, hundert Prozent Zinsen verlangen, also in summa vierzig Mille. Die kriegen wir höchstens rein, wenn wir ein großes Turnier gewinnen. Und das Startgeld dafür haben wir nicht. Gibt uns auch keiner. Also vergiß Malta. Endgültig. Die Flugkosten wären teurer als die paar alten Möbel und das Notebook. Wenn die Miete nicht mehr überwiesen wird, kündigt man uns die Wohnung, wir sind dann Mietnomaden, aber das ist gottseidank nichts, wofür man ins Gefängnis kommt.

Was er denn vorschlagen würde, fragte Greta müde und rieb sich die Augen.

Wir gehen nach Deutschland, suchen uns Jobs. Vielleicht kommen wir bei meinen Eltern unter. Fangen neu an, auf kleiner Flamme. Ich seh dazu keine echte Alternative.

Erst mal nach Deutschland kommen! Wir haben nicht mal das Geld, um die Pension zu bezahlen!

Pfeif drauf. Wir wenden uns morgen in aller Frühe an die deutsche Botschaft. Wir sagen, man hat uns beraubt, das stimmt ja sogar irgendwie – die zahlen einem dann auf Pump die Bahn zweiter Klasse, bequem ist das nicht, aber eine Aussicht.

Was denn für eine Aussicht? Greta traten Tränen in die Augen, sie sah sich bereits an einer Supermarktkasse. Wir hatten es, rief sie laut, so gut auf Malta. Mann, hatten wir eine schöne Zeit. Bis du Idiot beschließen mußtest, Black Jack zu spielen. Halt endlich die Klappe, dachte Ralf, enthielt sich aber jedes Kommentars. Dann herrschte Stille, für anderthalb Minuten, und diese Stille war um nichts besser als Gretas Lamento.

Vielleicht sind Serge und Kati ja noch da, und ich könnte sie bitten, mein Notebook und ein paar Kleider und Geschirr und so nach Deutschland mitzunehmen.

Die sind bestimmt längst nach Hause geflogen. Aber bitte – versuchs! Ralf war strikt dagegen gewesen, irgendwem mitzuteilen, wo sie sich genau aufhielten. Doch wenn sie morgen früh ohnehin die Zeche prellen und aus diesem Land verschwinden würden, war es egal.

TORONTO

Nach dem Abendessen holte Arved Kleinmann seine Digitalkamera aus dem Wohnzimmerschrank und filmte aufs Geratewohl ab, was ihn bewegte. Alle Kinder hatten ihre Teller leer gegessen, Linda, die sonst als Köchin keine Leuchte war, hatte mit der Spinat-Lasagne einen hundertprozentigen Treffer gelandet. Lea gackerte vor Vergnügen, Max war ausnahmsweise brav gewesen und Rebecca mit ihrem Handy beschäftigt. Hätte sie nicht vorhin den Wunsch geäußert, im kommenden Jahr die Schule zu wechseln, weil an der Yorkland nach Prinzipien der Bibel unterrichtet wurde, es wäre ein perfekter Abend gewesen. Arved war nicht besonders religiös, aber er fand auch nichts völlig falsch dabei, wenn Kinder – in einem liberalen Rahmen – nach Prinzipien der Bibel erzogen wurden. Wahrscheinlich ging es Becky nur darum, keine Schuluniform mehr tragen zu müssen. Oder aber sie wurde von irgendwem beeinflußt. Wem schreibst du denn dauernd? fragte Arved seine Tochter, und die zuckte mit den Schultern, was heißen sollte: Nichts Besonderes. Eben hatte sie eine Nachricht von Cyberjack bekommen. *Willst du am Wochenende was erleben, Honey?* Sie schrieb ihm als Antwort: *Klar, warum nicht? Hier sterbe ich sonst noch.*

SLIEMA

Kati kam eben von Huytens zurück. Ich weiß, daß sie alles weiß, auch wenn sie sich jede Mühe gibt, Harmlosigkeit zu heucheln. Sie wirkt so hilflos, wenn sie lügt. Sie nahm mich in den Arm, streichelte meine Stirn. Ich spürte, wie ihre Finger zitterten. Vor mir muß sie keine Angst haben. Wer wär ich denn, ihr wehzutun? Der Einzige, der vor mir Angst haben muß, bin ich doch selbst. Wir haben stumm zu Abend gegessen, ich wartete darauf, daß sie von sich aus erzählen, das Wort ergreifen würde, aber sie sah stur an mir vorbei. Zuletzt stand sie auf und ging in die Küche, machte den Abwasch, ohne mehr als drei Bissen gegessen zu haben. Was los sei, fragte ich sie. Und Kati meinte, das sei nicht so klar, leider. Sie wolle darüber nicht reden, nicht jetzt, ohne nachgedacht zu haben. Sie wolle früh zu Bett, reden könne man morgen. In Ruhe.

Ich habe dann eine Flasche Wein getrunken auf der Terrasse. Wird Kati jemals Ruhe finden mit jemandem wie mir? Wo sie nun alles weiß. Wieder fielen mir neue Details ein, aus jener Nacht, damals, vor über zwanzig Jahren. *Sgt. Peppers Band began to play.*

*

Ich kann nicht schlafen. Ich will gar nicht schlafen. Bin feige. Tränke das Laken mit meinem Schweiß. Was tut Serge, wenn er denkt, daß ich schlafe? Ich müßte nur nachsehen. Aufstehn, nachsehn. Eben klingelte das Telefon, das Festnetz, Greta war dran, sie lebt und hat mir einen Roman erzählt, hat sich tausendmal entschuldigt und mich nach ihrem Notebook gefragt. Das hast du doch mitgenommen, sagte ich. Sie: Hä? Hab ich nicht. Ich blick da nicht mehr durch.

*

Meine Mutter öffnete den Kleiderschrank, holte den Schulranzen hervor und stellte ihn auf den Kopf. Sachen purzelten heraus. Sie wollte fies und gemein sein, sie war an diesem Tag noch nicht auf ihre Kosten gekommen. Triumphierend hielt sie die Packung Zigaretten in der Hand und schlug mir ins Gesicht. Es war nicht wegen der Zigaretten, die boten ihr nur einen billigen Vorwand, sie haßte mich, weil ich ihrem Glück im Weg stand. Ich schlug zurück, zum ersten Mal. Wir kämpften, und als ich gewonnen hatte, fiel ihr Körper die Treppe runter. So war das, und jetzt weiß ich es wieder. Es wühlt in mir. Danach hab ich geraucht, und das kleine Feuer war mein Fackelzug. Ich muß etwas tun, einmal aus Liebe etwas tun, aus keinem anderen Grund.

Lieber David,

heute habe ich über Serge schlimme Dinge erfahren, sehr schlimme Dinge, ich habe Angst, daß er mir etwas antut, er ist verkorkst und böse, hinterhältig, hilf mir bitte, meine Adresse lautet: Sliema, Triq Blanche 57. Komm so schnell du kannst, bitte.

In Liebe, Kati

Eben, da ich diese Zeilen schreibe, steht Kati in der Tür und sieht mich an. Ich habe Gretas Schlafzimmer nicht abgesperrt, und jetzt steht Kati da und sieht mich an. Endlich. Gleich wird sie das Notebook nehmen und auf den Kopf stellen, wird triumphierend alle Mails lesen, die ich in ihrem Namen geschrieben habe, und von mir Abschied nehmen. Das wird das Ende von allem sein. Das Ende aller Lügen.

Liebe Kati,

was ist denn bloß vorgefallen? Ich habe eben nachgesehen, um sieben Uhr morgens geht eine Maschine, ich hab schon gebucht, bin gegen elf bei dir. Du geh bitte nicht das allergeringste Risiko ein, nimm dir ein Zimmer im Hotel. Ich hab dich eben auf dem Handy anzurufen versucht – kannst du nicht rangehen, oder hast du es nicht an? Ich komme dann zu der angegebenen Adresse – falls wir uns woanders treffen, schick ein SMS.

Love, David

JOHNSON

Jule wäre ihrer Freundin am liebsten sofort hinterhergeflogen, aber ihr Economy-Tarif sah keine Möglichkeit einer Umbuchung vor. Sie hätte zu ungünstigsten Konditionen einen neuen Flug buchen müssen – und rang mit sich. Einige Tage Abstand, fand sie dann, konnten die Situation nicht verschlimmern. Zwar plagte sie die Sehnsucht nach Johnson, aber längst nicht mehr so wie zu Beginn der Reise. Der Verlust von Lisbeth drängte alles in den Hintergrund, sogar den Kater, dem es laut Davids Auskunft ja gut ging, beinahe beleidigend gut. So schleppte sich Jule von Station zu Station eines Urlaubs, der keiner mehr war. Einmal telefonierte sie mit ihrem Sohn, der sie beschwor, noch zu bleiben, Berlin erlebe den härtesten Winter seit dreißig Jahren, das müsse sich niemand freiwillig antun. Seltsamerweise hatte David mit keinem Wort danach gefragt, warum Lisbeth ihre Zelte überstürzt abgebrochen hatte. Sie legte ihm sein Desinteresse als Zartfühligkeit aus. Einsam, immer in dieselben Gedankenschleifen versponnen, saß sie im gleißenden Licht, an Stränden, die ihr nichts bedeuteten, in Städten ohne Reiz. Sie saß die Zeit wie ein Häftling ab, erwartete voller Freude den Tag, an dem ihre Maschine endlich Richtung Europa abhob, sie war zwei Stunden zu früh an den Flughafen von Miami gekommen, um nur ja keinen Fehler zu begehen. Ständig hoffte sie auf eine Nachricht von Lisbeth, auf irgendein Zeichen zur Versöhnung.

Am 17. Februar, gegen zwei Uhr nachmittags, landete sie auf dem Flughafen Tegel, fuhr nach Hause, nahm eine Dusche, danach, der Anlaß war es wert, ein Taxi zu Davids Wohnung. Das sparte gegenüber der U-Bahn fast zwanzig Minuten Fahrzeit. Sie klingelte, und statt David öffnete ein junger Mensch mit mehrfach geflickten Jeans und Dreadlocks, der ihr die Hand hinstreckte und sich mit den Worten »Hallo, ich bin Adolf« vorstellte. Es hätte nicht viel gefehlt, und Jule hätte die hingestreckte Hand verweigert, das Weite gesucht und die Polizei alarmiert. Adolf erklärte ihr dann, daß David leider verhindert sei, und er ihn, seinen Assistenten, darum gebeten habe, sie zu empfangen. Das ist ja wie eine Audienz beim Papst! entfuhr es Jule. So schlimm sei es sicher nicht, entgegnete Adolf, er jedenfalls habe von David den Auftrag erhalten, ihr Kekse und Tee anzubieten. Jule legte darauf keinen Wert. David habe kurzfristig ins Ausland verreisen müssen, erklärte der junge Mann mit der zerschlissenen Lederjacke. Wo Johnson sei, fragte sie und erhielt zur Antwort, der Kater sei leider, leider verstorben. Adolf benutzte das Wort verstorben, weil es respektvoller klang als das einsilbige und schlichte »tot«. Er drückte ihr sein Mitgefühl, sein Beileid aus. Wie das geschehen sei, fragte Jule flüsternd, und Tränen liefen ihre Wangen herab. Adolf antwortete, daß David ihm nur das Nötigste habe mitteilen können, er habe mitten in der Nacht angerufen, hörbar aufgewühlt. Was hat er denn genau gesagt, fragte Jule. Bitte sagen Sie mir ganz exakt, was er gesagt hat. Er sagte: Du mußt meiner Mutter schonend beibringen, daß ihr Kater tot ist und daß ich keine Schuld daran habe. Johnson wollte einfach nicht fressen, er hat – und Adolf konnte die

Worte Davids nicht ohne eine entschuldigende Geste wiedergeben – auf klassisch römische Art Suizid begangen.

Jule sah auf. Was sei das denn für ein Scheißdreck? Ein kastrierter Kater begeht auf klassisch römische Art Selbstmord? Und David will mir nicht ins Gesicht sehen müssen, haut einfach ab, schiebt seinen Assi vor? Sie war so wütend, daß sie zitterte. Sie wußte nicht, worin ein klassisch römischer Selbstmord bestand, und Adolf hätte ihr auch keine exakte Auskunft geben können. Er fand, daß sein Auftrag so weit erledigt war. Zwar hatte David ihm noch anvertraut, wo Johnsons leblose Reste lagerten, für den Fall, daß seine Mutter auf die Herausgabe des Kadavers pochte. Aber ohne Not darüber Auskunft zu geben, schien wenig angebracht.

Jule nahm ihr Handy, als wäre sie allein im Raum, und schrieb Lisbeth eine SMS.

JOHNSON IST TOT.

Drei Worte. In Großbuchstaben. Und plötzlich, während Adolf ihr eine Hand auf die Schulter legte und eine banale Abschiedsfloskel formulierte, erkannte Jule einen tieferen Sinn in Johnsons Tod. Lisbeth würde antworten. Auf diese drei Worte hin würde sie eine Antwort senden. Senden müssen. Nach nur drei Minuten kam die Antwort. DU ÄRMSTE. Nicht mehr, nicht weniger. DARF ICH BITTE – Jule zitterte so sehr, daß sie sich etliche Male vertippte – ZU DIR KOMMEN?

GUT. KOMM!

RÜCKSICHT AUF EINE ZUKUNFT

21. Februar

Ich sitze am Meer und staune tatsächlich, wie beständig, wie ungemein beharrlich die Gischt gegen die Felsen klatscht. Als wär ich ein romantischer Idiot. Man sitzt dem Meer allerdings so anders gegenüber, wenn man allein ist. Kati ist fort, mit David. Er sei gesund, hat er gesagt, das hat ihr genügt. Sie kann mir gestohlen bleiben, sollen sie zusammen verrotten. Nein, ich vermisse Kati, sogar sehr, aber es kommt mir unsinnig vor und zu spät. Sie ist an jenem Dezemberabend schon so gut wie tot gewesen, als ich einen Blutfleck von ihr suchte, im Schnee, als ich eine halbe Stunde lang wußte, daß sie mir abhandengekommen, gestohlen worden war, weil überfrierende Nässe und ein unaufmerksamer Autofahrer ihren Geist von dieser Welt in keine andere schickten. Als ich sie liebte, über alles liebte. In jenen letzten schönen Tagen. Als es noch Möglichkeiten gab. Und hätte ich damals jenen Glückscent von den Gleisen geholt, es wäre einiges anders gekommen. Vielleicht nicht völlig anders, nur etwas später. Aber macht das etwas aus? Wann etwas geschieht, ist doch egal. Es geschieht.

Gestern um diese Uhrzeit saß David mir gegenüber und schwallte mich voll, so wie jetzt das Meer. Weniger beeindruckend natürlich. Aber er wirkte so stolz auf sich, stolz auf den

Mut, sich mir zu stellen. Das Gockelchen. Vorher hat Kati die Nacht über bei ihm im Hotel verbracht, das war die schlimmste Nacht meines Lebens. Wahrscheinlich hat Kati ihn darum gebeten, noch einmal mit mir zu reden – »unter Männern«. Als ob sie die Entscheidung über sich an uns delegieren wollte. Und was er mir alles an den Kopf geworfen hat! Daß ich krank bin, daß ich Kati bedroht hätte, daß sie es nie gut mit mir haben könne, weil mir nicht zu trauen sei… Was alles nur ein bißchen stimmt. Auslegungssache. Subjektive Wahrnehmung. Kati stand auf der Terrasse, stumm, und hörte uns zu. Was für ein Theater. Das wünscht sich jede Frau. Ohne mich, sagte ich laut, damit sie es hörte, würde David gar nicht hier sein. Und ein wild in der Gegend herumfickender Kokser, der die Katze seiner Mutter verhungern läßt und im Gefrierschrank aufbewahrt, müsse mir keine Vorhaltungen machen, nur weil ich, vielmehr eine Kellertreppe, vor Ewigkeiten meine Mutter –

Sein Telefon hat geklingelt, mitten in unsre erregte Diskussion hinein. David sah auf das Display, nahm den Anruf nach kurzem Zögern an, schwang sich aus dem Stuhl und vollführte plötzlich hysterische Gesten, ich solle schweigen. Dann stand er da, versteinert, mit weit aufgerissenen Augen und offenem Mund, ihm war alle Farbe aus dem Gesicht gefallen. Das kam so überzeugend – Respekt. Daß ich doch ein wenig lachen mußte, mag man mir verzeihen.

Seiner Nichte sei etwas zugestoßen, hat er gesagt, und daß er aufbrechen müsse, sein Bruder brauche ihn. Dringend. Und er flüsterte Kati etwas ins Ohr. Dann sagte er, daß sie sich entscheiden müsse, schnell, sofort, ob sie nun mit ihm kommen wolle oder nicht.

Das ging dermaßen an mir vorbei, ich geriet, ich geb es zu,

in Wut. Was lief da ab? Das also, dachte ich, ist der Tod, wenn etwas kommt und dich mit einem unerlaubten Trick zu Boden zwingt. Wenn du zu einer Person am Rande des Geschehens wirst, über die die Luftgeister lachen. Und nie wirst du wissen, womit sie dich foppten. Ich stampfte auf, wie um den Mittelpunkt der Welt wieder unter meine Füße zu zwingen, aber da ging etwas anderes, Größeres vor und schob mich ab, an den Rand. Ich stand wie ein Balljunge da.

Und habe keine Ahnung, was und wen Davids Bruder braucht und warum grade jetzt. Kati hat ihre Sachen gepackt. Ich dachte kurz daran, ihr etwas anzutun. Ein Zeichen zu setzen, rebellieren gegen die große Maschine. Das will ich nicht leugnen. Aber ich könnte ihr nie etwas antun. Nein. Man muß nicht alles noch schlimmer machen, als es ohnehin ist.

Manchmal muß man auch still sein. Und leiden. Die beiden sind weg. Und übrig geblieben sind ich und das Meer. Wir reden nun, unter uns, sagen uns Dinge, die wir einander schon immer sagen wollten, wäre je die Zeit dafür gewesen.

Das scheinbar Banale ist immer das Größte.

Menschen gehen verloren, vertraute Wesen sind nicht mehr da, von einem auf den anderen Tag, und andere Wesen werden kommen und einem vertraut werden mit der Zeit – es geht so weiter, bis es nicht mehr weitergeht. Einfach ist das und grausam und gut. Leben ist immer ein Problem, und jeder Tod eine Lösung.